O NOVELLINO

O NOVELLINO

AS CEM NOVELAS ANTIGAS

ou

LIVRO DE NOVELAS E DE BEM FALAR GENTIL

Introdução, tradução e notas
Talita Janine Juliani
Tiago Augusto Nápoli

Apresentação
Alberto Conte

MMXXIV

MNĒMA

Aos nossos pais
Airton e Carmen
Vitor e Sandra

Imagem da capa: *A Batalha entre o Carnaval e a Quaresma*, Pieter Bruegel, o Velho (1525 - 1569), *Kunsthistorisches Museum*, Viena

Título original: *Il Novellino*

Editor	Marcelo Azevedo
Produção e edição	Felipe Campos
Direção de arte	Jonas de Azevedo
Projeto gráfico e capa	Tiago Augusto Nápoli
Preparação e revisão	Felipe Campos
Revisão técnica	Alexandre Hasegawa
Diagramação	Tiago Augusto Nápoli

Dados Internacionais de Catalogação na Publicação (CIP)
(Câmara Brasileira do Livro, SP, Brasil)

O Novellino: as cem novelas antigas ou livro de novelas e de bem falar gentil / introdução, tradução e notas Talita Janine Juliani, Tiago Augusto Nápoli. -- Araçoiaba da Serra, SP: Editora Mnēma, 2024.

Título original: Il novellino
ISBN 978-65-85066-14-3

1. Contos italianos I. Juliani, Talita Janine.
II. Nápoli, Tiago Augusto.
24-224889 CDD-853.1

Índices para catálogo sistemático:
1. Contos: Literatura italiana 853.1
Eliane de Freitas Leite - Bibliotecária - CRB 8/8415

Editora Mnēma
Alameda Antares, 45
Condomínio Lago Azul – Bairro Barreiro
CEP 18190-000 – Araçoiaba da Serra – São Paulo
www.editoramnema.com.br

SUMÁRIO

Agradecimentos

Ao querido Ilario Giannelli, cujas animadas conversas sobre certo livro de sua juventude, obra que de tudo continha um pouco, despertaram nossa vontade de traduzi-la. Não menos gratos somos a Bianca Fanelli Morganti (Unifesp), cujo zelo poria em marcha o que era apenas um projeto. Aos amigos Marcelo Vieira Fernandes (USP) e Aline Montesine Fávaro (USP) pela preciosa leitura e sugestões aos primeiros esboços desta tradução. Agradecemos a Adriano Aprigliano (USP), que gentilmente traduziu os excertos em árabe contidos nas notas. Nossa gratidão tampouco deixa de se estender a Mattia Cavagna (*Université de Louvain*) pelas observações às fontes em francês antigo e provençal de que se lançou mão via aparato.

Aos editores Marcelo Azevedo, Felipe Campos e Alexandre Pinheiro Hasegawa, os quais acreditaram no projeto de tradução desta fascinante obra que se convencionou chamar *Novellino*.

Ao filólogo Alberto Conte (*Università di Pavia*) pelas sempre amáveis e encorajadoras mensagens.

A todos aqueles que direta ou indiretamente nos auxiliaram ao longo dos trabalhos: Adir de Oliveira Fonseca Jr., Adriana Zierer, Adriano Scatolin, Arthur Galdiano, Baudouin Van den Abeele, Camila Nápoli, Carlos Berriel, Carol M. da Rocha, Elisângela C. Morais, Isabella T. Cardoso, Léa Silveira, Lorena Phillips, Lucia Sano, Marcus Baccega, Paulo Sérgio de Vasconcellos, Pedro P. Funari, Ricardo da Cunha Lima, Robson T. Cesila, Sílvia Bendasoli, Tarcísio Lakatos.

À Natasha e ao Juliano.

Abreviações

Ael.	*Claudius Aelianus*, Cláudio Eliano
Hist.	*Historical Miscellany*, ed. N. G. Wilson (Cambridge, 1997)
Nat.	*De natura animalium*, ed. R. Hercher (Parisiis, 1858)
Albert.	*Albertus Magnus*, Alberto Magno
Aet.	*De aetate*, ed. A. Borgnet (Parisiis, 1890)
Apollod.	*Apollodorus*, Apolorodo
Bibl.	*The Library*, trad. J. G. Frazer (Cambridge, 1921)
Arist.	*Aristoteles*, Aristóteles
Eth. Nic.	*Ethica Nicomachea*, ed. I. Bywater (Oxonii, 1962 [1894])
Pol.	*Politics*, trad. H. Rackham (Cambridge, 1932)
Aug.	*Aurelius Augustinus*, Agostinho de Hipona.
Ciu.	*De civitate Dei*, *CCSL*, ed. B. Dombart & A. Kalb (Turnholti, 1955)
B. I.	*Benevenutus de Imola*, Benvenuto da Imola
Com. Purg.	*Comentum Purgatorii*, ed. G. F. Lacaita (Florentiae, 1887)
Béroul	*Le Roman de Tristan*, ed. E. Muret (Paris, 1966)
Bocc.	Giovanni Boccaccio
De mul.	*De mulieribus claris*, ed. V. Zaccaria (Milano, 1970)
Dec.	*Decameron*, ed. V. Branca (Milano, 2009)

Cassiod.	*Aurelius Cassiodorus*, Aurélio Cassiodoro
Exp. in Ps.	*Expositio Psalmorum*, *CCSL*, ed. M. Adriaen (Turnholti, 1958)
CCSL	*Corpus Christianorum Series Latina*
Cic.	*Marcus Tullius Cicero*, Marco Túlio Cícero
Div.	*De diuinatione*, ed. W. Ax (Stutgardiae, 1965)
Sen.	*Cato Maior De Senectute*, ed. J. G. F. Powell (Oxford, 2006)
Tusc.	*Tusculanae disputationes*, ed. M. Pohlenz (Berolini: 2008 [1918])
Dant.	Dante Alighieri
Conv.	*Convivio*, ed. G. Inglese (Milano, 1999)
Inf.	*Inferno*, *La Divina Commedia*, ed. G. Petrocchi (Milano, 2012)
Par.	*Paradiso*, *ibid.*
Purg.	*Purgatorio*, *ibid.*
Diog. Laert.	*Diogenes Laertius*, *Lives of eminent philosophers*, ed. T. Dorandi (Cambridge, 2013)
Eur.	*Euripides*, Eurípedes
Andr.	*Andromache*, ed. D. Kovacs (Cambridge, 1995)
Eutrop.	*Eutropius*, Eutrópio
Brev.	*Breviarium ab urbe condita*, ed. C. Santini (Leipzig, 1992)
Franc. Sacch.	Franco Sacchetti
Nov.	*Il Trecentonovelle*, ed. V. Marucci (Roma, 1996)

G. A.	*Georgius Acropolites*, Jorge Acropolita
Hist.	*Historia*, *Opera*, ed. A. Heisenberg & P. Wirth (Stuttgart, 1978)
G. V.	Giovanni Villani
Cron.	*Nuova cronica*, ed. G. Porta (Parma, 1990)
Gal.	*Claudius Galenus*, Cláudio Galeno
De plac.	*De placitis Hippocratis et Platonis*, *Corpus medicorum graecorum*, ed. P. de Lacy (Berlin, 2005)
Gaufrid.	*Gaufridus Monemutensis*, Godofredo de Monmouth
Hist.	*The History of the Kings of Britain*, ed. M. D. Reeve (Woodbridge, 2007)
Gell.	*Aulus Gellius*, Aulo Gélio
NA.	*Les nuits attiques*, ed. R. Marache (Paris, 1967)
Girald.	*Giraldus Cambrensis*, Geraldo de Gales
Topogr.	*Topographia hibernica*, ed. J. F. Dimock (London, 1867)
Greg.-M.	*Gregorius Magnus*, Gregório Magno
Dial.	*Dialogues*, ed. A. de Vogüé (Paris, 1978-1980)
Gesta Rom.	*Gesta romanorum*, ed. H. Oesterley (Berlin, 1872)
Gow.	John Gower
Conf.	*Confessio amantis*, ed. R. Pauli (London, 1857)

Hdt.	*Herodotus*, Heródoto
Hist.	*Histories*, eds. C. Dewald & R. V. Munson (Cambridge, 2022)
Hp.	*Hippocrates*, Hipócrates
Nat. Hom.	*De natura hominis*, *Corpus medicorum graecorum*, ed. J. Jouanna (Berlin, 2002)
Io.	*Iohannes Vitoduranus*, João de Winterthur
Chron.	*Chronica*, *MGH SS rer. Germ.*, eds. C. Brun & F. Baethgen (Berlin, 1924)
Isid.	*Isidorus Hispalensis*, Isidoro de Sevilha
Etym.	*Etymologiarum siue Originum libri XX*, ed. W. M. Lindsay (Oxonii, 1911)
Jacob.	*Jacobus a Voragine*, Jacopo de Varazze
Legend. aur.	*Legenda aurea vulgo Historia lombardica dicta ad optimorum librorum fidem*, ed. Th. Graesse (Lipsiae, 1801)
Liv.	*Tito Livio. Storie*, ed. L. Perelli (Torino, 2013 [2004])
M. Polo	Marco Polo
Mil.	*Il milione*, ed. M. Ciccuto (Milano, 2018)
Macrob.	*Theodosius Macrobius*, Teodósio Macróbio
Sat.	*Saturnalia*, ed. I. Willis (Lipsiae, 1994 [1970])
Mar.	*Marinus Sanutus*, Marino Sanudo
Fidel. cruc.	*Liber secretorum fidelium crucis*, ed. J. Bongars (Hanoviae, 1611)

Matth.	*Matthaeus Parisiensis*, Mateus de Paris
Chron.	*Chronica Majora*, ed. H. R. Luard (London, 1880)
Merl.	*Merlin*, ed. D. Poirion (France, 2001)
MGH	*Monumenta Germaniae Historica*
SS. rer. Germ.	*Scriptores rerum Germanicarum*
Mort.	*La mort du roi Arthur*, ed. D. Poirion (France, 2009)
Nenn.	*Nennius*, Nênio
Brit.	*British History and The Welsh Annals*, ed. J. Morris (London, 1980)
Od.	*Odyssea*, ed. M. L. West (Berlin, 2017)
Otto Fris.	*Otto Frisingensis*, Oto de Freising
Chron.	*Chronica siue Historia de duabus ciuitatibus, MGH SS. rer. Germ.*, ed. A. Hofmeister (Hannoverae, 1912)
Otto Mor.	*Otto Morena*, Oto Morena
Hist.	*Historia Frederici I, MGH SS rer. Germ.*, ed. F. Güterbock (Berlin, 1930)
Ov.	*Publius Ovidius Naso*, Públio Ovídio Nasão
Ars Am.	*Ars amatoria*, ed. A. R. de Verger (Lipsiae, 2006)
Met.	*Metamorphoses*, ed. R. J. Tarrant (Oxonii, 2004)
Paus.	*Pausaniae Graeciae descriptio*, ed. M. H. Rocha-Pereira (Leipzig, 1989)

Petron.	*Petronius*, Petrônio
Sat.	*Satyricon*, ed. G. Schmeling (Cambridge, 2020)
Phaed.	*Phaedrus*, Fedro
App.	*Appendix perottina*, ed. G. Solimano (Torino, 2013 [2005])
Physiol.	*Physiologus latinus* (B), *Bestiari tardoantichi e medievali*, org. F. Zambon (Milano, 2018)
PL	*Patrologia Latina*
Plin.	*Gaius Plinius Secundus*, Caio Plínio Segundo
HN.	*Naturalis historiae libri XXXVII*, ed. C. Mayhoff (Lipsiae, 1875-1897)
Plut.	*Plutarchus*, Plutarco
Vit. Alex.	*Alexander and Caesar*, *Lives*, trad. B. Perrin (Cambridge, 1919)
Ps.-Turpin.	*Pseudo-Turpinus*, Pseudo-Turpin
Hist.	*Historia Karoli Magni et Rotholandi*, ed. F. Castets (Montpellier, 1880)
Recueil	*Recueil des historiens des Croisades. Historiens occidentaux*; *Historiens orientaux* (Paris, 1859; 1884)
Salimb. Parm.	*Salimbene Parmensis*, Salimbene da Parma
Chron.	*Cronica*, 2 vols., ed. G. Scalia (Bologna, 2007)

Sen.	*Lucius Annaeus Seneca*, Lúcio Aneu Sêneca
Cons. Marc.	*De consolatione ad Marciam*, trad. J. W. Basore (Cambridge, 1932)
Serv.	*Servius Honoratus*, Sérvio Honorato
Comm.	*Servii grammatici qui feruntur in Vergilii carmina commentarii*, ed. G. Thilo & H. Hagen, (Lipsiae, 1881)
Sext. Emp.	*Sextus Empiricus*, Sexto Empírico
Adv. Math.	*Adversus mathematicos*, ed. J. Mau (Lipsiae, 1961)
Soph.	*Sophocles*, Sófocles
Trach.	*The women of Trachis*, ed. H. Lloyd-Jones (Cambridge, 1994)
Suet.	*Gaius Suetonius Tranquillus*, Caio Suetônio Tranquilo
Tib.	*Tiberius, De uita Caesarum libri*, ed. M. Ihm (Lipsiae, 1993 [1908])
Tac.	*Cornelius Tacitus*, Cornélio Tácito
Ann.	*Annalium ab excessu diui Augusti libri*, ed. C. D. Fisher (Oxonii, 1906)
Theophr.	*Theophrastus*, Teofrasto
Char.	*Characters*, ed. J. Diggle (Cambridge, 2004)
Val. Max.	*Valerius Maximus. Memorable doings and sayings*, ed. D. R. Shackleton Bailey (Cambridge, 2000)
Vulgata	*Biblia Sacra Vulgata*, ed. R. Gryson (Stuttgart, 2008).
Col.	*Epistula ad colossenses*

Dt.	*Liber Deuteronomii*
Io.	*Euangelium secundum Iohannem*
Lc.	*Euangelium secundum Lucam*
Mt.	*Euangelium secundum Mattheum*
Nm.	*Liber Numerorum*
Par.	*Liber Dabreiamin id est Verba dierum qui graece dicitur Paralipomenon*
III *Rg.*	*Liber Malachim id est Regum tertius*
Sm.	*Liber Samuhelis id est Regum primus et secundus*

Apresentação

"Flores do bem falar, belas cortesias, belos juízos e belas proezas, belas dádivas e belos amores" (I.1): sublinhando a grande variedade de temas tratados em seu livro de histórias, alguns decênios antes do *Decameron* o anônimo autor do *Novellino* inaugura com uma obra-prima a prosa narrativa italiana e dá início à codificação de um gênero literário que será afortunadíssimo na Itália e em toda a Europa: a novela. Trata-se de narrativas autorais extraordinariamente variadas por sua matéria, assim como pela tipologia heterogênea de seus personagens (bíblicos ou históricos; antigos e contemporâneos, ou ainda, romanescos; nobres, sábios e cavaleiros, mas também burgueses, mercadores e populares) e de sua ambientação (a Europa e o Oriente exótico; a Itália, sobretudo; e, com frequência, Florença).

Não dispondo de uma narrativa central, sucedem-se de modo livre historietas exemplares e novelas puramente pitorescas (ou mesmo cômicas), amiúde centradas no poder da palavra, culminando em respostas argutas ou sentenças fulminantes. Seu conjunto é uma representação realística e policromática da sociedade da época, com seus valores laicos. Pela excepcional perícia e concentração estilística, as breves narrativas não titubeiam: são ágeis, rápidas, precisas. Os manuscritos medievais e as duas edições quinhentistas transmitem a obra em formas diversas, apenas parcialmente coincidentes, cujas novelas nem sempre são as mesmas. Há muito, questiona-se acerca de seu autor (seria ele mais de um?), de sua pátria (Florença?), da datação da obra (o fim do *Duecento*?), da ordem e conteúdo originário da recolha (cem novelas?), de seu título geral e rubricas. A sua concepção é uma das mais intrincadas e enigmáticas questões filológicas da história da literatura italiana e, apenas há poucas décadas, foi solucionada.

Nesta edição baseada na cativante redação final quinhentista, Talita Janine Juliani e Tiago Augusto Nápoli apoiam sua tradução - a primeira integral em língua portuguesa - no mais recente texto filologicamente estabelecido. Em sua *Introdução*, percorrem as etapas formativas das *cem novelas* com base nos mais novos estudos filológicos e histórico-literários; e seu comentário elucida a originalidade do livro entre tradição e inovação, suas qualidades estilísticas e valor literário.

Alberto Conte
Università di Pavia

Era como se as frases que ele tinha diante dos olhos se lhe tornassem subitamente familiares; levassem-no irresistivelmente a recordar-se de algo; como se à leitura de cada uma se impusesse, ou melhor, se sobrepusesse, a lembrança a um só tempo precisa e vaga de uma frase que seria quase idêntica e que ele teria já lido em outro lugar.[1]

Georges Perec (1979). *A viagem de inverno*

Introdução

Não é tarefa fácil apresentar a obra conhecida como *Novellino.* As incertezas quanto ao local e ao momento de sua gênese, o silêncio sobre sua autoria, sua complexa tradição textual e miríade de referências são alguns dos desafios com os quais têm de lidar aqueles que se dedicam a estudá-la. No Brasil, soma-se a esse quadro o fato de que o texto é quase que desconhecido do público em geral.

Redigidas provavelmente no fim dos anos 1200 e depois compiladas, rearranjadas e reescritas ao longo dos séculos seguintes, suas breves narrativas se constituem

1 *"C'était comme si les phrases qu'il avait devant les yeux lui devenaient soudain familières, se mettaient irrésistiblement à lui rappeler quelque chose, comme si à la lecture de chacune venait s'imposer, ou plutôt se superposer, le souvenir à la fois précis et flou d'une phrase qui aurait été presque identique et qu'il aurait déjà lue ailleurs".*

em uma espécie de catálogo literário, onde indivíduos comuns figuram ao lado de personalidades históricas, em cenários muitíssimo diversificados. Nas "flores do [bem] falar" (*fiori di parlare*, I.1) do *Novellino* — denominação dada pelo compilador anônimo às historietas — reúnem-se, portanto, dimensões diversas do ocidente e do oriente, de tempos e paisagens.

Diante de tal desafio, nossa introdução procura explorar de forma sucinta alguns dos principais aspectos da obra, apresentada aqui pela primeira vez em língua portuguesa. Dentre as possibilidades de abordagem da fonte, pareceu-nos importante, se não fundamental, aproximarmo-nos dela por três vias: em um primeiro momento, tentou-se recuperar brevemente a história de sua transmissão (tópico, como se verá, riquíssimo); em segundo lugar, discutiu-se o seu contexto de surgimento bem como parcela das questões que giram em torno do gênero do *Novellino*; por fim, foram apresentadas algumas de nossas escolhas tradutórias ao verter o texto para o português.

1. O *Novellino* em manuscritos e edições

Em carta de 18 de novembro de 1523, o cardeal e humanista Pietro Bembo[2] agradecia a Giulio Camillo Del Minio[3] pelo envio de um manuscrito (ms. Vatica-

---

[2] *Sc.* figura emblemática do Renascimento na Itália, cuja obra *Prose della volgar lingua* (1525) sugere o toscano do século XIV como paradigma de escrita literária.

[3] Giulio Camillo Del Minio (*c.* 1480 – 1544) foi erudito e professor, nascido na região do Friuli.

no 3214)[4] que continha um exemplar de certas "novelas antigas".[5] Tratava-se da compilação de cem pequenas narrativas que se convencionaria chamar de *Novellino*.[6] Possivelmente partindo do mesmo códice, em agosto de 1525, o literato – e amigo de Bembo – Carlo Gualteruzzi[7] viria a publicar a primeira versão impressa do texto, estampada em Bolonha por Girolamo Benedetti sob o título *Le ciento novelle antike*.[8] Esses dois testemunhos, isto é, o manuscrito Vat. 3214 e a edição gualteruzziana,

---

4 Doravante Vat. 3214.

5 Diz Bembo a Del Minio na missiva: "*Ho avuto per mano di M. Romulo [Amasei] l'esempio delle antiche novelle, che m'avete fatto scrivere di buonissima lettera, e come io veggo molto corretto, insieme con le rime de' poeti di quelli tempi, della qual cura tante grazie vi rendo, quante posso il più, massimamente sentendovi doppia fatica in ciò avere avuto, e doppia noia per piacermi*", in Biagi (1880: cxli). Para a epistolografia de Bembo, ver os volumes editados por Travi (1987-1993).

6 Ressalta-se aqui, na esteira de Conte (2001: 267, n. 3), que o manuscrito enviado por Del Minio a Bembo foi copiado "pelo maior calígrafo de seu tempo", Pierantonio Sallando (*c.* 1460 – *c.* 1540), professor da Universidade de Bolonha.

7 Originário de Fano, Carlo Gualteruzzi (1500 – 1577) estudou Direito, tendo assessorado diversos membros da Santa Sé ao longo da vida. Como se sabe, sua carreira de literato se deveria, sobretudo, ao próprio Bembo.

8 Embora a edição gualteruzziana apresente um texto muitíssimo similar ao Vat. 3214, sabe-se que ela não poderia descender diretamente dele, uma vez que variantes presentes no manuscrito não se encontram na impressão. A partir disso, supõe-se que ou Gualteruzzi teria feito correções antes da impressão da *editio princeps*, ou haveria um manuscrito intermediário, derivado de Vat. 3214, que não veio a público, hipótese menos aceita. Ver Conte (2001: 277) e Biagi (1880: cxlv-cxlvii).

serão os responsáveis por difundir o compêndio de cem textos numerados e rubricados. Em consequência, podemos imaginar que a origem da obra, ao menos com esse formato, remonta ao século XVI. Em outras palavras, tratar-se-ia, nesta perspectiva, de um projeto idealizado por Bembo ou Del Minio (ou ambos), cuja constituição resgata o *Decameron*, de Giovanni Boccaccio.[9]

Em 1880, contudo, o teórico de literatura comparada Aleksandr Veselovsky descobriria um manuscrito datado das primeiras décadas do século XIV, o Panciatichiano 32 (Pan. 32), que continha um expressivo núcleo de textos do *Novellino vulgato*[10] – a saber, 96 narrativas, muitas delas dispostas na mesma ordem[11] –, fato que

---

[9] Diz Conte (2001: 282): "*Le vicende dei due testimoni sono legate alle premure di Pietro Bembo: è lui a comissionare il manoscritto V*[*at.*]*; è l'amico Gualteruzzi a pubblicare, poco tempo dopo, la raccolta con la sua supervisione; sono di suo pugno le consistenti modifiche introdotte sul manoscritto dell'epistola dedicatoria del curatore*". Na esteira de Conte, afirma Battaglia Ricci (2008: 8): "*Bembo è la figura culturale di riferimento per tutta la vicenda editoriale cinquecentesca del libretto*".

[10] *i.e.* a organização da recolha segundo a edição de Gualteruzzi e o ms. Vat. 3214.

[11] O manuscrito Panciatichiano 32, da Biblioteca Nacional de Florença, possui ao todo 132 breves narrativas em prosa, além de outros textos (e.g. *Itinerario ai luoghi santi*, um fragmento das *Fiori e vita di filosafi* e do *Libro di Sidrach*). Ele se divide em duas partes, denominadas P1 e P2, datadas de períodos diversos. P1 é a mais antiga, provavelmente do fim do século XIII e início do XIV. Contém 85 narrativas, das quais 69 (62, mais 7 interpoladas) também constam do *Novellino vulgato*. P2 é, talvez, do primeiro quarto do século XIV e contém 47 narrativas, sendo que 27 delas estão na edição *vulgata* (LXXII-C, excetuando-se LXXXI e LXXXVI, organizadas na mesma ordem e rubricadas, mas sem numeração). Especialistas dividem-se sobre os

mudaria a história da obra.[12]

Entre outras coisas, a descoberta acabaria por confirmar que a compilação, a qual possui o título *Libro di novelle e di bel parlare gientile*, já existia, ao menos parcialmente, entre o fim do século XIII e início do XIV, hipótese reforçada por evidências externas. Cabe notar, por exemplo, que algumas versões das histórias do *Novellino* podem ser lidas no *Decameron*, de Giovanni Boccaccio, cuja redação teria se dado entre 1348 e 1351.[13] Além disso, na referida carta de Bembo, o cardeal agradece pelo recebimento, no mesmo manuscrito (Vat. 3214), de uma coletânea de "poemas dos autores daqueles tempos" (*rime de' poeti di quelli tempi*), isto é, poetas do *Duecento* italiano.[14]

---

seus copistas: para Aruch (1910) e Picone (2001), as duas seções do Pan. 32 foram escritas por mãos diferentes; já para Pomaro (1993) e Bertelli (1998), uma mesma mão redigiu o material, mas em momentos diversos dos primeiros decênios do século XIV.

12 Assim, tem início o que Di Francia (1930: vii) apelidou de "pequena questão homérica", e o que Battaglia Ricci (2008: 5) diz estar entre "*le realtà testuali più complesse e sfuggenti della nostra tradizione letteraria*". *Cf.* também Mulas (1984: 10).

13 Para a datação do *Decameron*, ver Cursi (2007). Sobre a ideia de que Boccaccio se inspiraria no *Novellino* para compor sua obra, Vincenzo Borghini ressalta: "[...] *le novelle prese dal Boccaccio correvano nei suoi tempi per le bocche, e per gli scritti di molti...*" (Biagi 1880: ix-x, n. 1). Além disso, é provavelmente o texto boccacciano que serve como modelo para o formato do *Novellino vulgato*, e não o contrário. *Cf.* Battaglia Ricci (2008: 7).

14 Sobre esses poetas, *cf.* Manzoni (1872) e Casini (1881). Vale lembrar que Carlo Gualteruzzi faz menção à antiguidade da coletânea em sua dedicatória a Gregorio Gheri (*c.* 1470 – 1528), bispo de Fano, julgando-a o mais antigo compêndio de prosa em língua vernácula. *Cf.* Biagi (1880: xiv, n. 3) e Moroni (1984: 142-43).

Ainda assim, embora parte considerável das narrativas desse antigo manuscrito esteja na edição *vulgata*, a diferente quantidade de novelas observadas em ambos (100 no *Novellino* e 132 no Pan. 32), a divergência na ordenação de parte dos textos, assim como as discrepâncias entre as narrativas e suas rubricas (por vezes, ausentes, diga-se) levaram à constituição de duas tradições textuais, obrigando aqueles que se aproximam do compêndio a inevitavelmente ter de "tomar um partido filológico", como bem coloca Luisa Mulas.[15]

Em síntese, conquanto o *Novellino vulgato* não ateste a recolha original de textos – se é que o Panciatichiano 32 representaria tal originalidade –, seu formato revela-se importante não apenas por reunir o referido grupo de historietas da coletânea mais antiga,[16] mas, ao

---

[15] Mulas (1984: 9-10). Narrativas do *Novellino vulgato* também são encontradas em outros manuscritos, por exemplo: o Laurenziano Gaddiano 193 (G.) (séc. XIV, Biblioteca Mediceo-Laurenziana), o Palatino 566 (A.) (séc. XIV, Biblioteca Nazionale di Firenze), o II.III.343 (S.) (séc. XIV-XV, *ibid.*) e o Pluteo 90 sup. 89 (L.) (séc. XV, Biblioteca Mediceo-Laurenziana). Certos textos podem ser lidos somente em alguns testemunhos, e todos esses códices são parte de fases de reorganização da obra, exceto L. (*Cf.* Conte 2013: 59, n. 104). Os manuscritos são organizados em cinco *stemmata codicum*, um proposto por Aruch (1910), e depois precisado por Monteverdi (1954); outro concebido por Favati (1970) e um por Lo Nigro (1964), ambos pouco creditados. Conte (2001: 275-278) fornece um *stemma* que parece ser o mais aceito até o momento. Em grande medida, os elementos que orientam os desenhos dessas famílias de códices são a seleção de novelas de cada manuscrito e a presença ou ausência de rubricas e numeração. *Cf.* Mulas (1984: 9-36) e Conte, *ibid.*

[16] Sendo em razão disso amplamente difundido a partir do fim do século XIX com a descoberta do Pan. 32.

mesmo tempo, por simbolizar certa concepção renascentista que alicercearia a obra.[17] O *Novellino vulgato* marcaria, por assim dizer, o nascimento de uma obra já existente.

2. O *Novellino*: contexto e composição

2.1. Datação e língua

Como mencionado, o *Novellino vulgato* surge na primeira metade do século XVI. Embora a recolha seja anônima (não se tem notícia de quem teria elencado e numerado[18] as cem narrativas do ms. Vat. 3214, tampouco de qual - ou quais — manuscrito[s] esse códice descenderia), é consenso compreendê-la como produto de um ambiente cultural renascentista. Em termos diversos, a publicação da edição gualteruzziana do *Novellino* no mesmo ano da *Prose della volgar lingua*, de Bembo, espelharia parte dos debates caros ao momento, por exemplo, acerca da adoção do vernáculo como paradigma literário, ou ainda sobre quais textos demarcariam o princípio da literatura italiana.

---

[17] Curiosamente, o texto de Gualteruzzi seria reproduzido somente duas vezes no século XVI, tendo desaparecido nos dois séculos seguintes em virtude da edição de 1572, do beneditino Vincenzo Borghini (1515 - 1580). Partindo da *editio princeps*, o prelado florentino foi responsável por suprimir e substituir uma série de narrativas do *Novellino vulgato* - assim como faria com o *Decameron* - dando-lhe uma forma considerada mais condizente com os ideais da Contrarreforma. Para as alterações de Borghini na edição de Gualteruzzi, *cf.* Biagi (1880 e 1910).

[18] A numeração das novelas remonta aos testemunhos dos 1500. *Vide* Conte (2013: 58-59, n. 102).

Nesse aspecto, mais nebuloso é o contexto de compilação das narrativas da coletânea originária, cuja proveniência não se mostra imediata, tal qual a do *Novellino vulgato*. Representada pelo acervo narrativo do Pan. 32, sugere-se para a antologia uma datação de primórdios do século XIV, muito provavelmente por volta de 1320.[19] Seu *terminus post quem*, entretanto, seria o ano de 1281, ocasião em que Francesco d'Accorso, jurista bolonhês que protagoniza a novela L da *vulgata* (85 no Pan. 32), retorna da Inglaterra. Dado que outros manuscritos,[20] todos considerados dos primeiros decênios do século XIV, podem ser tomados como *terminus* da coletânea mais antiga, é aceito que as primeiras redações (ou compilações) do *Novellino* estejam assentadas no fim do *Duecento* e início do *Trecento*, ou seja, antes da composição do *Decameron*.[21]

Além disso, reconhece-se que a coletânea teria surgido na Toscana ou, mais especificamente, em Florença, pois, ainda que os temas das narrativas se revelem variáveis e que o número de personagens florentinos de suas novelas seja pouco significativo, sua ambientação

---

19 Sobre a datação do Pan. 32, ver Bertelli (1998; 2002), Ciepielewska-Janoschka (2011) e Conte (2013: 61-62, n. 114).

20 Referimo-nos aos manuscritos G., A. e P2. Conte (2013: 64) nos diz, porém, que "*nessun argomento consente di ritenere anteriori alla pubblicazione del* Decameron *i mss. G, A e P2 del* Novellino".

21 *Cf.* Battaglia Ricci (2008: 20). No entanto, *vide* Conte (2013), onde o pesquisador sugere que o *terminus post quem* de parte das narrativas do *Novellino* seria a publicação da obra boccacciana, o que revelaria que alguns de seus segmentos remontam à segunda metade do século XIV.

e características linguísticas, em especial o emprego dos dialetos toscano-ocidental (sobretudo de Luca e Pisa) e florentino, acusariam tal filiação.[22]

2.2. Seleção e organização

Como salientado já pela rubrica do proêmio da edição *vulgata*, o *Novellino* é um florilégio. Afirma-se ali: "Este livro trata de algumas flores do bem falar, de belas cortesias e de belos juízos, de belas proezas e dádivas, conforme muitos homens valorosos o fizeram nos tempos passados". A concepção de antologia, contudo, fazia-se não menos evidente nos parágrafos que abrem a coletânea originária,[23] onde, ao se delinear o programa da obra, mencionava-se a recolha de *flores* (isto é, textos).[24]

Conforme se verificará, à noção de construto da coletânea seguem unidades temáticas que podem ser tomadas como eixos compilatórios: "o bem falar", "as

---

22 Para as divergências dialetais do Panciatichiano 32, ver Conte (2001: 299), Battaglia Ricci (2008: 12-13) e Ciepielewska-Janoschka (2011: 40-56). Favati (1970: 64-82) propôs que o *Novellino* seria vêneto, mas se trata hoje de argumento pouco endossado.

23 Lê-se no Pan. 32 (segundo reprodução de Conte 2001: 166): "[...] *facciamo qui memoria d'alquanti fiori di parlare, di belle cortesie, di belle risponsi, di belle valentríe, di belli doni e di belli amori, secondo che per lo tempo passato ànno fatto giae molti*".

24 Que a coletânea originária de Pan. 32 nasce enquanto unidade tomamos conhecimento pela palavra *livro*, presente no título que a acompanha (*Libro di novelle e di bel parlare gientile*). Ver breve discussão em Conte (2001: xvi) e em Battaglia Ricci (2008: 14-15). Para um estudo introdutório sobre o proêmio do *Novellino*, ver Mulas (1984: 37-50).

belas cortesias", "os belos juízos e proezas" etc. Todavia, mesmo que alguns desses grupos tenham sido identificados como critérios de organização das narrativas, é preciso destacar que eles não seriam rígidos e que no *Novellino* os temas parecem associar-se de maneira bastante livre.[25] Segundo argumentam alguns estudiosos,[26] tal liberdade diferenciaria o *Novellino* de outros tipos de compêndios medievais (como as antologias de *exempla*, cujas unidades agrupam-se frequentemente em torno de valores morais específicos), tornando-o um inventário variado, do qual poderá dispor o seu público. Se não há parâmetro claro para a organização das narrativas do compêndio, presume-se ao menos que teria existido um crivo para a seleção de seus textos, balizado pelo duplo propósito da coletânea, ser útil e deleitar:

> E quem tiver um coração nobre e um intelecto arguto poderá assim imitá-las [*sc.* as historietas] pelo tempo vindouro, empregá-las, mencioná-las e narrá-las no momento oportuno, para o proveito e deleite dos que não sabem, mas desejam saber.[27]

---

[25] Sobre essas categorias e outras possíveis associações temáticas, ver Conte (2001: xx-xxv).

[26] *e.g.* Mulas (1984: 43-44), Conte (2001: xx-xxv) e Battaglia Ricci (2008: 14-15).

[27] *Nov.* I, 5. Não por acaso, vem-nos à mente o verso 333 da *Arte Poética* de Horácio, ou ainda o argumento de que fala Boccaccio no Proêmio do *Decameron*. Lemos neles respectivamente: "*Aut prodesse uolunt aut delectare poetae*"; e no certaldense: "[...] *parimente diletto delle sollazzevoli cose in quelle mostrate e utile consiglio potranno pigliare, in quanto potranno cognoscere quello che sia da fuggire e che sia similmente da seguitare*" (§14).

Relembremos, enfim, que o *Novellino*, tendo chegado até nós em mais de uma versão, certamente terá contado com mais de um compilador. De partida, se identificarmos um para a edição *vulgata* e outro para a coletânea originária, os grupos temáticos expostos pelo proêmio – o mesmo na *vulgata* e no Pan. 32 – não deverão ser considerados como guias seguros, visto que a recolha teria sido organizada, no mínimo, mais de uma vez. Assim, nas sucessivas fases de rearranjo verificadas na formação do *Novellino*, a obra se tornaria o que Conte (2001) chamou de "resultado de uma conspícua reorganização" em nível macro e microtextual.[28]

2.3. Limites genéricos

O termo *novellino*, registrado em carta de 1525 de Giovanni Della Casa[29] a Carlo Gualteruzzi para se referir ao livro publicado por este (e estampado como título apenas no século XIX),[30] revela que a percepção que se tinha de seu conjunto de narrativas no *Cinquecento* estava atrelada a um gênero consolidado, a *novella*, plenamente codificada no *Decameron*, quase dois séculos

---

28 Diz o editor: "*Il* Novellino vulgato, *cioè la raccolta in cento novelle, è il risultato di questa cospicua riorganizzazione macro-strutturale dell'*Ur-Novellino" (Conte, 2001: xvi); e "*Le modifiche non sono solo macro-strutturali, ma sono consistite anche nella significativa riscrittura di alcune novelle* [...]" (Conte, 2001: xxiii).

29 Arcebispo de Benevento, Giovanni Della Casa (1503 – 1556) conheceu Carlo Gualteruzzi ainda na juventude em Bolonha. Lê-se na carta mencionada: "*e voi ne avete forse per lo stampare il novellino*" (*Opere* 1752: 238).

30 Ou seja, em Milão, no ano de 1836. *Vide* Biagi (1880: lxvii).

antes. Como ressalta Battaglia Ricci (2008: 6-7), parece não haver narrativa breve que possa ser avaliada sem se levar em conta o marco genérico representado pelo *Decameron*, mesmo que o procedimento comprometa a apreciação de textos de natureza afim cuja origem anteceda ao autor certaldense.[31]

Com efeito, Boccaccio é o responsável por conferir uma forma definitiva à novela. No entanto, ao se examinar o *Novellino*, torna-se não menos patente que tal forma narrativa pode ser vislumbrada em suas historietas (inclusive na coletânea originária, registrada no Pan. 32). Por conseguinte, entrevê-se na recolha uma espécie de matriz do gênero novelístico. Mas, afinal, como se poderia defini-lo?

Como se sabe, a palavra *novella* está intrinsecamente associada ao vocábulo latino *noua* ("novidades") e, por extensão, ao "relato de um fato recente", à "história contada", acepções todas elas presentes no *Novellino*.[32] Quando a *novella*, porém, desloca-se da dimensão oral para a escrita, é certo que o quadro ganha nuances. Sua curta extensão não mais se limita ao hodierno. A *novella*, concebida *grosso modo* como um texto narrativo breve acerca de "um acontecimento insólito", não se restringe doravante a seus elementos formadores, mas discorrerá sobre aquilo que, embora conhecido, apresenta-se sob

---

[31] O que não implica que parcela do *Novellino* não possa ter servido de modelo a Boccaccio.

[32] Para o uso de *novella* com o sentido de "novidade", ver, por exemplo, as narrativas XLVI, LXX e LXXXIV. Para o sentido de "relato oral do que acaba de ocorrer", ver XXIII. Por fim, para a acepção de "história", observar seu registro em XL. *Cf.* Battaglia Ricci (2013: 38-46).

nova perspectiva.[33] Em bases retoricizantes, a *novella* se comporá – na maioria das vezes – do encadeamento de um prólogo (onde se definem suas personagens e circunstâncias), da história em si e de um epílogo.[34] Mais importante, seus elementos constitutivos passam a vincular-se a uma longa e multicultural tradição literária de narrativas de pequena extensão que remonta à Antiguidade e a seus desdobramentos medievos: os *exempla*, as *vitae*, os *fabliaux*, entre outros.[35]

Conforme se pode depreender da leitura do *Novellino*, a novela enquanto forma literária já se mostra verificável em suas páginas, ainda que de maneira fugaz (*e.g.* XXXIII; XCVI).[36] Apesar de relutante à ideia de que haveria uma clara progressão do gênero literário entre o *Novellino* e o *Decameron*, Conte (2013: 66) admite que alguns dos textos da coletânea representariam certos "nichos de persistência" (*nicchie di persistenza*) movidos por um gosto narrativo-novelístico que precede Boccaccio. Parece certo, portanto, que o *Novellino* conserva um significativo testemunho das origens da novela medieval italiana antes de publicação da obra do certaldense, daí sua inestimável relevância.

---

33 Mulas (1984: 156, n. 7). *Cf.* Zumthor (1972: 392).

34 Para a definição adotada de *novella*, ver Battaglia Ricci (2008; 2013: 46-49). Uma discussão mais extensa sobre o tema é encontrada nos estudos clássicos de Neuschäfer (1969), Jauss (1977) e Auerbach ([1921] 2013).

35 A título de exemplo, ver os textos de Fedeli, Vàrvaro e Delcorno, todos em *La novella italiana. Atti del convegno di Caprarola* (1989), assim como Battaglia (1965: 487-584).

36 *Vide* Segre (1989) e Battaglia Ricci (2013).

3. Sobre a tradução

A presente tradução baseia-se na edição crítica de Conte (2001), cotejada, sobretudo, com Di Francia (1930) e Lo Nigro (1963). Sempre que se julgou necessário, consultaram-se em caráter complementar a *editio princeps* gualteruzziana (1525) bem como a versão digital do ms. *Vat.* 3214, disponibilizada pela *Biblioteca Apostolica Vaticana.* Ainda nesse âmbito, seria redundante sublinhar a importância do *Vocabolario della Crusca* e do *Tesoro della lingua italiana delle origini* (TLIO), cujos verbetes contêm um sem-número de citações do próprio *Novellino.*

No que se refere ao aparato que acompanha a tradução, optou-se por uma via intermediária frente aos estudos referidos.[37] De um lado, pareceu-nos pouco proveitoso reproduzir, numa espécie de decalque, os extensos apontamentos (de ordem histórica, filológica, genética, etc...) de seus principais comentadores. Por outro, negligenciar o modo pelo qual se articulam as diferentes tramas literárias da obra (seu arquitexto) se revelaria procedimento ineficaz suprimindo o que lhe é característico.[38] Assim, pendendo ao espírito do florilégio, apresentam-se por meio de notas algumas das principais fontes primárias, quase todas inéditas em língua

---

37 Além das edições mencionadas, verdadeiro sustentáculo deste trabalho, *cf.* D'Ancona (1912) e Besthorn (1935).

38 É preciso recordar, por exemplo, que o *Novellino* é em parte produto de uma sociedade feudo-vassálica em transição, cujo imaginário citadino (o *fulcro del vivere civile*, na expressão de Segre) se acentuaria desde a Idade Média Central. *Cf.* Segre (1959: 794) e Conte (2001: xxiii).

portuguesa, que subjazem direta ou indiretamente ao *Novellino*.[39] Por óbvio, caso estes lhe entravem a leitura, o leitor deverá privilegiar a fonte primária em detrimento de seus comentários.

Enfim, como critério para a tradução dos muitos topônimos e antropônimos da coletânea, mantiveram-se, via de regra, as grafias dialetais do texto-base, exceto em duas circunstâncias: (1) quando são eles tradicionalmente vertidos para o português (*e.g. Firenze*, Florença, LXXXVIII; *Federigo* II, Frederico II, XXI);[40] (2) ou ainda quando se tratava de figuras não oriundas da Península Itálica, levando-nos a priorizar a grafia de seus respectivos territórios de origem (*Alardo di Vallieri*, fr. Érard de Vallery, LX). Em raras passagens, atualizaram-se os nomes próprios italianos, segundo seu emprego moderno (*e.g. Azzolino Romano*, Ezzelino da Romano, LXXXIV).

Se, como lembrava Calvino, o "conto não perde tempo" (*il racconto non mette tempo*), tampouco o faz o *Novellino*.[41] Sua "concentração estilística",[42] sua fraseologia "rápida e eficaz",[43] ou mesmo sua "necessidade de

---

39 Senão quando indicado, todas as traduções que acompanham o texto são de nossa autoria.

40 Caso em que se adotaram as lições de Machado (2003) ou aquelas das edições brasileiras do *Dicionário analítico do Ocidente medieval* (2017) e do enciclopédico *Literatura europeia e Idade Média latina* (1996).

41 Ou, no provérbio siciliano a que faz menção o escritor, *lu cuntu nun metti tempu*. Para a respectiva tradução de Calvino em língua portuguesa, *vide* Barroso (1990: 45-67).

42 Conte (2001: xxviii).

43 Di Francia (1930: 33).

imediatez descritiva"[44] dão constante prova disso. Por consequência, desde que o expediente não resultasse em um espelhamento artificial entre os elementos morfossintáticos da coletânea e o texto de chegada, procurou-se preservar suas principais marcas textuais, dentre elas, a predileção por períodos coordenados. Nesse sentido, tentou-se evitar o revés sobre o qual já alertavam os rétores antigos quando tratam da *brevitas*, ou seja, a possível obscuridade decorrente dela.[45] Em tais casos, indicou-se amiúde, via colchetes, inserções com ideias apenas implícitas no texto-base. Também se buscou manter a reiteração vocabular, traço das recolhas medievais de *exempla*, tão caras ao *Novellino*. Para tanto, lançou-se mão de anáforas e fórmulas ao fecho de muitas novelas, cujo efeito, esperamos, destacará certa *tensione didascalica* de que falava Sebastiano Lo Nigro sobre o original. No mais, com poucas exceções, manteve-se o epíteto *messere* (provç. *meser*, "meu senhor"), padronizando-o em sua forma reduzida.

Mais importante, procurou-se preservar os diferentes níveis elocutivos de cada novela, observando aquela que é a própria base do florilégio, sua diversidade. Tal como a muitos estudiosos da obra, afigura-se discutível a nós a concepção do *Novellino* enquanto fruto irrefletido do falar cotidiano.[46] Ao mesmo tempo, uma tradução demasiado literária poderia atenuar em língua portu-

---

44 Lo Nigro (1963: 39).

45 *Cf.* Cícero, *Do orador* II.326; Quintiliano, *Instituição Oratória* VIII.3.82.

46 Em verdade, trata-se de uma *mimesi del parlato*, conforme assinalado por Battaglia Ricci (2013: 37).

guesa sua comicidade e cadência textuais, cujo arremate, ao gosto dos *fulmina in clausula* ("desfechos fulminantes") da poesia epigramática,[47] revela-se marcante. Em suma, tal qual o aparato que acompanha a tradução, objetivou-se também aqui o equilíbrio.

De resto, o leitor poderá julgar nossas escolhas à medida que ocorrerem na obra. Nossa expectativa é que ele estenda a mão ao *Novellino* não como a um livro, mas a grande parcela da literatura.

---

[47] Ao abordar o procedimento em Marcial, escreve Conte (1996: 424): "*La tendenza a concentrare l'arguzia nella chiusa si avvertiva già nell'epigramma ellenistico, ma era stato appunto Lucillio a sviluppare questo procedimento e sarà Marziale a perfezionarlo: con lui l'epigramma acquista una fisionomia e una forma tipica, diventa un meccanismo comico costruito appunto in funzione del* fulmen in clausula, *della stoccata finale*".

O NOVELLINO

AS CEM NOVELAS ANTIGAS
ou
LIVRO DE NOVELAS E DE BEM FALAR GENTIL

I
Este livro trata de algumas flores do bem falar, de belas cortesias e de belos juízos, de belas proezas e dádivas, conforme muitos homens valorosos o fizeram nos tempos passados

Quando Nosso Senhor Jesus Cristo falava conosco enquanto homem, disse-nos, entre outras coisas, que a língua exprime aquilo de que está repleto o coração.[1] Assim, vocês que, em meio aos outros, possuem corações corteses e nobres, coloquem suas mentes e palavras em harmonia com a bem-aventurança de Deus, falando, honrando, temendo e louvando ao Nosso Senhor, que nos amou antes de nos criar e antes de nós mesmos nos amarmos. E se em alguma medida – sem que Lhe desagrade – for possível falar em prol da alegria, auxílio e subsistência do corpo, faça-se isso com a maior temperança e cortesia possíveis. E porque os nobres e gentis-homens são, no falar e nas obras, quase como um espelho aos de menor condição, visto que suas palavras são mais agradáveis, pois provêm de um instrumento mais delicado, recordemos aqui algumas flores do bem falar, belas cortesias, belos juízos e belas proezas, belas dádivas e belos amores, conforme muitos já o fizeram em tempos passados. E quem tiver um coração nobre e um intelecto arguto poderá assim imitá-las pelo tempo vindouro, empregá-las, mencioná-las e narrá-las no momento oportuno, para o proveito e deleite dos que não sabem, mas desejam saber. E se as flores que propusermos estiverem em meio a muitas outras palavras, não se

---

[1] Mt 12, 34; Lc 6, 45.

aborreçam, pois o preto serve de ornamento ao dourado. Assim como todo um pomar apraz em razão de um único fruto nobre e delicado, o mesmo ocorre em todo um jardim, por poucas e belas flores.[2] Mas não seja isso motivo de aborrecimento aos leitores, pois houve muitos homens que, embora tenham vivido bastante tempo, mal foram capazes de produzir um único dito engenhoso ou mesmo algo digno de assinalar junto aos bons.

---

[2] Ou seja, a compilação entendida como um florilégio, uma recolha de historietas, cuja variedade remeterá às diferentes flores de um jardim. Nesse sentido, salienta Conte (2001: xvii): "Trata-se, de partida, de um claro indício da tendência inovadora em reproduzir a multiplicidade do real, que se transformará em uma das peculiaridades do gênero novelístico".

II
Sobre a rica embaixada que o Preste João[3] preparou ao nobre imperador Frederico[4]

O Preste João, nobilíssimo senhor indiano, enviou uma rica e nobre embaixada ao nobre e poderoso imperador Frederico, verdadeiramente um espelho do mundo no falar e nos costumes, muito amando se expressar com requinte e se empenhando em proferir sábios juízos. Eram dois os propósitos da embaixada: querer provar em definitivo se o imperador era sábio em suas palavras e ações. Por intermédio de seus embaixadores, o Preste João enviou três pedras preciosíssimas

[3] Lendário soberano do Oriente. Sobre ele, escreve Oto de Freising (*c.* 1114 - 1158): "[...] certo João que, habitando para além da Pérsia e da Armênia no extremo Oriente, é um rei e sacerdote cristão com sua gente [...]" ([...] *Iohannes quidam, qui ultra Persidem et Armeniam in extremo oriente habitans rex et sacerdos cum gente sua Christianus est* [...]) (Otto Fris. *Chron.* 7. 33). Entre seus apócrifos, encontra-se uma carta endereçada ao imperador bizantino Manuel I Comneno (1118 - 1180), onde descreve as maravilhas de seus domínios: "Mel flui pela nossa terra, [que] transborda de leite. [...]. Animais venenosos não conseguem fazer sua morada nesse local, nem fazer mal a ninguém" (*Terra nostra melle fluit lacte habundat.* [...] *Venenata animalia non possunt habitare in eo loco nec aliquos laedere*) (Zarncke 1879: 912).

[4] Possivelmente Frederico II (1194 - 1250), monarca do Sacro Império Romano-Germânico cujos conflitos com o papado levaram à sua excomunhão. O cronista coevo Mateus de Paris o chama de "maior dos monarcas da terra, portento do mundo e seu singular transformador" ([...] *principum mundi maximus Frethericus, stupor quoque mundi et immutator mirabilis* [...]) (Matth. *Chron.* 1250). É uma das personagens mais recorrentes do *Novellino.*

ao imperador, dizendo-lhes: "Presenteiem o imperador com estas pedras e lhe perguntem de minha parte qual é a coisa mais valiosa do mundo. Em seguida, vocês guardarão suas palavras e examinarão sua corte e costumes. Aquilo que virem relatarão a mim sem nada omitir".

E assim, os embaixadores dirigiram-se ao imperador, a quem foram enviados por seu senhor. Segundo sua autoridade, saudaram-no decorosamente da parte do Preste João e presentearam-no com as referidas pedras. O imperador as pegou, mas nada perguntou sobre os seus poderes.[5] Fez apenas com que fossem guardadas e louvou-lhes a grande beleza. Os embaixadores fizeram então a sua pergunta e observaram a corte e os seus costumes. Poucos dias depois, pediram autorização para partir. O imperador lhes respondeu com estas palavras: "Digam ao vosso senhor que a coisa mais valiosa do mundo é a moderação".[6]

Os embaixadores partiram e relataram tudo ao Preste João, narrando o que tinham visto e ouvido, louvando muito a corte do imperador adornada de belíssimos costumes bem como os modos de seus cavaleiros. Quando o Preste João ouviu o relato de seus embaixadores, louvou o imperador, dizendo que era muito sábio nas palavras, mas não no agir, pois não questionara sobre os poderes de tão preciosas pedras. Em seguida, enviou-lhe outra vez os embaixadores e, caso aprouvesse ao imperador, ofereceu-os para a posição de senescal da

---

5 *virtude*, no original.

6 No texto-base, *misura*, um dos fundamentos do ideário cortês do período. *Cf.* Lo Nigro (1963: 61).

corte.[7] Além disso, fez com que lhe fossem relatadas as suas riquezas, as diversas linhagens de seus súditos e os modos de seu país.

Não muito tempo depois, pensando o Preste João que as pedras com que havia presenteado o imperador tinham perdido o seu valor – pois seus poderes não eram conhecidos por ele –, chamou um ourives que lhe era muitíssimo caro e o enviou às escondidas à corte do soberano. Disse: "Empregue o seu engenho de todas as maneiras! Traga-me a qualquer custo aquelas pedras!".

E assim, com muitas pedras belíssimas, o ourives partiu e começou a trabalhá-las próximo à corte. Barões e cavaleiros aproximaram-se para observar a sua arte. O homem era muito astuto, pois, logo que via algum palaciano, não vendia as joias, mas as dava de presente. Regalou tantos anéis, que sua fama chegou aos ouvidos do imperador. Esse mandou chamá-lo e lhe mostrou as suas pedras. O ourives elogiou-as, mas não as considerou de grande valor. Perguntou se o imperador possuía pedras ainda mais preciosas. O imperador fez então vir as três pedras que o ourives desejava ver. O ourives se alegrou e pegou a primeira. Com ela nas mãos, disse: "Esta pedra, *messer*, tem o valor da mais valiosa de vossas cidades". Em seguida, pegou a outra e falou: "Esta, *messer*, tem o valor da mais valiosa de vossas províncias". Enfim, pegou a terceira e disse: "*Messer*, esta vale mais que todo o vosso império".

Fechou então o punho com as pedras, e o poder de

7 *siniscalco*, isto é, o alto funcionário do reino cujas atribuições abrangiam as esferas administrativa e judicial.

uma delas o tornou invisível![8] E assim, desceu as escadarias e retornou ao seu senhor, o Preste João, apresentando-lhe as pedras com grande alegria.

---

[8] Na *Epístola do Preste João*, uma propriedade similar é associada a certas pedras chamadas *midriosi*: "Se alguém a usar no dedo, não perde a visão; e se sua vista está debilitada, ela é restituída; e, quanto mais se fixam os olhos [na pedra], mais apurada torna-se sua visão. Quando o feitiço apropriado é lançado [sobre ela], torna invisíveis os homens, afugenta a inimizade, traz a concórdia, espanta a inveja" (*Si quis illum in digito portaverit, ei lumen non deficit, et si est imminutum, restituitur et cum plus inspicitur, magis lumen acuitur. Legitimo carmine consecratus hominem reddit invisibilem, fugat odia, concordiam parat, pellit invidiam*) (Zarncke 1879: 913). No mais, o heliotrópio guardaria um atributo semelhante, segundo a *História Natural*, de Plínio (23 EC – 79 EC), reproduzida séculos depois por Isidoro de Sevilha (*c.* 568 - 636): "Esta pedra [*i.e.* o heliotrópio] é um exemplo claríssimo do despudor dos magos, pois, ao se combinar o heliotrópio com uma planta e se lançar certos encantamentos, dizem que ela torna invisível seu portador" (*Magorum inpudentia manifestissimum in hoc quoque exemplum est, quoniam admixta herba heliotropio quibusdam additis precationibus gerentem conspici negent*) (*Etym.* XVI. 7. 12). *Cf.* Plin. *HN.* XXXVII.60.

III
Sobre um sábio grego que um rei mantinha prisioneiro, e como este julgou o valor de um corcel

Havia na Grécia um senhor que portava a coroa de rei. Ele possuía um grande reino e se chamava Filipe.[9] Em razão de um delito, mantinha prisioneiro um sábio grego, cuja sabedoria era tamanha, que se elevava muito além das estrelas. Certo dia, ocorreu que um nobre corcel de grande vigor e de bela aparência foi oferecido da Espanha ao soberano. O rei questionou então seus palafreneiros[10] para saber da qualidade do corcel. Foi-lhe dito que se achava na prisão um admirável mestre, entendedor de todas as coisas. E assim, o soberano fez com que o corcel fosse levado ao campo e que se trouxesse o grego. Disse-lhe: "Mestre, examine com atenção este cavalo, pois me foi dito que você é um grande perito!". O grego observou o cavalo e falou: "*Messer*, o cavalo é de bela aparência, mas julgo que foi criado com leite de jumenta". O rei enviou então seus homens à Espanha, para descobrir como o animal fora nutrido. Descobriram que a égua havia morrido, e que o potro fora criado com leite de jumenta. O rei maravilhou-se com aquilo e ordenou que fosse dado ao prisioneiro meio pão por dia às expensas da corte.

Em outra ocasião, ocorreu que o rei reuniu suas pedras preciosas e mandou vir da prisão outra vez o grego. Disse-lhe: "Mestre, você possui um grande saber e creio

---

9 Acredita-se Filipe II da Macedônia (382 – 336 AEC), pai de Alexandre Magno.

10 *mariscalchi*, no texto-base.

que conheça todas as coisas. Diga-me, caso seja entendedor das qualidades das pedras, qual lhe parece a de maior valor?". O grego observou-as e falou: "*Messer*, qual vos é a mais preciosa?". O rei pegou então a pedra mais bela de todas e disse: "Mestre, esta me parece a mais bela e de maior valor". O grego a pegou e fechou o punho. Em seguida, colocou-a junto ao ouvido e falou: "*Messer*, há aqui uma larva". Imediatamente o rei demandou a presença de outros sábios. Fez com que rompessem a pedra, e nela encontraram uma larva. E assim, o rei louvou o grego por tão admirável juízo e estabeleceu que um pão inteiro lhe fosse dado por dia às expensas da corte.

Muitos dias depois, o rei se pôs a pensar que não era filho legítimo. Demandou a presença do grego e, estando com ele em um local secreto, principiou a falar: "Mestre, creio que você tenha um grande conhecimento e pude comprová-lo a olhos vistos naquilo que lhe perguntei. Quero que me diga de quem sou filho". O grego respondeu: "*Messer*, que pergunta fazeis? Bem sabeis que sois filho de vosso pai". E o rei respondeu: "Não me venha com lisonjas! Diga-me sem medo a verdade! Se não o disser, farei com que sofra uma morte terrível". O grego então respondeu: "*Messer*, eu vos digo que sois filho de um padeiro". E o rei disse: "Preciso sabê-lo de minha mãe!". E demandou a presença da mãe, a quem constrangeu com severas ameaças. E assim, a mãe confessou toda a verdade. O rei então se fechou com o grego em uma câmara e disse: "Meu mestre, acabo de presenciar outra grande prova de sua sabedoria. Suplico que me diga como sabe dessas coisas". O grego respondeu: "*Messer*, eu vos direi. Soube por minha própria intuição que o cavalo fora criado com leite de jumenta, uma vez que possuía as orelhas voltadas para baixo, o que não é da natureza dos cavalos. Quanto à larva na pedra, eu o soube, pois as pedras são naturalmente frias e aquela se achava quente. Ela não pode ser quente por natureza, senão por meio de um animal vivo". "E sobre mim? Como soube que era filho de um padeiro?". E o grego respondeu: "*Messer*, quando vos disse aquelas coisas surpreendentes acerca do cavalo, determinastes que me fosse concedido meio pão por dia. Em seguida, quando vos disse acerca da pedra, determinastes a mim um pão inteiro. Ora, podeis imaginar que me dei conta de quem fostes filho, visto que, se tivésseis sido rebento de um rei, vos teria parecido pouco me presentear ainda que com uma nobre cidade. Dito isso, pareceu-vos natural que eu merecesse um pão, assim como o vosso pai fazia". Deste modo, o rei reconheceu sua própria mesquinhez e retirou da prisão o sábio, presenteando-o muito nobremente.[11]

---

11 A história do sábio é narrada por Šahrazād na 892ª noite, do *Livro das mil e uma noites*. *Cf.* Jarouche (2007: 232-236). No entanto, não se trata de sua única ocorrência. Para outras, *vide* Conte (2001: 303-306).

IV
Como um bufão queixou-se a Alexandre acerca de um cavaleiro que ele, bufão, presenteara, esperando que o cavaleiro desse em troca o que recebesse de Alexandre

Enquanto Alexandre[12] assediava com um grande exército a cidade de Gaza,[13] um nobre cavaleiro fugiu da prisão. Maltrapilho, decidiu dirigir-se a Alexandre, o qual conferia dádivas com muito mais generosidade que os demais senhores. No meio do caminho, porém, encontrou um bufão em belas vestes, que lhe perguntou aonde ia. O cavaleiro respondeu: "Vou a Alexandre, para que me presenteie e eu possa retornar honrosamente à minha terra". O bufão então falou: "Ora, diga-me o que você quer, e eu lhe darei. Em seguida, você me recompensará com o que receber de Alexandre". O cavaleiro respondeu: "Dê-me uma montaria, uma besta de carga, vestes e uma soma suficiente para que eu retorne ao meu país". E assim, o bufão atendeu ao pedido, e cavalgaram de comum acordo até Alexandre.

Alexandre havia guerreado duramente contra a cidade de Gaza e, tendo retornado da batalha, fazia-se desarmar sob uma tenda. O cavaleiro e o bufão puseram-

---

12 Alexandre Magno (356 – 323 AEC), célebre rei da Macedônia. Sua reputação de soberano generoso é mencionada por Plutarco (*c.* 50 – *c.* 120 EC): "De natureza magnânima, tornou-se ainda mais generoso com o aumento de suas riquezas" (Φύσει δὲ ὢν μεγαλοδωρότατος ἔτι μᾶλλον ἐπέδωκεν εἰς τοῦτο τῶν πραγμάτων αὐξομένων) (Plut. *Vit. Alex.* XXXIX).

13 Trata-se de *Araine*, no *Roman d'Alexandre* (séc. XII), provável fonte da novela.

-se à sua frente. Com humildade e cortesia, o cavaleiro fez então seu pedido. Alexandre, porém, não lhe dirigiu a palavra, tampouco fez com que lhe respondessem. E assim, o cavaleiro deixou o bufão e pôs-se a caminho de casa.

Estando ainda perto, porém, os nobres cidadãos de Gaza levaram as chaves da cidade a Alexandre, comprometendo-se plenamente a obedecer-lhe como seu senhor. Alexandre voltou-se então a seus barões e disse: "Onde está aquele que me pedia por presentes?". O cavaleiro que requisitara a dádiva foi então convocado. Dirigiu-se a Alexandre, e esse lhe disse: "Nobre cavaleiro, receba as chaves da nobre cidade de Gaza. De bom grado as presenteio a você". O cavaleiro respondeu: "*Messer*, não me dê uma cidade. Imploro que me presenteie com ouro, prata ou vestimentas, segundo lhe aprouver". Alexandre então sorriu e ordenou que lhe fossem dados dois mil *marcos* de prata. Registra-se, aliás, que tenha sido essa a menor dádiva já concedida por Alexandre. E assim, o cavaleiro pegou os *marcos* e os deu ao bufão.

O bufão, por sua vez, colocou-se diante de Alexandre e, com grande insistência, pedia por justiça. Queixou-se tanto, que o cavaleiro foi preso. Sua demanda diante de Alexandre era esta: "*Messer*, eu o encontrei em meu caminho. Perguntei-lhe aonde ia e por quê. Disse-me que se dirigia a Alexandre, para que este lhe presenteasse. Fiz um pacto com o cavaleiro. Dei-lhe presentes, e ele prometeu retribuir-me com aquilo que Alexandre lhe concedesse. Ora, o cavaleiro rompeu o pacto, pois, ao aceitar os *marcos*, recusou-se a dar-me a nobre cidade de Gaza. Por esse motivo, peço, diante de Vossa Senhoria, que façais justiça e me pagueis a diferença entre o valor da cidade e os *marcos*". No entanto, o cavaleiro também se pronunciou. Primeiro confessou a respeito do pacto. Em seguida, disse: "Prudente senhor, este que me faz demandas é um bufão, e o senhorio de uma cidade não pode residir no coração de alguém desta espécie. Ele pensava em ouro e prata. Era esse o seu intento, e eu satisfiz plenamente o que queria. Por tal razão, vosso senhorio proveja a minha liberdade, conforme a vontade de vosso sábio conselho".

E assim, Alexandre e seus barões libertaram o cavaleiro e louvaram a sua grande sabedoria.

V
Como um rei confiou a seu jovem filho uma resposta que deveria ser dada aos embaixadores da Grécia

Havia um rei no Egito, cujo filho primogênito deveria portar a coroa do reino após ele. Desde muito jovem, seu pai o criara entre velhos sábios, de modo que, aos quinze anos, ainda não havia vivido a própria infância. Certo dia, ocorreu que o pai lhe confiou uma resposta aos embaixadores da Grécia. Enquanto o jovem lhes respondia, voltou, porém, os olhos para uma das janelas do palácio e, estando o tempo agitado e chuvoso, viu outras crianças, que recolhiam a água da chuva, construindo pequenas barragens e moinhos de palha.

Ao ver aquilo, o menino abandonou a tribuna. Lançou-se imediatamente pelas escadarias do palácio e foi ao encontro dos jovens que coletavam a chuva. E começou a fazer moinhos e brincadeiras de criança.

Diversos barões e cavaleiros foram em seu encalço e o levaram de volta ao palácio. Fecharam a janela, e o jovem proferiu a resposta como convinha. E, ao fim do conselho, toda a gente partiu.

O pai reuniu então filósofos e mestres de grande saber e lhes contou o ocorrido. Um dos sábios julgava que aquilo se devia ao movimento dos humores;[14] outro, à fraqueza do espírito; outro ainda, a alguma enfermidade psíquica. E assim, este dizia uma coisa, aquele outra, segundo seus diversos ramos de saber. Um filósofo então

---

14 Referência à teoria atribuída, entre outros, a Hipócrates de Cós (séc. V AEC), que dizia existirem quatro humores para regular o organismo humano: sangue (αἷμα), fleuma (φλέγμα), bile amarela (χολὴν ξανθὴν) e bile negra (μέλαιναν). *Vide* Hp. *Nat. Hom.* IV.

falou: "Digam-me, como este jovem foi criado?". E foi-lhe dito como havia sido criado entre sábios e velhos, longe de qualquer brincadeira. "Ora" – disse o sábio – "não se surpreendam se a natureza demanda aquilo que ela perdeu. É razoável que se brinque na infância e se medite na velhice".[15]

---

[15] A tópica é expressa por Cícero (106 – 43 AEC), no diálogo *Sobre a velhice* (32): "Eu, por outro lado, preferiria ser por menos tempo velho, do que velho antes do tempo" (*Ego vero me minus diu senem esse mallem, quam esse senem antequam esse*). Ademais, Lo Nigro (1963: 69) recorda que uma fórmula similar encontra-se ao início do *Convivio* (I.1.17), de Dante.

VI
Como o rei David[16] teve a ideia de querer saber quantos eram os seus súditos

O rei David, rei pela graça de Deus, Ele que de pastor transformara-o em soberano,[17] teve, certo dia, a ideia de saber a todo custo quantos eram os seus súditos: o que foi um ato de vanglória, muito desagradando a Deus. Este enviou-lhe então um de Seus anjos, a quem mandou dizer: "David, você pecou! Deste modo, Seu Senhor lhe manda perguntar: você prefere permanecer três anos no Inferno,[18] três meses nas mãos de seus inimigos ou submeter-se ao juízo do Senhor?".[19] David respondeu: "Coloco-me nas mãos de Meu Senhor. Faça de mim aquilo que Lhe aprouver". O que fez então Deus? Puniu-o, segundo a sua culpa, levando à morte quase todo o povo, já que David se vangloriara de seu grande número. E assim, humilhou-o e reduziu o número de seus súditos.

Certo dia, porém, ocorreu que, enquanto cavalgava, David viu o anjo de Deus com a espada desembainhada, dizimando os seus. Quando o anjo quis golpear uma pessoa, David desmontou prontamente e falou: "Meu Senhor, pela misericórdia de Deus, não tire a vida de

---

[16] Rei de Israel, a quem se atribuiria parte dos *Salmos*. Entre os episódios bíblicos de que participa, estão o *combate contra Golias* (I Sm 17) e o *transporte da Arca para Jerusalém* (II Sm 6).

[17] *Cf.* I Sm 16,11-13.

[18] *infermo*, em P1.

[19] *Cf. Legend. Aur.* XLVI.10.

inocentes, mas a minha, a quem pertence a culpa".

E então, pela bondade de tais palavras, Deus perdoou o povo e cessou a matança.[20]

---

[20] A história baseia-se em II Sm 24, 1-17 e I Par 21, 1-17. Na Bíblia, o emissário de Deus não é um anjo, mas o profeta Gad. As punições tampouco são idênticas: "[Queres que] sete anos de fome te venham à tua terra; ou que por três meses fujas diante de teus inimigos, e eles te persigam; ou que por três dias haja peste na tua terra?" (*Aut septem annis veniet tibi fames in terra tua/ aut tribus mensibus fugies adversarios tuos et illi persequentur/ aut certe tribus diebus erit pestilentia in terra tua*) (II Sm 24, 13, tradução de João Ferreira de Almeida).

VII
Aqui se conta como um anjo disse a Salomão que Deus tomaria o reino de seu filho em razão dos pecados cometidos pelo pai[21]

Lê-se que Salomão[22] desagradara a Deus outra vez, sendo sentenciado a perder o reino. O anjo[23] lhe falou: "Salomão, você merece perder o reino em razão de suas faltas. No entanto, Nosso Senhor manda dizer-lhe que, por causa dos méritos de seu pai,[24] não o tomará durante a sua vida, mas o fará no tempo de seu filho em decorrência das faltas cometidas por você". E assim, Deus revela que tanto os méritos do pai são retribuídos ao filho, quanto as faltas daquele são motivo de punição a este.

Ora, deve-se notar quão zelosos foram em vida os esforços de Salomão. Com o engenho de sua grandíssi-

---

21 Tal como na novela precedente, a narrativa assenta-se sobre uma base veterotestamentária. *Cf.* III Rg 11, 11-12; III Rg 12, 1-24; II Par 10, 1-19.

22 Terceiro rei de Israel, cuja sabedoria e riquezas lhe teriam sido concedidas por Deus: "Deu também Deus a Salomão sabedoria, grandíssimo entendimento e larga inteligência como a areia que está na praia do mar. Era a sabedoria de Salomão maior do que a de todos os do Oriente e do que toda a sabedoria dos egípcios" (*Dedit quoque Deus sapientiam Salomoni et prudentiam multam nimis et latidudinem cordis quasi harenam quae est in litore maris/ Et praecedebat sapientia Salomonis sapientiam omnium Orientalium et Aegyptiorum*) (III Rg 4, 29-30, tradução de João Ferreira de Almeida).

23 Na Bíblia, é Deus quem fala.

24 Salomão era filho de David e Betsabé.

ma sabedoria, erigiu um grandíssimo e nobre reino. Em seguida, assegurou-se de que estrangeiros não o tomassem, isto é, herdeiros não pertencentes a sua linhagem. Para tanto, tomou para si muitas esposas e amantes, de modo a obter muitos descendentes.[25] Mas Deus, que é o Sumo Provedor, fez com que não tivesse senão um único filho de suas inúmeras esposas e amantes. Salomão cuidou então de submeter e organizar o reino sob o filho, o qual se chamava Roboão, para que este o sucedesse no trono. Organizou sua vida da juventude à velhice, instruindo-o em muitas áreas e muito o educando. No mais, fez com que um grande tesouro fosse reunido e o depositou em um local seguro. E mais ainda fez, pois sem demora zelou pela concórdia com todos os senhores vizinhos e governou em paz, dispondo sem contendas todos os seus barões. Por fim, instruiu seu filho acerca do curso das estrelas e o ensinou a ter domínio sobre os demônios. E tudo isso fez, para que Roboão reinasse depois dele.

Quando Salomão morreu, Roboão buscou o conselho de sábios anciãos. Propôs-lhes uma questão e pediu que o aconselhassem sobre o modo de governar o povo. E os anciãos o orientaram: "Você se reunirá com seu povo e dirá com doces palavras que o ama como a si mesmo e que eles são a sua coroa e que, se seu pai lhes foi severo, você será humilde e benéfico. E onde Salomão causou-lhes fadiga, você lhes propiciará um grande repouso. E se foram oprimidos na construção do Templo, você lhes tornará branda a vida". Foram essas as pa-

---

[25] Segundo III Rg 11, 3, Salomão "tinha como esposas setecentas princesas e trezentas concubinas" (*fueruntque ei uxores quasi reginae septingentae et concubinae trecentae*).

lavras ensinadas pelos sábios anciãos do reino.

Em seguida, Roboão partiu e reuniu um conselho de jovens, propondo-lhes argumento similar. Eles lhe perguntaram: "Qual foi o juízo dos que primeiro o aconselharam?". E Roboão lhes contou tudo em detalhe. Os jovens então disseram: "Eles o ludibriaram, pois os reinos não são mantidos pelas palavras, mas pela força e rigor. Ora, se você falar ao povo com doces palavras, parecerá temê-lo e, por conseguinte, ele o dominará. Não o terá como senhor, tampouco lhe obedecerá. Siga, porém, o nosso conselho: todos nós somos seus súditos, e um senhor pode fazer dos súditos o que quiser. Logo, diga-lhes com firmeza e coragem que todos são seus súditos e que você punirá aquele que não lhe obedecer, segundo a sua dura lei. Se Salomão os oprimiu na construção do Templo, você também os oprimirá a seu bel-prazer. O povo não o terá por criança. Todos o temerão, e você manterá o reino e a coroa".

E assim, o tolo Roboão deixou-se levar pelo conselho dos jovens. Reuniu o povo e proferiu palavras ferozes. O povo encolerizou-se. Os barões se agitaram e urdiram conluios e alianças. Alguns deles conspiraram, e trinta e quatro dias após a morte de Salomão, seu filho perdeu dez das doze regiões do reino[26] em razão do insensato conselho dos jovens.

---

26 *i.e.* as doze tribos de Israel, formadas a partir dos descendentes de Jacó.

VIII
Como o filho de um rei presenteou um rei sírio que fora exilado

Um soberano da Grécia chamado Aulix possuía um vasto reino. Ele tinha um jovem filho a quem educava ensinando-o não apenas as sete artes liberais,[27] mas como viver segundo a moral, ou seja, os bons costumes. Um dia, o rei tomou uma grande quantia de ouro e deu a ele, dizendo: "Despenda-o como quiser". Em seguida, ordenou aos barões que não lhe ensinassem a despendê-lo, mas apenas observassem seu comportamento e modos.

Certa feita, os barões, seguindo o jovem, achavam-se à janela do palácio. O jovem estava pensativo. Viu passar pelo caminho – caminho que se estendia junto ao palácio – gente bastante nobre, segundo suas roupas e semblante. O jovem ordenou então que toda aquela gente fosse levada à sua presença. E assim, sua vontade foi obedecida, e os viajantes puseram-se à sua frente.

Um deles, mais intrépido e jovial que os demais, adiantou-se e falou: "*Messer*, o que quereis de nós?". O jovem perguntou: "De onde você é e de que condição?". Ele respondeu: "*Messer*, venho da Itália. Sou um mercador muito rico. Minha riqueza, porém, não provém de minha herança, mas conquistei toda ela por mérito próprio". O jovem questionou então o viajante seguinte, que possuía aspecto nobre e demonstrava certa apreensão. Atrás do outro, ele falou hesitante: "O que quereis

---

27 Ou seja, o *trivium*, compreendendo o estudo da Gramática, Retórica e Dialética; e o *quadrivium*, baseado no aprendizado da Aritmética, Música, Geometria e Astronomia.

saber de mim, *messer*?". E o jovem perguntou: "De onde você é e de que condição?". E ele: "Venho da Síria e sou um rei. Tamanha foi minha habilidade, que meus súditos me exilaram".[28] E assim, o jovem pegou todo o ouro e o deu àquele que fora banido.

A notícia correu pelo palácio. Os barões e cavaleiros reuniram-se em uma grande audiência. Toda a corte cochichava sobre a distribuição do ouro. Por fim, contaram tudo ao pai, nada omitindo acerca das perguntas e respostas. Na presença de muitos barões, o rei então disse ao jovem: "Como você distribuiu o ouro? Que pensamento o moveu? Revele-nos a razão pela qual você nada deu ao que lucrara pelo próprio esforço e tudo ao que perdera por sua culpa e insensatez". O jovem sábio respondeu: "*Messer*, nada dei àquele que nada me ensinou, tampouco a qualquer outro. Concedi uma recompensa e não uma dádiva. O mercador não me ensinou coisa alguma e, portanto, nada recebeu em troca. Por outro lado, aquele que pertencia à minha condição, isto é, o filho de um rei, e que portava a coroa real e que os súditos haviam exilado por sua insensatez, ensinou-me tanto, que meus súditos não serão capazes de fazer-me o mesmo. Dei-lhe, portanto, uma pequena recompensa por tão precioso ensinamento". E quando o pai e os barões ouviram as palavras do jovem, louvaram sua grande sabedoria. O pai dizia nutrir grandes esperanças de que o jovem se mostrasse de grande valor nos anos vindouros.

E assim, uma longa missiva correu pelas regiões entre senhores e barões, e houve grandes disputas entre os sábios sobre o ocorrido.

---

28 Evidentemente a frase é irônica.

IX
Aqui é descrita uma inusitada contenda e o veredito que lhe foi dado em Alexandria

Na Alexandria que se encontra na România[29] – existem, com efeito, doze Alexandrias,[30] as quais Alexandre fundou no mês de março antes de sua morte[31] – há vielas onde os sarracenos preparam manjares para vender. Do mesmo modo que um de nós procuraria tecidos, ali se procura a viela em que há os alimentos mais asseados e refinados.

Numa segunda-feira, estando um cozinheiro sarraceno de nome Fabrat em sua cozinha, veio-lhe um pobre sarraceno com um pão nas mãos. Não tinha dinheiro para comprar comida. Colocou então o pão sobre uma panela, e o alimento começou a receber o vapor que saía do recipiente. Quando o pão ficou impregnado com a fumaça da iguaria, o pobre homem o mordeu devorando-o por completo.

Fabrat, porém, não havia feito muitas vendas naquela manhã. Sentindo-se injuriado, irritou-se. Agarrou o pobre sarraceno e lhe disse: "Pague-me pelo que é meu!". E o pobre respondeu: "Nada peguei de sua cozinha se-

---

29 Entenda-se o Levante, segundo diversos comentadores do *Novellino*. Originalmente se designava pelo termo o mundo romano, em oposição a territórios ditos bárbaros. *Vide* Kazhdan (1991, *s.v.* Romania).

30 Parcialmente corroborado, o número consta da maioria das versões do *Romance de Alexandre* (séc. III EC), do Pseudo-Calístenes. *Vide* Nawotka (2017: 266-267).

31 Alexandre teria morrido em junho de 323 AEC.

não a fumaça". Mas Fabrat insistia: "Pague-me por aquilo que você pegou de mim!". E tamanha foi a contenda, que a notícia chegou ao sultão, pois se tratava de uma questão inaudita e insólita, nunca antes testemunhada.

Pela grande estranheza do fato, o sultão reuniu os seus sábios. Apresentou-lhes a questão, e os sábios sarracenos começaram a examiná-la minuciosamente. Havia quem julgasse que a fumaça não pertencia ao cozinheiro, fornecendo muitas razões para tanto: "Não se pode guardar a fumaça. Ela se dissipa no ar. Não tem substância ou propriedades úteis. Ele não deve pagar!". Outros diziam: "A fumaça achava-se ainda unida ao alimento. Pertencia a ele, bem como era gerada de suas propriedades. Logo, uma vez que o homem está ali para vender o que produz, é o costume que se pague por aquilo que é tomado!". E assim, muitos juízos foram proferidos. Finalmente, chegou-se a um consenso. Disseram: "Visto que o cozinheiro está ali para vender os seus víveres, e os outros para comprá-los, faça, justo senhor, com que lhe seja paga com justiça a mercadoria, segundo o seu valor. Ora, se o cozinheiro costuma receber pelo alimento vendido, tornando lucrativo seu usufruto; e, há pouco, tenha vendido fumaça, que é a parte intangível da comida; faça, senhor, com que seja lançada uma moeda e determine que o pagamento seja considerado concluído a partir do som que emana dela". E assim determinou o sultão que fosse observado.

X
Aqui se conta acerca de um belo juízo que o Schiavo di Bari[32] proferiu a um citadino e a um peregrino

Um citadino de Bari partiu em romaria deixando trezentos bizâncios com um amigo sob estas condições: "Eu partirei como aprouver a Deus. Caso não retorne, você doará o dinheiro em prol de minha alma. No entanto, caso eu retorne no tempo estabelecido, você dará a mim a quantia que você quiser". O peregrino então partiu em romaria e, ao retornar no prazo fixado, pediu de volta os bizâncios. O amigo disse: "Leia-me o acordo". E o romeiro o leu ponto por ponto. "Você bem o disse" – falou o amigo. "Tome! Quero dar-lhe dez bizâncios e guardar comigo duzentos e noventa". O peregrino ficou cheio de ira e disse: "Que amizade é esta? Com fal-

---

32 *Schiavo di Bari.* É lícito supor que se trate do poeta de que fala o mestre de retórica Boncompagno da Signa (*c.* 1170 – *c.* 1240): "Certo Schiavo di Bari, engenhoso criador de metáforas em língua vernácula" (*Sclabo* [sic] *quidam barensis, ingeniosus in ydiomate materno transumptor*); ou ainda da personagem citada em inscrição do antigo batistério da Catedral de Bari: "São teus, Silvestre, descendente do poeta Schiavo" (*Sunt tua Silvester Sclavo delapse poeta*) (Babudri 1942: 191). Como complicador, nada obsta a que a forma *schiavo* – cujo sentido latino é "eslavo" e, apenas posteriormente, "escravo" – seja aqui uma simples referência à etnia da personagem. Neste aspecto, Verlinden (1943: 109) parece lançar alguma luz sobre a questão: "No que tange ao sul da Itália, alguns documentos interessantes constam do tomo V do *Codice diplomatico Barese*. Várias personagens citadas na coletânea levam – como denominação junto ao nome de batismo – o sobrenome *Sclavus*, para indicar sua origem étnica. [...]. A propósito, nunca, neste período [séc. XII], os escravos são chamados de *sclavus* ou *sclava*".

sidades você toma de mim o que é meu!". Mas o amigo respondeu calmamente: "Não fui desleal com você. Caso tenha sido, coloquemo-nos diante do magistrado". E assim houve uma disputa, e o Schiavo di Bari foi o juiz. Ouviu as partes e apresentou a causa. Dela se originou seu juízo, que proferiu àquele que detinha os bizâncios. Disse ele: "Devolva os duzentos e noventa bizâncios ao peregrino, e o peregrino dê a você os dez que você lhe restituiu. Ora, o compromisso dizia: 'Aquilo que você quiser, me devolverá'. Por essa razão, os duzentos e noventa que você quer, devolva-os; e os dez que não quer, fique com eles".

XI
Aqui se conta como mestre Giordano[33] foi enganado por um falso discípulo[34]

Havia um médico de nome Giordano[35] que possuía um falso discípulo. Quando o filho de um rei adoentou-se, o médico dirigiu-se até ele e viu que poderia curá-lo. No entanto, para obter a boa reputação[36] do mestre, o discípulo disse ao pai do enfermo: "Vejo que seu filho morrerá em breve". E enquanto debatia com seu mestre, o discípulo fez abrir a boca do enfermo e colocou habilmente com a ponta dos dedos[37] veneno sobre sua língua. E assim, o doente acabou falecendo.

---

[33] Supõe-se Giordano Ruffo di Calabria (*fl.* 1250), "outrora oficial encarregado dos cavalos do imperador Frederico II" ([...] *miles in marestalla quondam Imperatoris Friderici Secondi*), segundo nos informa na abertura de seu "A arte de curar cavalos" (*De medicina equorum*). *Vide* Molin (1818: 1) e Montinaro (2010: 30-33). Como se verá, porém, é outra a personagem que serve de base à novela.

[34] A história é extraída quase integralmente do tratado "Livro de Hipócrates acerca das enfermidades e tratamentos para cavalos" (*Liber Ipocratis de infirmitatibus equorum et curis eorum*) (séc. VI), cujo protagonista, homônimo do célebre autor de Cós, intitula-se "sapientíssimo médico indiano" (*sapientissimus medicus Indie*). *Vide* Delprato (1865: 101) e Montinaro (2010: 38-39; 2015: 12, n. 14). De resto, *cf.* Di Francia (1930: 29, n. 5) e Lo Nigro (1963: 81, n. 81).

[35] Em P1, o nome do protagonista encontra-se na margem do manuscrito.

[36] No original, *il pregio*.

[37] *col dito stremo* (lat. *in extremo digiti sui*), no texto-base. *Cf.* Conte (2001: 31).

O mestre então partiu e perdeu sua boa fama, a qual foi obtida pelo discípulo. E dali em diante, o mestre jurou nunca mais medicar, senão os asnos, e pôs-se a praticar a medicina junto às bestas e aos vis animais.[38]

---

[38] No tratado referido, a sorte do indiano Hipócrates é diversa (Delprato, 1865: 103): "No entanto, quando o rei Casdre ouviu sobre a sensatez de Hipócrates e seu cuidado para com os cavalos, mandou chamá-lo, fazendo-lhe enormes honrarias. O rei mencionado fazia com que os cavalos ficassem debilitados e depois os enviava a Hipócrates. E pela virtude do Deus Criador, a qual havia nele, Hipócrates curava-os. Por esse motivo, o rei ordenou a Hipócrates que escrevesse um breve livro sobre os tratamentos para cavalos, seu comportamento e natureza" (*Audiendo autem Rex Casdre sensum Ipocratis, et curam equorum, misit pro eo, et fecit sibi maximum honorem. Et supradictus Rex faciebat magagnari equos, et postea Ipocrati dabat, et per virtutem Dei Creatoris, que in ipso erat, liberabat equos: ideo precepit Rex supradictus Ipocrati quod componeret librum unum breve de curis equorum et de continentiis et naturis eorum*).

XII
Aqui se conta acerca da honra que Aminadab[39] fez ao rei David,[40] seu legítimo senhor

Aminadab, comandante e oficial do rei David, dirigiu-se por ordem do rei a certa cidade dos filisteus com um enorme exército.[41] Quando soube que a cidade não mais resistiria e que sua conquista se daria em breve, solicitou ao rei David que viesse ao campo de batalha com uma numerosa tropa, pois temia pelo resultado do prélio. O rei David partiu prontamente e se dirigiu ao exército de Aminadab, seu marechal. Perguntou: "Por que me fez vir aqui?". E Aminadab respondeu: "Senhor, solicitei vossa presença, porque a cidade não pode mais resistir, e gostaria que vossa pessoa obtivesse a glória da vitória e não eu". E assim, assediou a cidade e a conquistou, obtendo David glória e honra.

---

39 Como se verá ao longo da novela, trata-se originalmente de Joab (*cf.* II Sm 12, 26-29), comandante do exército de David, e não Aminadab, combatente de uma das versões do *Roman d'Alexandre*. *Cf.* Michelant (1846: 270; 309; 311).

40 *Vide* novela VI.

41 Na narrativa bíblica, Rabá (moderna Amã), cidade amonita e não filisteia.

XIII
Aqui se conta como Antígono[42] repreendeu Alexandre,[43] porque este fazia com que lhe tocassem a cítara para seu deleite

Quando Antígono, comandante de Alexandre, viu que este fazia com que lhe tocassem a cítara para deleite próprio, pegou-a, quebrou-a e a jogou ao chão.[44] Em seguida, disse estas palavras a Alexandre: "Na sua idade, convém reinar e não tocar a cítara!". E assim, pode-se dizer: "O corpo é como um reino,[45] e a luxúria é algo vil tal qual a cítara". Envergonhe-se, portanto, aquele que deve reinar na virtude, mas se deleita na luxúria.

---

42 Antígono I (*c.* 382 – 301 AEC), importante general de Alexandre Magno e um de seus "sucessores" (διάδοχοι) após a morte do líder macedônico. Sobre a partilha do império alexandrino, afirma-se nas *Antiguidades judaicas* (XII.1), do historiador Flávio Josefo (*c.* 37 – *c.* 100 EC): "Alexandre, rei dos macedônios [...] perdeu a vida. Tendo seu reino passado para muitos, Antígono governa a Ásia; Seleuco, a Babilônia e os povos vizinhos; Lisímaco comandava o Helesponto; Cassandro deteve a Macedônia; e Ptolomeu, filho de Lago, tomou o Egito" (Ἀλέξανδρος μὲν οὖν ὁ τῶν Μακεδόνων βασιλεὺς [...] τελευτᾷ τὸν βίον. μεταπεσούσης δ' εἰς πολλοὺς τῆς ἀρχῆς Ἀντίγονος μὲν τῆς Ἀσίας ἐπικρατεῖ, Σέλευκος δὲ Βαβυλῶνος καὶ τῶν κεῖθι ἐθνῶν, Λυσίμαχος τε τὸν Ἑλλήσποντον διεῖπεν, τὴν δὲ Μακεδονίαν εἶχεν Κάσσανδρος, Πτολεμαῖος δὲ ὁ Λάγου τὴν Αἴγυπτον εἰλήφει).

43 *Vide* novela IV.

44 *gittolla nel fango*, no original.

45 *il corpo è regno*. A fórmula consta da questão 65, do *Livro de Sidrac*, obra de cunho enciclopédico redigida na segunda metade do século XIII. *Cf.* Ruhe (2000: 65).

Durante um banquete, o rei Poro,[46] que lutou com Alexandre, ordenou que as cordas da cítara de um citaredo fossem rompidas, dizendo estas palavras: "Melhor é rompê-las do que se distrair, pois se perdem as virtudes à brandura da música".

---

[46] Rei indiano dos pauravas, habitantes do que hoje é a região central do Punjab. Plutarco (*c.* 50 – *c.* 120 AEC) relata que, após ser vencido por Alexandre, Poro foi reconduzido ao poder sendo-lhe conferido o título de sátrapa. *Cf.* Plu. *Vit. Alex.* LX.

XIV

Como um rei fez com que um filho seu fosse criado por dez anos em um local escuro e depois lhe mostrou todas as coisas, dentre as quais a que mais lhe agradou foram as mulheres

Quando o filho de um rei nasceu, sábios astrólogos previram que a criança deveria permanecer dez anos sem ver o sol, pois do contrário ficaria cega. E assim, o rei fez com que ela fosse criada e mantida em segurança dentro de tenebrosas cavernas. Depois do tempo mencionado, ordenou que o filho fosse trazido para fora e que se colocassem à sua frente muitas belas joias e muitas belas donzelas, tudo sendo identificado pelo nome. Por fim, disseram-lhe que as donzelas eram demônios. Perguntaram-lhe então qual daquelas coisas mais lhe agradava. E ele respondeu: "Os demônios!". E o rei muito se maravilhou com a resposta e falou: "Que tirania é a beleza das mulheres!".[47]

---

[47] Outrora atribuído unicamente a João Damasceno (*c.* 675 – *c.* 753), o relato é parte do *Barlaão e Josafá*, cristianização da vida do Buda. Dentre suas ocorrências em vernáculo, destaca-se a versão de Boccaccio na introdução à Quarta Jornada, do *Decameron*.

XV
Como o soberano de uma cidade fez com que um olho seu e outro de seu filho fossem arrancados para que a justiça fosse observada

Em seu livro VI,[48] Valério Máximo[49] narra que Chalogno,[50] sendo o soberano de uma cidade, ordenou que aquele que cometesse adultério perdesse os olhos. Pouco tempo depois, um de seus filhos incorreu no crime. O povo, porém, clamava por misericórdia. O soberano, ponderando que a misericórdia era algo bastante bom e útil, mas que a justiça não deveria esmorecer – além de compelido pelo amor de seus cidadãos, que lhe clamavam por piedade –, decidiu que ambas fossem observadas, isto é, a justiça e a misericórdia. E assim, julgou e sentenciou que arrancassem um olho de seu filho e outro de si mesmo.

---

48 Mais especificamente, o capítulo 5 do livro em questão.

49 Valério Máximo (*fl. c.* 27 – 31 EC), autor dos "Feitos e ditos memoráveis" (*Facta et dicta memorabilia*), recolha de anedotas relativamente popular na Idade Média. Uma das historietas do capítulo intitulado "Da justiça" (*De iustitia*) serve de base à novela.

50 Em Valério Máximo, o protagonista é Zaleuco de Locros, um dos primeiros legisladores da Grécia Antiga. Teria vivido por volta de 650 AEC.

XVI
Aqui se conta acerca da grande misericórdia que teve o santo bispo Paulino[51]

O bem-aventurado bispo Paulino foi tão misericordioso, que respondeu desta maneira a uma pobre mulher que pedia por misericórdia a um filho seu que se achava preso: "Nada tenho para ajudá-la. No entanto, faça assim: leve-me ao cárcere onde está o seu filho". E ela o levou, e Paulino pôs-se na prisão nas mãos dos torturadores, dizendo: "Devolvam o filho a esta boa senhora e deixem-me preso no lugar dele".[52]

---

51 *i.e.* Paulino de Nola (*c.* 353 – 431), cujo bispado se daria a partir do início do século V. Além de significativa produção poética, é de sua lavra uma extensa correspondência com figuras coevas como Sulpício Severo e Agostinho de Hipona. A novela que segue encontra-se ligeiramente modificada nos "Quatro livros de diálogos" (*Dialogorum libri IV*), de Gregório Magno.

52 Para a versão latina da narrativa, *vide* anexo I.

XVII
Sobre a grande caridade que um banqueiro fez em nome de Deus[53]

Certo banqueiro de nome Pedro foi um homem de muitas posses, o qual se tornou tão misericordioso, que primeiro distribuiu todos os seus bens aos pobres em nome de Deus e, depois de tudo distribuir, vendeu a si mesmo e lhes deu o dinheiro da venda.[54]

---

53 De extensão e desenvolvimento díspares, há outros registros da história, entre eles, nas *Vitae Patrum* (sc. *Vita Sancti Joannis Eleemosynarii*, 21) e na *Legenda áurea* (27). Por sua vez, Ulrich (1884: 32-33) apresenta um *exemplum* extraído de *British Library Ms. Add.* 22557 (séc. XIV), o qual guarda semelhanças de forma e conteúdo com a novela. *Vide* D'Ancona (1912: 100) e Conte (2001: 320-321).

54 Nas três fontes arroladas, a conversão dos costumes deve-se a uma visão: "Eis que, enquanto dormia, Pedro viu alguém que, brilhando mais do que o sol, levava sobre a cabeça uma cruz e vestia a roupa que dera ao necessitado. Ele lhe perguntou: 'Por que choras, Pedro?'. Quando Pedro contou-lhe o motivo de sua tristeza, ele disse: 'Reconheces esta veste?'. E Pedro respondeu: 'Sim, Senhor'. E o Senhor lhe falou: 'Eu a visto desde o momento em que a deste a mim. Agradeço pela tua boa vontade, pois tinha frio e me cobriste'. Pedro então voltou a si e começou a glorificar os necessitados, dizendo: 'O Senhor vive! Que eu não morra até me tornar um deles!'. E assim, deu aos pobres o que tinha [...]" (*Et ecce dum dormiret, vidit quemdam super solem fulgentem et super caput crucem ferentem et habentem, indutum vestimentum, quod dederat egeno, et dicebat sibi: quid ploras Petre? Qui cum causam suae tristitiae sibi dixisset, ille ait: cognoscis hoc? Et ille: etiam domine. Et dominus ad eum: illo ego vestior, ex quo mihi dedisti, et gratias ago bonae voluntati tuae, quoniam frigore affligebar et cooperuisti me. In se ergo reversus coepit egenos beatificare ac dicere: vivit dominus, non moriar, donec fiam unus ex iis. Dans ergo pauperibus, quae habebat* [...]) (*Legend. aur. ibid.*).

XVIII
Sobre a vingança que Deus impôs a um barão de Carlos Magno[55]

Carlos Magno perdeu a vida enquanto guerreava contra os sarracenos. No entanto, já havia redigido o seu testamento. Entre outras coisas, determinou que seu cavalo e armas fossem dados aos pobres. E assim, confiou-os a um de seus barões, para que os vendesse e lhes desse o dinheiro. O barão, porém, tomou-os para si e não obedeceu. Carlos Magno apareceu então a ele, dizendo: "Em razão do cavalo e das armas recebidas, você fez com que eu sofresse oito tipos de pena no Purgatório por dia! Mas graças ao Meu Senhor, entrarei purgado no céu, enquanto você pagará amargamente por isso". E então, um trovão caiu do céu o qual foi ouvido por cem mil pessoas e levou o homem para o abismo.[56]

---

[55] Carlos Magno (*c.* 742 - 814), rei dos francos, coroado imperador por Leão III no dia de Natal de 800. Segundo, porém, a *Historia Karoli Magni et Rotholandi*, do Pseudo-Turpin (*fl.* 1150), e a *Legenda áurea* (158), a personagem central da narrativa não seria o rei carolíngio, mas um de seus cavaleiros.

[56] No Pseudo-Turpin (*Hist.* 7), o corpo do penitente é encontrado após alguns dias: "Doze dias depois, quando nosso exército cruzava os ermos de Navarra e Álava, seu corpo foi encontrado sem vida e dilacerado no alto de uma pedra [...]. Demônios haviam lançado ali o corpo, levando sua alma ao Inferno" (*Denique, cum post duodecim dies exercitus noster per deserta telluris Navarrorum et Alavarum peragrasset, repperit corpus eius exanimatum ac confractum in cuiusdam silicis fastigio* [...]. *Daemones vero eius corpus ibi proiecerant, animamque ad Tartara rapuerant*).

XIX
Sobre a grande liberalidade e cortesia do Rei Jovem[57]

Lê-se a respeito do valor do Rei Jovem, que guerreava com o pai sob o conselho de Bertran.[58] Este Bertran vangloriava-se de ser mais sensato que todos os outros. E em razão disso, surgiram muitos ditos, dentre os quais alguns encontram-se aqui registrados.

Certa feita, Bertran tramou com o Rei Jovem para que este convencesse seu pai a lhe dar sua parte do tesouro. E o filho pediu com tanta insistência, que o ob-

---

[57] Henrique, o Rei Jovem (1155 – 1183), filho de Henrique II Plantageneta e Leonor da Aquitânia. Sua generosidade é exaltada por Geraldo de Gales (*c.* 1146 – 1223): "De tal modo regrara o espírito, que nunca negava a alguém algo que fosse merecido, julgando acertado que nenhuma pessoa – nenhuma! – se afastasse dele triste, sem ver atendido seu desejo. Em suma, considerava perdido o dia em que não conquistava muitos com seus vários atos de liberalidade, cativando-os de corpo e alma com suas inúmeras e generosas benesses" (*Qui et animum sic instituerat, ut nihil unquam dono dignum cuiquam denegaret; neminem tristem, neminem nisi voti compotem a se discedere dignum ducens. Illum denique sibi diem perditum ire reputans, quo non sibi multimoda liberalitate multos alliceret, multorumque tam corda quam corpora multiplici beneficiorum largitione compararet*) (Girald. *Topogr.* III. 49).

[58] Bertran de Born (†1215), trovador aquitano. Em razão do conflito entre Henrique I e seu pai, Dante o coloca na vala dos discordes: "Pra que de mim leves referimento,/ que sou Bertram de Bórnio ora te digo,/ que ao jovem rei dei mau incitamento./ Filho, e pai, fiz recíproco inimigo" (*E perché tu di me novella porti,/ sappi ch'i' son Bertram dal Bornio, quelli/ che diedi al re giovane i ma' conforti./ Io feci il padre e 'l figlio in sé ribelli*) (XXVIII. 133-136; tradução de Italo Eugenio Mauro).

teve. No entanto, ordenou que tudo fosse presenteado a valorosos homens e a cavaleiros empobrecidos, de modo que, ao cabo, não lhe sobrou nada para dar. Um bufão pediu então ao rei que o presenteasse com algo. O rei respondeu que já havia dado tudo, mas acrescentou: "Restou-me somente este dente podre na boca. Meu pai ofereceu dois mil *marcos* àquele que me convencer a arrancá-lo. Vá até ele e faça com que lhe dê os *marcos*. Eu então o tirarei a pedido seu". E assim, o bufão dirigiu-se ao pai, pegou os *marcos*, e o rei arrancou o dente.[59]

Em outra ocasião, sucedeu que o rei estava prestes a presentear um nobre com duzentos *marcos*. Seu senescal,[60] isto é, seu tesoureiro, colocou um tapete em uma sala, depositando sobre ele a quantia. Em seguida, introduziu uma pilha de tecido embaixo da tapeçaria, para que o montante parecesse maior. Enquanto o Rei Jovem caminhava pelo lugar, o tesoureiro mostrou-lhe as moedas, dizendo: "*Messer*, que bela dádiva! Vede quanto são duzentos *marcos*, os quais vós tendes por nada!". O Rei olhou então as moedas e disse: "Parece-me uma quantia pequena a ser concedida a um homem tão valoroso. Você lhe dará quatrocentos *marcos*, pois pensava que duzentos fossem muito mais do que o que vejo agora".

---

59 *Cf.* Fanfani (1851: 11-13).

60 *siniscalco.*

XX
Sobre a grande liberalidade e cortesia do rei da Inglaterra

O Rei Jovem[61] da Inglaterra despendia e regalava todos os seus pertences. Certo dia, um pobre cavaleiro notou a cobertura de um cálice de prata e disse para si: "Se conseguir escondê-la, os meus poderão manter-se por muitos dias". E colocou a cobertura sob as vestes. Enquanto limpava as mesas, o senescal conferiu a prataria e deu por falta da peça. A notícia se espalhou e puseram-se a revistar os cavaleiros junto à porta. O Rei Jovem deu-se conta de quem estava com a cobertura. Aproximou-se em silêncio do cavaleiro e disse-lhe bem baixinho: "Coloque-a sob minhas vestes, pois não serei revistado". E o cavaleiro assentiu cheio de vergonha. Já do lado de fora, o rei devolveu-lhe a cobertura, colocando-a sob as vestes do cavaleiro. Em seguida, convocou-o ao palácio e lhe deu a outra parte do cálice.

Mas o soberano foi ainda mais cortês certa noite, quando alguns pobres cavaleiros adentraram sua câmera, certos de que o Rei Jovem dormia. Os cavaleiros empilharam seus pertences e vestes para furtá-los. Um deles, porém, relutava em deixar para trás uma rica manta com que o rei se cobria. Segurou-a firmemente e começou a puxá-la. Para não ficar descoberto, o rei agarrou um dos lados. Segurava-o, enquanto o ladrão puxava do outro! E tamanha força fez, que os demais cavaleiros puseram-se também a puxar. O rei então falou: "Isto categorizaria roubo e não furto, ou seja, subtrair algo pelo

---

61 *Vide* novela XIX.

uso da força". E assim, os cavaleiros fugiram ao ouvir a voz do rei, pois acreditavam que estivesse dormindo.

Certo dia, o Rei Velho,[62] pai do Rei Jovem, repreendia-o duramente, dizendo: "Onde está o seu tesouro?". E ele respondeu: "*Messer*, tenho mais do que vós". Houve então uma disputa, e as partes fizeram uma aposta. Determinaram o dia em que cada um mostraria as suas posses. O Rei Jovem convidou todos os barões do reino, para que fossem ao local na data estabelecida. No mesmo dia, o pai fez com que uma rica tenda fosse montada e levados até ela ouro e prata em travessas e cântaros, além de muitas vestimentas e incontáveis pedras preciosas, tudo sendo depositado sobre tapetes. Em seguida, o Rei Velho disse ao filho: "Onde está o seu tesouro?". O filho desembainhou então a espada. Os cavaleiros avançaram em bloco pelas vias e praças. Toda a terra parecia repleta deles. O rei não pôde defender o seu ouro, que ficou sob o poder do Rei Jovem. Este então disse aos cavaleiros: "Tomem o seu tesouro!". E assim, uns pegaram o ouro, outros os cântaros, uns uma coisa, outros outra, de maneira que tudo foi prontamente distribuído. O pai reuniu então seu exército para capturá-lo, mas o filho encerrou-se em um castelo junto a Bertran de Born.[63] O Rei Velho dirigiu-se até o local para assediá-lo. Certo dia, porém, uma flecha atingiu desafortunadamente o rosto do Rei Jovem – pois a má sorte o perseguia – e tirou a sua vida.

Antes de morrer, no entanto, vieram-lhe todos os seus credores e pediram o tesouro que lhe haviam em-

62 *Ibid.*

63 *Ibid.*

prestado. O Rei Jovem respondeu: "Senhores, vocês vêm em má hora, porque seu tesouro foi despendido. Os pertences foram dados. No mais, meu corpo encontra-se enfermo, e doravante vocês não terão mais em mim um bom penhor". Todavia, pediu a presença de um notário e, quando esse chegou, disse o cortês rei: "Escreva que obrigo minha alma a permanecer na Eterna Prisão[64] até que vocês sejam pagos". E então perdeu a vida. Depois de sua morte, os credores dirigiram-se a seu pai e pediram-lhe o dinheiro. O pai lhes respondeu de modo áspero: "Vocês são aqueles que emprestaram dinheiro a meu filho, com o qual ele guerreou contra mim". E ordenou: "Sob pena de morte e pecuniária, ordeno que partam de meus domínios!". Um deles então falou: "Meu senhor, não sairemos no prejuízo, pois mantemos a alma de vosso filho na Prisão". Mas o rei perguntou: "Como é possível?". E eles lhe mostraram o documento. O pai então aplacou sua ira e disse: "Não queira Deus que a alma de tão valente jovem ache-se aprisionada por dinheiro". E assim, ordenou que os credores fossem pagos e foram.[65] Após isso, Bertran de Born foi subjugado pelo Rei Velho, o qual lhe perguntou: "Você disse que era o homem mais sensato do mundo. Onde está a sua sensatez agora?". E Bertran respondeu: "Meu senhor, eu a perdi". "E quando você a perdeu?". "Quando o vosso filho morreu". Deste modo, o rei reconheceu que a sensatez de Bertran provinha da virtude de seu filho. Perdoou Bertran e lhe concedeu inúmeras dádivas.

64 *i.e.* no Inferno.

65 *Cf.* Fanfani (1851: 14-15).

XXI
Como três mestres de necromancia foram à corte do imperador Frederico[66]

O imperador Frederico foi um senhor muitíssimo nobre. Aqueles que dispunham de algum talento vinham de todas as partes até ele, pois o homem dava de bom grado presentes, mostrando-se afável com quem tivesse alguma aptidão. Vinham até ele músicos, trovadores, hábeis contadores de histórias, feiticeiros, cavaleiros, duelistas, gente de toda sorte. E assim, estando à mesa o imperador Frederico e tendo pedido que lhe trouxessem água, aproximaram-se três mestres de necromancia vestidos com três esclavinas.[67] Saudaram-no prontamente, e ele perguntou: "Qual de vocês é o mestre?". Um deles se postou à frente e disse: "*Messer*, sou eu". O imperador pediu-lhe então por cortesia que o entretivesse.

Imediatamente os três lançaram seus feitiços e praticaram suas artes. O tempo começou a agitar-se! Eis que uma chuva surgiu com trovões, raios e relâmpagos. Uma espécie de granizo caía como se formado por globos de aço. Os cavaleiros fugiam de um lado para o outro pelos aposentos.

E então o tempo tornou a clarear. Os mestres pediram permissão para partir e uma recompensa. O imperador respondeu: "Peçam". E eles o fizeram. Pediram que

---

[66] Frederico II ou seu avô, o Barba-Ruiva. Segundo Conte (2001: 42), a possível menção a Ricardo de São Bonifácio reforçaria a primeira hipótese.

[67] *schiavine*. Veste longa e rústica usada por peregrinos na Idade Média.

o Conde de São Bonifácio,[68] o qual se achava próximo ao imperador, acompanhasse-os. Disseram: "*Messer*, ordenai ao conde que venha em nosso socorro contra os nossos inimigos". E assim, o imperador deu a ordem com grande afeto, e o conde pôs-se a caminho com eles. Levaram-no a uma bela cidade, mostraram-lhe cavaleiros de nobre linhagem, prepararam-lhe uma bela montaria e belas armas. Em seguida, disseram ao conde: "Estes cavaleiros devem-lhe obediência". Os inimigos então chegaram para a batalha. O conde venceu-os e libertou a região. Por fim, participou de três batalhas campais e conquistou aquela terra. Deram-lhe uma esposa, teve filhos, e foi seu soberano por longo tempo. Tendo-o deixado por muitíssimo tempo, os mestres então retornaram. O filho do conde já possuía quarenta anos, e o conde era velho. De regresso, os mestres disseram que desejavam ir ver novamente o imperador e a corte. Mas o conde respondeu: "O império já terá mudado muitas vezes. As pessoas serão agora outras. Para onde retornarei?". E os mestres disseram: "Seja como for, queremos levá-lo para lá".

E assim, puseram-se a caminho, andando por muito tempo. Chegaram à corte e encontraram o imperador e os seus barões. Este ainda pedia a água que lhe era dada quando o conde partira com os mestres. O imperador fez então com que o conde lhe contasse as novidades, e ele as contou: "Tenho uma esposa e um filho de quaren-

---

68 Presumivelmente Ricardo de São Bonifácio, aliado de Frederico II entre 1237 e 1240, tornando-se depois seu inimigo. Conte (2001: 44), porém, faz uma ressalva: "Uma vez que a grande família veronense a que pertencia era já fiel ao Barba Ruiva, é verossímil que não se trate de uma alusão a ele em particular [...]".

ta anos. Combati em três batalhas. O mundo está todo às avessas. Como é possível?". E o imperador fez narrar com enorme festa a história aos barões e cavaleiros.[69]

[69] A passagem discrepante do tempo entre um indivíduo e seu entorno possui outras ocorrências na literatura medieval. Para o emprego da tópica, *vide* Gatto (1979: 934-935).

XXII
Como um açor[70] do imperador Frederico[71] fugiu para dentro de Milão

Enquanto o imperador assediava Milão, um de seus açores fugiu para dentro daquela cidade. O imperador preparou seus embaixadores e os enviou para reivindicá-lo. O magistrado da cidade reuniu então um conselho, e muitos oradores compareceram. Todos diziam que seria mais cortês devolver a ave, do que mantê-la presa. No entanto, um milanês muito velho emitiu sua opinião, dizendo ao magistrado: "Assim como esta ave aqui está, imaginemos que o imperador também esteja. Desta forma, faremos com que ele se arrependa daquilo que pratica contra o território de Milão. Sugiro que a ave não seja devolvida!".

Os embaixadores retornaram e narraram ao imperador como o conselho deliberara. Ao ouvir isso, o imperador falou: "Como pode ser? Achava-se em Milão alguém que fosse contrário ao pedido?". E os embaixadores responderam: "Sim, *messer*". "E quem foi este homem?". "Um velho, *messer*". "Não é possível que um homem de idade tenha proferido tamanha vilania" – disse o imperador. "Ainda assim, foi o que ocorreu, *messer*". "Digam-me", falou o imperador, "como era ele e como estava vestido?". "*Messer*, tinha os cabelos brancos

---

70 Ave de rapina pertencente à família *Accipitridae*.

71 Uma vez que ambos assediaram Milão, a referência seria aplicável tanto a Frederico II quanto ao Barba-Ruiva. Dito isso, o notório interesse do primeiro pela falcoaria (*vide* novela XC) poderia servir de indício à identidade da personagem.

e vestia-se com roupas listradas".

Disse então o imperador: "De fato pode ser, pois é amalucado quem se veste de listrado".[72]

---

[72] O caráter discriminante das listras – e, por conseguinte, das vestimentas listradas – não se atém tão-somente aos loucos no período medieval. Conforme aponta Pastoureau (1991: 33): "Na imagética, bem como na rua, são assim frequentemente assinalados por uma veste ou por um atributo listrado todos os que se colocam fora da ordem social, seja em razão de uma condenação (falsários, falsificadores, perjuros, criminosos), seja em razão de uma enfermidade (leprosos, *cagots*, deficientes mentais, loucos), seja porque exercem um ofício inferior (pajens, servos) ou uma atividade infame (menestréis, prostitutas, carrascos, a cuja imagem eram acrescidas frequentemente três ocupações desprezadas: os ferreiros, que são bruxos; os açougueiros, que são sanguinários; e os moleiros, que estocam e semeiam a fome), seja porque não são – ou não são mais – cristãos (muçulmanos, judeus, hereges). Todos esses indivíduos transgridem a ordem social, assim como a listra transgride a ordem cromática e vestimentária".

XXIII
Como o imperador Frederico[73] encontrou um pobre homem junto a uma fonte, pediu-lhe de beber e roubou o seu cantil

Enquanto o imperador Frederico participava de uma caçada com suas costumeiras roupas verdes,[74] deparou-se com um homem de aspecto humilde junto a uma fonte. Este possuía uma toalha branquíssima estendida sobre a relva, assim como um recipiente de tamariz cheio de vinho e um pão ázimo[75] bastante asseado. O imperador foi ao seu encontro e lhe pediu de beber. O homem respondeu: "Com o que lhe darei de beber? Aqui você não colocará a sua boca! Caso você tenha um cantil,[76] de bom grado darei o meu vinho". O imperador respondeu: "Empreste-me o cantil! Prometo que beberei sem que meus lábios o toquem". E assim, o homem lhe entregou o cantil, e o imperador bebeu mantendo a promessa. No entanto, não o devolveu, mas esporeou seu cavalo e fugiu. Ora, pelas vestes de caça, o homem

---

[73] Frederico II, caso se atente para o apreço que possuía pela caça, uma das tópicas da novela.

[74] Em verdade, as características vestimentas verdes são apanágio do filho de Frederico II, Manfredo. De acordo com Giovanni Villani (*c.* 1280 – 1348), este "era músico e conhecia a arte do canto; de bom grado era visto com saltimbancos e bufões, além de belas concubinas; no mais, sempre se vestiu de verde" (*sonatore e cantatore era, volentieri si vedea intorno giocolari e uomini di corte, e belle concubine, e sempre si vestìo di drappi verdi*) (G. V. *Cron*. VII. 46).

[75] *mazzero*. Para a acepção adotada, *vide* Crusca (1738), *s.v.*

[76] *corno*, no original.

julgou tratar-se de um dos cavaleiros do imperador. Foi à corte no dia seguinte, e o soberano disse aos seus guardas: "Caso chegue algum desvalido, façam com que venha à minha presença, não lhe fechem as portas". O homem então chegou, colocou-se diante do imperador e lamentou a perda do cantil. Divertindo-se grandemente o imperador fez com que ele lhe narrasse repetidas vezes o ocorrido. Enquanto os barões o escutavam com grande festa, o imperador falou: "Você seria capaz de reconhecer o cantil?". "Sim, *messer*". O imperador tirou então o cantil de baixo das vestes, revelando que fora ele o responsável. Em seguida, presenteou ricamente o homem por sua limpeza.[77]

---

[77] Um curioso comentário sobre a higiene pessoal de Frederico II nos é fornecido pelo franciscano João de Winterthur (*c.* 1300 – *c.* 1348): "Alguns dizem que jejuava diariamente o ano inteiro, alimentando-se apenas uma vez por dia, não por visar à recompensa divina, mas para conservar sua saúde corporal. Além disso, conta-se que, aos domingos, frequentava regularmente os banhos!" (*Quidam quoque ajunt eum per anni circulum cottidie jejunasse, nisi semel in die comedendo, non intuitu divine retributionis sed corporalis conservande causa sanitatis. Fertur insuper quod frequenter balneis usus fuerit diebus dominicis*) (Joh. *Chron.* 1229).

XXIV
Como o imperador Frederico[78] propôs uma questão a dois sábios e como os recompensou

O imperador *messer* Frederico tinha dois grandíssimos sábios. Um chamava-se *messer* Búlgaro, o outro *messer* Martinho.[79] Certo dia, o imperador achava-se entre os dois: um à sua direita; o outro à esquerda. O imperador propôs-lhes então uma questão. Dizia: "Senhores, posso, segundo a sua lei,[80] tomar algo de um de meus súditos e dar a outro, tão-somente por ser seu soberano? Diz a lei que aquilo que apraz ao soberano é, por conseguinte, lei entre os súditos. Digam se posso fazê-lo a meu bel-prazer". Um dos sábios respondeu: "*Messer*, você pode dispor como quiser dos bens de seus súditos sem que lhe seja imputada qualquer falta". Mas o outro respondeu, dizendo: "*Messer*, não sou desse parecer, pois a lei é justíssima e é preciso observar e seguir com justiça suas disposições. Quando tomais algo, é necessário saber o porquê e a quem vós o dais". Uma vez que os dois diziam a verdade, o imperador recompensou ambos. A um concedeu um chapéu escarlate e um palafrém branco. Ao outro permitiu que redigisse uma lei, segundo o seu juízo. Houve então um debate

---

78 Frederico Barba-Ruiva, como se depreende de outras fontes. *Vide* D'Ancona (1912: 105-106) e Lo Nigro (1963: 99).

79 *Sc.* Búlgaro (séc. XII) e Martinho Gosia (*ibid.*), célebres juristas bolonheses, considerados à época dois dos "quatro principais doutores da lei" (*quattuor etiam principales legis doctores*) (Otto Mor. *Hist.* 1158).

80 Entenda-se, o Direito Romano.

entre os sábios sobre qual deles teria recebido a maior recompensa. Concluiu-se que aquele que afirmara que o imperador poderia dar e tomar a seu bel-prazer fora presenteado como um bufão, ou seja, com roupas e um palafrém, pois o havia bajulado. Por outro lado, àquele que seguia a justiça foi permitido propor uma lei.[81]

---

[81] Na versão do cronista Oto Morena (*c.* 1100 – 1161), a disputa possui um desfecho desfavorável a Búlgaro: "Tendo desmontado do cavalo em que estava, seu senhor o imperador ordenou que o animal fosse dado a *messer* Martinho. No entanto, *messer* Búlgaro disse estas espirituosas palavras ao ouvir a ordem: 'Ora, sendo equânime, fiquei sem equino: uma iniquidade!'" (*Et tunc dominus imperator cum descendisset de palefredo, super quo sedebat, fecit eum presentari dicto domino Martino. Dominus autem Bulgarus hec audiens dixit hec elegantia verba: Amisi equum, quia dixi equum, quod non fuit equum*) (Otto Mor. *Hist.* 1158).

XXV
Como o sultão[82] concedeu duzentos *marcos*, e como o seu tesoureiro os registrou em sua presença

O sultão Saladino foi um soberano muitíssimo nobre, destemido e generoso.[83] Certa vez, concedia duzentos *marcos* a um homem que o havia presenteado com uma cesta de rosas cultivadas durante o inverno. Seu tesoureiro anotava o montante em sua presença, porém, ao correr da pena, acabou por registrar trezentos *marcos*. Disse então Saladino: "O que você está fazendo?". Respondeu o tesoureiro: "*Messer*, cometi um erro". E quis apagar o que havia escrito. Mas Saladino falou: "Não apague. Escreva quatrocentos. Que infortúnio seria se a sua pena fosse mais generosa que a minha!".

No tempo de seu sultanato, este mesmo Saladino ordenou que se estabelecesse uma trégua entre ele e

---

[82] Como explicitado logo abaixo, Yūsuf ibn Ayyūb (1138 - 1193), conhecido pelo título *Salāh al-Dīn*, isto é, a "Retidão da Fé". Foi sultão do Egito e da Síria durante a Terceira Cruzada (1189 - 1192).

[83] A proverbial generosidade de Saladino é lembrada igualmente por cristãos e muçulmanos. Sobre ela, escreve um de seus biógrafos, Bahā' al-Dīn (1145 - 1235): "O sultão era homem de grande nobreza, generosidade e elevada modéstia, e da mais alta cortesia para com os visitantes que o procuravam; não aceitava que o hóspede partisse antes que ceasse consigo, e não lhe perguntava de coisa alguma antes que acabasse de comer; tratava honrosamente a qualquer enviado, ainda que fosse infiel" (ناطلسلا ناك دقلو هيلع دري نمل سنألا ميظع ءايحلا ريثك هجولا ّيدن ةورملا ريثك الو هدنع معطي ىتح فيضلا هقرافي نأ ىري ال فويضلا نم ناك نإو هيلع دفاولا مركي ناكو هزجنيو الإ ءيشيف هلأسي ًارفاك.) (*Recueil* 1884: 35-36).

os cristãos, dizendo que gostaria de observar as nossas maneiras, pois, caso lhe agradassem, se converteria.[84] A trégua foi então firmada. Saladino dirigiu-se em pessoa, para observar a conduta dos cristãos. Observou as mesas preparadas para o repasto com toalhas branquíssimas e muito as louvou. Também observou a disposição das mesas onde o rei da França, apartado dos demais, fazia as refeições e as louvou bastante. Observou as mesas onde os poderosos faziam as refeições e as louvou bastante. Por fim, observou como os pobres alimentavam-se humildemente no chão, e isso muito lhe chamou a atenção. E assim, censurou grandemente o fato de que os amigos do Senhor alimentavam-se de maneira tão vil e baixa.

Em seguida, os cristãos foram observar os costumes dos sarracenos. Viram que faziam suas refeições no chão, de maneira torpe. O sultão ordenou então que sua belíssima tenda fosse montada lá onde comiam e que se cobrisse o chão com tapetes, todos trabalhados com inúmeras cruzes. Ora, os tolos cristãos entraram no local, não apenas pisando nas cruzes, mas cuspindo nelas, como se estivessem sobre a terra nua. O sultão então falou com duras reprimendas: "Vocês predicam a Cruz e a desprezam de tal forma? Parece-me que amam o Seu Deus apenas nas palavras, mas não nas ações. Os seus

---

84 Bahā' al-Dīn narra um episódio em que os papéis acham-se invertidos: "Vi-o quando veio ter com ele em Nazaré o senhor de Sídon. Ele o reverenciou e o tratou com honrarias; e ceou com ele uma ceia; propôs-lhe ainda aceitar o Islã, mencionando parte de suas belezas e instando-o a isso" (هيلع لخد دقو هتيأر دقل عمو ماعطلا هعم لكأو همركأو همرتحاف ةرصانلاب اديص بحاص كلذ ىلع هضرحو هنساحم نم افرط هل ركذف مالسإلا هيلع ضرع.) (*Recueil* 1884: 36).

modos e comportamento não me agradam". E assim, a trégua foi rompida, e a guerra recomeçou.[85]

---

[85] A visita de um soberano pagão aos cristãos com o intuito de converter-se é rastreável em diversas fontes. *Cf.* Conte (2001: 329). A título de exemplo, lê-se no capítulo XIII, da mencionada *História de Carlos Magno e Rolando*, do Pseudo-Turpin (*fl.* 1150): "Enquanto isso, vendo Aigolando que em certo lugar doze homens pobres, vestidos em andrajos, alimentavam-se no chão, sem uma mesa ou toalha, tampouco dispondo de muita comida e bebida, perguntou quem eram eles. Carlos Magno respondeu: 'Este é o povo de Deus. São os mensageiros do Senhor Jesus Cristo, os quais, em igual número aos apóstolos do Senhor, alimentamos todos os dias, segundo o costume'. Então Aigolando falou: 'Os que se sentam à tua volta são felizes; são os teus; comem, bebem e vestem-se com alegria. No entanto, por que esses que dizes pertencerem totalmente ao teu Senhor e que declaras serem os mensageiros Dele padecem de fome, estão malvestidos, são levados para longe da tua presença e são tratados torpemente? Serve mal a seu Senhor aquele que recebe com torpeza os mensageiros Dele; comete contra Ele uma grande ignomínia aquele que assim ampara os Seus servos. A tua lei, que dizias ser boa, revelas agora ser falsa'. Tendo então recebido permissão para partir, retornou aos seus e negou-se a ser batizado. No dia seguinte, declarou guerra a Carlos Magno" (*Interea videns Aigolandus in quadam parte duodecim pauperes miserrimo habitu indutos ad terram residentes, sine mensa et linteaminibus comedentes, parvo cibo et potu utentes, interrogavit cuiusmodi homines essent. At ipse Karolus ait: Hæc est gens Dei, nuncii Domini Iesu Christi quos sub numero duodecim apostolorum Domini per unumquemque diem ex more pascimus – Tunc Aigolandus respondit: Hi qui circa te sedent felices sunt, et tui sunt, et feliciter comedunt, et bibunt, et induuntur: illi vero quos Dei tui omnino esse dicis, et nuncios eius esse asseris, cur fame pereunt, et male vestiuntur, et longe a te proiiciuntur, et turpiter tractantur? Male Domino suo servit, qui sic nuncios eius turpiter recipit; magnam verecundiam Domino suo facit, qui eius famulis ita servit. Legem tuam, quam dicebas esse bonam, nunc ostendis falsam. – Et accepta licentia ab eo, rediit ad suos, et baptizari renuens, mandavit ei die crastina bellum*).

XXVI
Aqui se conta acerca de um citadino da França

Um citadino da França possuía uma esposa muito bela. Certo dia, ela se achava em uma festa com outras mulheres da cidade. Havia ali, porém, uma mulher também muito formosa, bastante notada por toda a gente. A esposa do citadino dizia consigo: "Se eu tivesse um vestido[86] tão belo como o desta mulher, seria igualmente notada, pois igual é a nossa beleza". E então retornou para casa, junto a seu marido, mostrando-se encolerizada. O marido perguntou-lhe repetidas vezes por que se achava daquela maneira, e a mulher respondeu: "Ora, não disponho de vestes para frequentar as outras mulheres! Embora não sejam belas como eu, elas foram notadas na festa, mas não eu, por causa de meu feio vestido". E assim, o marido prometeu-lhe que, tão logo recebesse algum dinheiro, a presentearia com um belo vestido.

Poucos dias depois, um citadino foi até o marido e pediu-lhe emprestados dez *marcos*, oferecendo dois *marcos* de lucro pelo tempo fixado. O marido respondeu: "Não farei nada disso, pois minha alma seria punida no Inferno".[87] Mas sua esposa acrescentou: "Ó, trai-

---

[86] *cotta*. Espécie de túnica utilizada por homens e mulheres no período medievo.

[87] O cânone 13 do Segundo Concílio de Latrão (1139) é categórico ao proscrever a usura: "Outrossim, condenamos aquela [prática] abominável e ímproba, rejeitada pelas leis divinas e humanas nas Escrituras – tanto no Antigo como no Novo Testamento –, a saber, a insaciável ganância dos usurários. Além disso, nós os apartamos de todo conforto da Igreja, ordenando que nenhum

dor desleal! Você age desta forma, para não me dar o vestido!". E em razão dos agravos da mulher, o marido emprestou a juros o dinheiro e presenteou a esposa com a veste.

Em seguida, a esposa dirigiu-se ao monastério com as demais mulheres. Naquele tempo, Merlin[88] lá se encontrava. Uma pessoa então disse: "Por São João, que belíssima dama!". Mas Merlin, o sábio profeta, falou: "Certamente seria bela, se os inimigos de Deus não tivessem parte naquele vestido". A dama voltou-se então para Merlin e perguntou: "Dizei-me: de que maneira os inimigos de Deus têm parte nesta veste?". E ele respondeu: "Dama, eu vos direi. Recordais quando fostes a certa festa onde se notavam as mulheres mais do que vós em razão de vosso feio vestido? Ou ainda quando

---

arcebispo, nenhum bispo ou abade de qualquer ordem – ou qualquer membro de uma ordem ou do clero – atreva-se a acolher os usurários, exceto com a máxima cautela, devendo ser considerados infames por toda a vida e, caso não se arrependam, privados da sepultura cristã" (*Porro detestabilem et probrosam, divinis et humanis legibus per Scripturam in Veteri et in Novo Testamento abdicatam, illam, inquam, insatiabilem foeneratorum rapacitatem damnamus, et ab omni ecclesiastica consolatione sequestramus, praecipientes, ut nullus archiepiscopus, nullus episcopus vel cuiuslibet ordinis abbas, seu quivis in ordine et clero, nisi cum summa cautela usurarios recipere praesumat, sed in tota vita infames habeantur et, nisi resipuerint, christiana sepultura priventur*).

88 Ou seja, a famosa personagem arturiana. Dentre suas habilidades, incluía-se a capacidade de prever o futuro: "De sorte que [Merlin] passou a conhecer os feitos e ditos do passado, [aptidão] que herdara do Inimigo; além do que, conhecia o porvir, do qual Nosso Senhor quis que ele tivesse conhecimento [...]" (*De la sorte, il connut les faits et les dits du passé, qu'il tenait de l'Ennemi, et en outre l'avenir, que Notre-Seigneur voulut qu'il connaisse* [...]) (*Merl.* 20).

retornastes à vossa residência e vos mostrastes encolerizada ao vosso marido, e ele vos prometeu dar um novo vestido tão logo recebesse algum dinheiro? E quando, dali a poucos dias, veio-lhe um citadino para pedir emprestados dez *marcos*, a dois *marcos* de juros, e vós persuadistes o vosso marido? O vosso vestido é fruto desta maléfica usura! Dizei-me, dama, acaso me equivoco?". E ela respondeu: "Decerto que não, senhor! E que não apraza a Deus, Nosso Senhor, que tão maléfica veste esteja sobre mim!". E então, retirou-a sob os olhares de todos e suplicou a Merlin que a pegasse para livrá-la de tão maléfico perigo.

XXVII
Aqui se conta acerca de um grande *mu'addib*[89] a quem foram proferidas ofensas

Um grande *mu'addib* foi a Alexandria. Enquanto cuidava de seus afazeres, um indivíduo pôs-se a segui-lo, proferindo-lhe muitas ofensas e o insultando. O *mu'addib*, porém, nada respondia. Um homem colocou-se então à sua frente e perguntou: "Por que você não responde a quem lhe profere tamanha vilania?". E o *mu'addib* disse serenamente àquele que pedia por uma resposta: "Não respondo, pois não ouço nada de meu agrado".[90]

---

89 *moaddo*. Provável corruptela do árabe *mu'addib* (instrutor, preceptor). *Cf.* Cowan 1976, *s.v.*

90 Com base na temperança da personagem, comenta Manni (1778: 134-135): "Este grande e sábio homem parece seguir o exemplo do salmista (Ps. 37.14): 'Mas eu, como surdo, não ouvia; era como o mudo, que não abre a boca' [*Ego autem, tanquam surdus non audiebam, et sicut mutus non aperiens os suum*]. Acerca do que, escreve Cassiodoro: 'Nada pode ser mais veemente, nada mais insigne, do que ouvir injúrias e não responder' [*Nihil potest esse fortius, nihil egregius, quam audire noxia, et non respondere contraria*]. Também esse foi preceito de Ovídio, no livro 2, da *Arte de amar*: 'Rende-te ao antagonista; rendendo-te sairás vencedor' [*Cede repugnanti, cedendo victor abibis*]". *Cf.* Cassiod. *Exp. in Ps.* XXXVII.14. e Ov. *Ars Am.* II.197.

XXVIII
Aqui se conta acerca de um costume que havia no reino da França

Havia na França o costume de fazer andar na charrete[91] aquele que merecesse desonras e a pena capital. E se escapasse da morte, nunca encontrava quem lhe acudisse ou estivesse ao seu lado pela razão que fosse. No entanto, quando Lancelote enlouqueceu de amores pela rainha Guinevere, andou na charrete e foi levado a muitos lugares.[92] E daquele dia em diante, a charrete não mais foi vilipendiada, pois senhoras e cavaleiros de nobre linhagem andam nela hoje por prazer.

Oh mundo errante e homens ignaros e pouco corteses! Quão maior foi o Nosso Senhor – fazedor do céu e da terra –, do que Lancelote, um *cavaleiro de escudo*,[93]

---

[91] Ou seja, o infame veículo de que fala Chrétien de Troyes (c. 1135 – 1183). Destinava-se "aos que foram julgados culpados de assassinato ou roubo, aos que perderam um combate judicial, aos malfeitores e ladrões de estrada" (*Pour les gens convaincus de meurtre ou de vol, pour ceux qui avaient perdu un combat judiciaire, pour les brigands et voleurs de grand chemin*) (*Le chevalier de la charrette* vv. 328-332).

[92] Mais especificamente, um dos episódios narrados no *Lancelot-Graal* (*c.* 1215 – 1235). *Cf. Galehaut* 395.

[93] Ao elencar quatro tipos de ordenação cavaleiresca, Franco Sacchetti (*c.* 1330 – *c.* 1400) menciona a categoria: "Cavaleiros de escudo são aqueles que são feitos cavaleiros pelo povo ou por senhores. Tomam parte da cavalaria armados e com a *barbuta* [*i.e.* elmo utilizado nos sécs. XIV e XV] na cabeça" (*Cavalieri di scudo sono quelli che son fatti cavalieri o da' popoli o da' signori e vanno a pigliare la cavalleria armati e con la barbuta in testa*) (Franc. Sacch. *Nov.* CLIII).

que alterou e subverteu tão nobre costume do reino da França, reino que nem mesmo era o seu. Embora tenha perdoado seus agressores, Nosso Senhor Jesus Cristo não conseguiu fazer com que um único homem fosse capaz de perdoar. Ainda assim, foi o que Ele desejou e fez em Seu reino. Aos que O crucificaram, perdoou-os e orou ao Seu Pai em prol deles.

XXIX
Aqui se conta como alguns sábios astrólogos discutiam acerca do Empíreo[94]

Grandíssimos sábios achavam-se em uma escola de Paris. Discutiam acerca do Empíreo, falando detidamente sobre ele e de como se encontrava acima dos demais céus. Discorriam sobre o céu de Júpiter, Saturno e Marte; e sobre aquele do Sol, de Mercúrio e da Lua;[95] e como, acima de todos, encontrava-se o Empíreo e, sobre ele, o Deus Pai em Sua majestade. Enquanto debatiam, porém, um louco aproximou-se e perguntou: "Senhores, e sobre a cabeça do Senhor, o que há?". E um dos sábios respondeu em tom de brincadeira: "Ora, um chapéu".

O louco foi então embora, e os sábios permaneceram onde estavam. Um deles disse: "Você acredita ter dado um nó na cabeça deste louco,[96] mas o nó sobrou para nós. Respondamos agora: o que há sobre a cabeça do Senhor?". E em seguida, muito inquiriram em seus campos de saber, mas nada encontraram. Disseram por fim: "Louco é aquele que é ousado o bastante para dirigir seus pensamentos para além da esfera humana. Ainda mais louco e insensato é quem se esforça e presume

---

94 Entenda-se o mais alto dos céus na cosmologia medieval, constituído, segundo Dante, de *pura luce* (*Par.* XXX.39) e *divina pace* (II.112).

95 Segundo o modelo ptolemaico, consideram-se as seguintes esferas celestes em ordem crescente: Lua, Mercúrio, Vênus, Sol, Marte, Júpiter, Saturno e as Estrelas fixas.

96 O original traz *aver dato un cappello.*

conhecer o seu Princípio.[97] Totalmente insano é aquele que deseja conhecer os mais profundos desígnios de Deus".

[97] *Sc.* Deus, como afirmado em Col 1, 17-18: "Ele é antes de todas as coisas. Nele, tudo subsiste. Ele é a cabeça do corpo, da igreja. Ele é o princípio, o primogênito de entre os mortos, para em todas as coisas ter a primazia" (*Et ipse est ante omnes et omnia in ipso constant/ et ipse est caput corporis ecclesiae qui est principium primogenitus ex mortuis ut sit in omnibus ipse primatum tenens*) (Tradução de João Ferreira de Almeida).

XXX
Aqui se conta como um cavaleiro da Lombardia[98] gastou tudo o que tinha

Um cavaleiro da Lombardia chamado G. era muito amigo do imperador Frederico.[99] Não possuindo nenhum herdeiro, ainda que tivesse muitos parentes, decidiu gastar tudo o que tinha, de modo que nada restasse após a sua morte. Com esse propósito, calculou o quanto ainda poderia viver e acrescentou dez anos. Mas não acrescentou o bastante, pois, gastando e esbanjando os seus bens, os anos chegaram e sobrou-lhe algum tempo de vida.[100] E assim, ficou na pobreza, porque tudo gastara.

Refletindo sobre a sua deplorável condição, recordou-se do imperador Frederico, com quem nutrira uma grande amizade e que costumava conferir muitas riquezas e benesses em sua corte. Decidiu ir até ele, pois acreditava que seria acolhido com enormes honrarias. Ao chegar lá, postou-se à sua frente. Embora conhecesse bem o cavaleiro, o imperador perguntou quem ele era. O cavaleiro lhe informou o seu nome. O imperador questionou-o então sobre o seu estado, e o cavaleiro contou o que sucedera. Disse que lhe havia sobrado mais tempo do que calculara. E o imperador respondeu: "Saia de

---

98 Segundo Conte (2001: 57), o termo indicava à época não apenas a atual Lombardia, mas o Vêneto e a Emília-Romanha. *Cf.* Lo Nigro (1963: 109)

99 Assim como nas novelas XXI e XXII, não é certo se se trata de Frederico Barba-Ruiva ou de seu neto Frederico II.

100 *soperchiolli tempo*, no texto-base.

minha corte! Sob pena de morte, não venha aos meus domínios, porque você é aquele que não quis o bem a ninguém ao fim de sua vida!".[101]

[101] No *Libro di buoni costumi*, de Paolo da Certaldo (*fl.* 1370), verifica-se uma tópica similar: "Uma vez que não conheces a duração da tua vida, não digas: 'Se estou aqui hoje, amanhã não estarei. Não quero deixar para trás tantos bens, não tendo filhos [...]'. Eu vi grandes reis, grandes senhores, grandes citadinos, grandes mercadores perderem seu *status* e, antes de morrer, viverem pobres e em necessidade" (*E non dire: "S'io ci sono oggi non ci sarò domane; e lasciare non voglio dietro a me tanta roba, ché non ò figliuoli;* [...]". *Però che tu non sai di tua vita la lunghezza* [...] *Ch'io ò veduti grandi re e grandi signori e grandi cittadini e grandi mercatanti perdere il loro stato e, anzi che muoiano, vivere poveri e in necessità*) (305). *Vide* Conte (2001: 332).

XXXI
Aqui se conta acerca de um contador de histórias de *messer* Azzolino[102]

Messer Azzolino possuía um contador de histórias a quem pedia que as narrasse durante as longas noites de inverno. Uma noite, sucedeu que o contador quisesse muito dormir, porém Azzolino insistia para que ele lhe contasse algo. O contador pôs-se então a contar a história de um aldeão que possuía cem bizâncios. Disse: "Certo aldeão foi ao mercado para comprar ovelhas, obtendo duas por cada bizâncio seu. No entanto, ao retornar com os animais, o volume de um rio que atravessara havia aumentado em virtude de uma forte chuva. Na margem do rio, o homem viu um pobre pescador com um pequenino barquinho, onde cabiam apenas o aldeão e uma única ovelha. O aldeão pôs-se então a atravessar o rio com a ovelha. Remava, mas o rio era largo. Remava e passava...". E o contador parou de contar a história. Azzolino vociferou: "Continue!". Mas o contador respondeu: "Primeiro deixai passar todas as ovelhas e depois narrarei o restante". E assim, as ovelhas não atravessaram o rio antes de um ano, e o contador pôde dormir tranquilamente neste meio-tempo.[103]

---

102 Ezzelino III da Romano (1194 – 1259), senhor de Vicenza, Verona e Padova, bem como aliado de Frederico II. Notabilizou-se entre seus contemporâneos pela crueldade (*vide* novela LXXXIV).

103 Com poucas diferenças, a história é a mesma do exemplo XII, da *Disciplina Clericalis*, de Pedro Alfonso (*fl.* 1106). No mais, *cf.* o *Dom Quixote* (I.3.20), onde uma variante da novela é narrada por Sancho.

XXXII
Sobre os belos atos de bravura de Riccar lo Ghercio dell'Illa[104]

Riccar lo Ghercio foi soberano de *Illa* e altivo nobre da Provença, homem de grande coragem e valor sem igual. Quando os sarracenos vieram assediar a Espanha, participou da batalha chamada *Spagnata*,[105] a mais perigosa desde os tempos daquela entre troianos e gregos. Os sarracenos achavam-se ali em incontáveis fileiras com todo tipo de máquinas de guerra. Riccar lo Ghercio comandava o primeiro batalhão. Vendo que os cavalos não podiam avançar por medo das máquinas, Riccar ordenou que toda a sua gente virasse o dorso dos animais na direção do inimigo. E dessa forma tanto recuaram, que penetraram em suas fileiras. E quando se achavam entre os inimigos, deu-se o combate e mataram-nos por todo lado, aniquilando-os.

Em outra ocasião, quando o conde de Toulouse combatia o conde da Provença,[106] Riccar lo Ghercio

---

[104] Conte (2001: 59-60) enumera duas hipóteses para a identidade da personagem: "Poderia ser Richard de Lille, nobre de Flandres que, sob o comando de Simon de Montfort, participou da cruzada contra os albigenses em 1211; ou o nobre [i.e. *Richarius de Insula*] do tempo de Raimundo VI, conde de Toulouse, citado em um *exemplum* anônimo".

[105] Como lembra Lo Nigro (1963: 111), talvez *Las Navas de Tolosa* (1212), batalha que marcara a derrocada mourisca na Península Ibérica.

[106] Provável referência aos embates entre Raimundo VII (1197 – 1249), conde de Toulouse, e Ramón Berenguer V (†1245), conde da Provença e Forcalquier.

desmontou de seu corcel e montou em um burrico. O conde perguntou: "O que é isso, Riccar?". "*Messer*, quero mostrar que não estou aqui para ir ao encalço de ninguém tampouco fugir". E assim, demonstrou ser muito mais valoroso que os demais cavaleiros.

XXXIII
Aqui se conta uma história acerca de *messer* Barral des Baux[107]

Assim como os espanhóis, *messer* Barral des Baux, nobre castelão da Provença, dava grande importância aos augúrios. Um filósofo espanhol de nome Pitágoras[108] elaborou uma tábua astronômica, onde, de acordo com os dozes signos, muitos sinais premonitórios eram observáveis segundo cada animal. Ali se dava o significado das lutas entre os pássaros,[109] das doninhas encontradas pelo caminho,[110] do crepitar do fogo,[111] além

---

107 Provavelmente Barral des Baux (†1268), soberano de *Les Baux-de-Provence* e outros territórios ao sul da França. Foi magistrado de Milão, com o auxílio de Carlos de Anjou.

108 Como é sabido, Pitágoras não era originário da Espanha, mas de Samos, uma das ilhas do Egeu.

109 A observação de pássaros para fins divinatórios (lat. *auspicium*) era prática corrente entre os antigos romanos, cujo sacerdote intitulava-se *auspex* [*avis* + *-spex*], isto é, um "observador de aves".

110 Teofrasto (*c.* 372 – *c.* 287 AEC) graceja do receio dos supersticiosos ao deparar-se com o animal: "Se uma doninha passa por ele, não seguirá viagem até que alguém transite [pelo mesmo lugar] ou jogue três pedras sobre a estrada" (καὶ τὴν ὁδόν ἐὰν παραδράμηι γαλῆ, μὴ πρότερον πορευθῆναι ἕως <ἂν> διεξέλθηι τις ἢ λίθους τρεῖς ὑπὲρ τῆς ὁδοῦ διαβάληι) (*Char.* XVI. 3).

111 Em comentário à *Eneida*, Sérvio (séc. IV EC) menciona quatro tipos de vaticínio (*divinationes*) listados por Varrão: "Varrão dividia os vaticínios em quatro tipos: [os relativos] à terra, ao ar, à água e ao fogo; [em outras palavras], a geomancia, a aeromancia, a piromancia e a hidromancia" (*Varro autem quattuor genera divinationum dicit: terram, aërem,*

dos muitos significados dos gaios, pegas e gralhas, e de muitos outros animais segundo a Lua.

Cavalgando certo dia com sua comitiva, *messer* Barral evitava observar os pássaros, pois temia deparar-se com maus augúrios. Encontrou então uma mulher pelo caminho e perguntou-lhe: "Diga-me, mulher, acaso você encontrou ou viu nesta manhã pássaros tais como corvos, gralhas ou pegas?".[112] E ela respondeu: "Senhor, vi uma gralha no cepo de um salgueiro". "Diga-me: para qual lado apontava a sua cauda?". E a mulher respondeu: "Senhor, ela apontava para o cu". *Messer* Barral ficou aterrorizado! Disse então à comitiva: "Por Deus, não cavalgarei hoje ou amanhã com um augúrio desses!". E assim, muito se contou a notícia na Provença, tendo em vista a singular resposta dada espontaneamente pela mulher.[113]

---

aquam, ignem: geomantis, aëromantis, pyromantis, hydromantis) (Serv. *Comm.* III.359). *Cf.* Isid. *Etym.* VIII.9.13.

112 Sobre a crença no poder premonitório dos corvos, salienta Isidoro de Sevilha (*c.* 568 – 636): "O corvo, ave anciã, é chamado entre os latinos por seu nome grego. Os áugures dizem que [...] revela emboscadas e prevê o futuro. No entanto, é um sacrilégio acreditar nisso, ou seja, que Deus confiaria aos corvos os Seus desígnios" (*Cornix, annosa avis, apud Latinos Graeco nomine appellatur; quam aiunt augures* [...] *insidiarum vias monstrare, futura praedicere. Magnum nefas haec credere ut Deus consilia sua cornicibus mandet*) (Isid. *Etym.* XII.7.44).

113 Ainda sobre Barral, Barjavel (1841: 150) registra uma anedota acerca de sua morte: "Alguns relatam que [Barral des Baux] morreu subitamente [...] ao ver um corvo que se chocou contra a janela da sala onde estava com sua mulher, filhos e os altos dignatários da corte. Contava a eles acerca do medo que lhe despertara a aparição de um desses pássaros nos campos próximos ao vilarejo de Saint-Rémy".

XXXIV
Como dois nobres cavaleiros estimavam-se com belo afeto

Dois nobres cavaleiros estimavam-se com grande afeto. Um chamava-se *messer* G., o outro *messer* S. Os dois estimavam-se há um longo tempo. Um deles se pôs então a pensar e disse: "*Messer* S. possui um belo palafrém. Se eu o pedir a ele, acaso me daria?". E enquanto pensava, respondia em pensamento, dizendo: "Sim, daria". Ou: "Não, não daria". E assim, entre o "sim" e o "não", venceu a recusa. O cavaleiro mostrou-se inquieto e passou a tratar com rudeza o amigo. A cada dia, sua dor crescia e renovava-se ao pensar no fato. Deixou de falar com o amigo e virava-lhe as costas quando passava. Toda a gente surpreendeu-se com aquilo, e o amigo mais ainda. Certo dia, porém, ocorreu que *messer* S. – o cavaleiro possuidor do palafrém – não pôde mais sofrer. Foi até o outro e falou: "Meu companheiro, por que não fala comigo? Por que este seu sofrimento?". E ele respondeu: "Porque lhe pedi seu palafrém, e você o negou". E o outro: "Isso jamais ocorreu! Não pode ser! Que meu palafrém e minha pessoa sejam seus, pois o estimo como a mim mesmo!". E assim, o cavaleiro reconciliou-se e retomou a costumeira amizade, reconhecendo que não havia raciocinado com discernimento.

XXXV
Aqui se conta acerca de mestre Taddeo de Bolonha[114]

Enquanto lecionava a seus estudantes de medicina, mestre Taddeo deparou-se com um capítulo que dizia que aquele que se alimentasse de berinjela por nove dias perderia a razão. E o capítulo provava-o segundo as leis da natureza. Quando um de seus discípulos ouviu isso, quis comprová-lo. Começou a comer berinjelas e, ao cabo de nove dias, postou-se diante do mestre. Disse: "Mestre, o capítulo que lestes não é verdadeiro, pois fiz como dizia e não fiquei louco". E então se levantou e mostrou-lhe as nádegas. Ao que o mestre respondeu: "Escrevam que tudo isso deriva da berinjela e foi demonstrado, e acrescentem uma glosa ao capítulo".

---

114 Taddeo Alderotti (1223 – 1295), célebre médico e comentador florentino.

XXXVI
Aqui se conta como um rei cruel perseguia os cristãos[115]

Havia um rei muito cruel que perseguia o povo de Deus. E embora seu poder fosse imenso, não era capaz de subjugá-lo, pois Deus o amava. E assim, o rei dirigiu estas palavras ao profeta Balaão:[116] "Diga-me, Balaão, por que sou muito mais poderoso que meus inimigos, mas não consigo fazer-lhes nenhum mal?". E Balaão respondeu: "Meu senhor, porque são o povo de Deus. No entanto, agirei desta forma: irei até eles e os amaldiçoarei. Você então os atacará e obterá a vitória". Em seguida, Balaão montou em um asno e foi até uma montanha.[117] Quando o povo já se aproximava da planície e o profeta subia ao cume para amaldiçoá-lo, eis que o anjo de Deus colocou-se à sua frente e não lhe permitiu passar. Balaão fustigava o asno, acreditando que o animal empacara de medo. Por fim, disse-lhe o asno: "Não me bata, pois vejo aqui o anjo de Deus com uma espada de fogo, o qual não me deixa seguir!". O profeta Balaão então olhou e viu o anjo. E o anjo lhe falou: "O que o leva a amaldiçoar o povo de Deus? Bendiga-o sem demora, caso não deseje uma morte semelhante àquela com que o amaldiçoava". E assim, o profeta prosseguiu

---

[115] Como se evidenciará logo abaixo, trata-se do povo hebreu e não dos cristãos. Nesse sentindo, *vide* Nm 22-25, o qual serve de base à novela.

[116] Segundo o Antigo Testamento, o adivinho filho de Beor. *Cf.* Nm 22, 5 e Dt 23, 4.

[117] O monte Peor, em Nm 23, 28.

e bendisse o povo de Deus. Mas falou o rei: "O que você está fazendo? Isto não é amaldiçoar!". E ele respondeu: "Não pode ser de outra forma, pois o anjo de Deus ordenou-me. Faça, portanto, deste modo: você possui belas mulheres, e eles quase nenhuma. Tome várias delas e as vista ricamente. Deposite em seu peito uma joia de ouro ou prata, ou melhor, um pingente em que esteja gravado o ídolo de que você é adorador (ele era adorador de Marte).[118] Você dirá a elas que não cedam a nenhum homem, a não ser que prometa adorar a imagem de Marte. E quando tiverem pecado, poderei amaldiçoá-los". E o rei assim fez. Tomou algumas mulheres como indicado e as enviou ao campo. Os homens desejavam-nas, rendendo-se e adorando o ídolo; depois, pecavam com elas.[119] O profeta foi então até eles e amaldiçoou o povo de Deus, e Deus não veio em seu auxílio. Em seguida, o rei deu início à batalha e os venceu a todos, fazendo com que os justos padecessem da pena dos que pecaram. E então eles se emendaram e fizeram penitência; expulsaram as mulheres e reconciliaram-se com Deus, recobrando a liberdade.

---

118 *i.e.* o Deus da guerra, entre os romanos. Na narrativa bíblica, trata-se de Baal-Peor, divindade cananeia.

119 O episódio da sedução e idolatria dos israelitas compõe os primeiros versículos de Nm 25. Para outra versão do episódio, mais próxima do registro da novela, *vide* as *Antiguidades judaicas* (IV. 6. 6), de Flávio Josefo (*c.* 37 – *c.* 100 EC).

XXXVII
Aqui se conta sobre uma batalha que ocorreu entre dois reis da Grécia

Havia dois reis na Grécia, um deles mais poderoso que o outro. Os dois combateram, e o mais poderoso saiu perdedor. Voltou para casa e dirigiu-se aos seus aposentos. Achava-se perplexo como se tudo aquilo tivesse sido um sonho. Não acreditava ter combatido. Eis então que o anjo de Deus veio ao seu encontro e falou: "Como você está? O que está pensando? Você não sonhou, mas combateu e foi derrotado". O rei olhou então para o anjo e disse: "Como é possível? Dispunha eu do triplo de homens que ele". E o anjo respondeu: "Isso se deu, pois você é inimigo de Deus". E o rei perguntou: "Ora, tamanha é a amizade entre Deus e meu inimigo, para que este me vencesse?". "Não" – disse o anjo – "pois Deus se vinga de Seus inimigos com os próprios inimigos Dele. Marche outra vez com suas tropas e você o vencerá como ele o venceu". E assim, o rei prosseguiu e combateu o seu inimigo, vencendo-o e o aprisionando, segundo o anjo dissera.

XXXVIII
Sobre um astrônomo chamado Meliso,[120] o qual foi repreendido por uma mulher

Certo homem de nome Meliso foi um grandíssimo sábio em muitos campos do saber, em especial, na astronomia, segundo se lê no livro sexto da "Cidade de Deus".[121] Conta-se que ele se albergou uma noite no casebre de uma pobre mulher. Ao deitar-se, disse a ela: "Senhora, proveja que a porta permaneça aberta esta noite,

---

[120] Tales de Mileto (*fl.* 600 – 545), filósofo pré-socrático e um dos chamados Sete Sábios da Grécia Antiga. Sobre ele e seus pares, escreve Platão no *Protágoras* (343a-343b): "Entre eles, incluíam-se Tales, de Mileto; Pítaco, de Mitilene; Bias, de Priene; e Sólon, nosso conterrâneo; além de Cleobulo, de Lindo; e Míson, de Quene, aos quais, diziam, acrescentava-se um sétimo, Quílon, da Lacedemônia. [...] Consagraram as primícias da sabedoria a Apolo na nave do templo de Delfos, para onde, juntos, dirigiram-se; lá, escreveram aquilo que todos veneram: *Conheça a si mesmo* e *Nada em excesso*" (τούτων ἦν καὶ Θαλῆς ὁ Μιλήσιος καὶ Πιττακὸς ὁ Μυτιληναῖος καὶ Βίας ὁ Πριηνεὺς καὶ Σόλων ὁ ἡμέτερος καὶ Κλεόβουλος ὁ Λίνδιος καὶ Μύσων ὁ Χηνεύς, καὶ ἕβδομος ἐν τούτοις ἐλέγετο Λακεδαιμόνιος Χίλων. [...] οὗτοι καὶ κοινῇ συνελθόντες ἀπαρχὴν τῆς σοφίας ἀνέθεσαν τῷ Ἀπόλλωνι εἰς τὸν νεὼν τὸν ἐν Δελφοῖς, γράψαντες ταῦτα ἃ δὴ πάντες ὑμνοῦσιν, Γνῶθι σαυτόν καὶ Μηδὲν ἄγαν) (Tradução de Daniel R. N. Lopes).

[121] *i.e.* a obra de Santo Agostinho, escrita na primeira metade do séc. V. A menção a Tales não se dá no sexto, mas no oitavo livro (Aug. *Ciu.* VIII. 2): "[...] ademais, sobressaiu-se com máxima admiração, pois, conhecendo os cálculos dos astros, foi capaz de prever eclipses do Sol e da Lua" ([...] *maximeque admirabilis extitit, quod astrologiae numeris conprehensis defectus solis et lunae etiam praedicere potuit*). *Cf.* Hdt. *Hist.* I. 74.

pois tenho o costume de levantar-me para observar[122] as estrelas". E assim, a mulher deixou a porta aberta. No entanto, choveu naquela noite, e um fosso diante da casa ficou cheio de água. Quando o sábio se levantou, caiu dentro dele! Meliso começou então a gritar por ajuda. A mulher perguntou: "O que está acontecendo?". E ele respondeu: "Caí dentro de um fosso!". "Oh, homem infeliz!" – disse a mulher – "Observa o céu e não sabe onde pisa?!". E a mulher levantou-se e o ajudou, pois Meliso morria em um pequeno fosso em razão de sua pouca e inepta prudência.[123]

---

[122] O original contém um jogo de palavras entre o ato de *provedere* e a falta de *providenza* de Tales.

[123] Lê-se, por sua vez, no *Teeteto*, de Platão: "Assim como Tales ao observar os astros, Teodoro. Dizem que, enquanto olhava para o alto, caiu em um poço. Uma serva de origem trácia, espirituosa e cheia de graça, teria zombado dele, dizendo que, preocupado em olhar o céu, não se dava conta do que estava diante dos pés" (ὥσπερ καὶ Θαλῆν ἀστρονομοῦντα, ὦ Θεόδωρε, καὶ ἄνω βλέποντα, πεσόντα εἰς φρέαρ, θρᾷττά τις ἐμμελὴς καὶ χαρὶεσσα θεραπαινὶς ἀποσκῶψαι λέγεται ὡς τὰ μὲν ἐν οὐρανῷ προθυμοῖτο εἰδέναι, τὰ δ' ἔμπροσθεν αὐτοῦ καὶ παρὰ πόδας λανθάνοι αὐτόν) (174a). Para uma caracterização diversa do filósofo, *vide* Arist. *Pol.* 1259a; Cic. *Div.* i.49. Enfim, verifica-se uma história similar no fabulário esópico, embora sem a identificação da personagem principal. *Cf.* Perry (1952: 337).

XXXIX
Aqui se conta como o bispo Aldobrandino[124] foi zombado por um frade

Bispo Aldobrandino vivia em sua diocese de Orvieto. Certo dia, estava à mesa, onde alguns frades menores[125] faziam a refeição. Havia um entre eles que comia uma cebola com muito gosto e grande apetite. Observando-o, o bispo disse a um serviçal: "Vá àquele frade e diga-lhe que trocaria com prazer de estômago com ele". O serviçal foi até o frade e repetiu as palavras do bispo. E o frade respondeu: "E você vá dizer a meu senhor que estou certo de que me daria o seu estômago, mas não sua diocese".

---

124 Aldobrandino Cavalcanti (*c.* 1217 – 1279), pregador da Ordem de São Domingos e vigário papal. Sua eleição como bispo de Orvieto deu-se por volta de 1272.

125 *Sc.* os franciscanos.

XL
Sobre um bufão chamado Saladino[126]

Certo dia na Sicília, um bufão chamado Saladino lavava as mãos à mesa com muitos outros cavaleiros. Um deles então lhe disse: "Lave a sua boca e não as mãos!". E Saladino respondeu: "Mas *messer*, ainda não falei de vós hoje". Em seguida, enquanto passeavam após a refeição, outro cavaleiro fez uma pergunta a Saladino: "Diga-me, Saladino: se eu quisesse contar uma história a meu respeito, quem seria o homem mais sábio entre nós a quem poderia contá-la?". E Saladino respondeu: "*Messer*, contai a história àquele que vos parecer o mais louco". Debatendo a questão, os cavaleiros pediram a Saladino que explicasse a resposta. E ele o fez: "Aos loucos todo louco parece sábio, visto que se assemelham. Logo, quando um homem parecer a um louco mais louco que ele, este homem será mais sábio, uma vez que o saber é contrário à loucura". A todos os loucos, os sábios parecem loucos; assim como, aos sábios, os loucos parecem, com razão, loucos e cheios de estupidez.

---

126 Não se tem notícia de quem seja a personagem.

XLI
Uma história acerca de *messer* Polo Traversaro

Messer Polo Traversaro[127] era da Romanha e foi o homem mais nobre de toda a região, exercendo tranquilamente seu senhorio sobre quase toda ela. No entanto, havia três presunçosos cavaleiros, que acreditavam não existir na Romanha um quarto homem digno de sentar-se com eles. No local onde se reuniam, havia um banco de três lugares, em que não cabiam mais pessoas e no qual ninguém ousava sentar-se por temor à soberba dos cavaleiros. E assim, embora *messer* Polo fosse seu superior, e eles lhe obedecessem em outros assuntos, não ousava sentar-se em tão soberbo assento, ainda que os próprios cavaleiros reconhecessem ser ele o melhor homem da Romanha e estar mais perto que qualquer outro de ser o quarto cavaleiro. O que fizeram então os cavaleiros ao ver que *messer* Polo sempre os seguia? Muraram metade da entrada de um de seus palácios, para que ele não pudesse entrar. *Messer* Polo era um homem corpulento e, sem conseguir entrar, tirou as vestes e entrou apenas de camisa. Quando os cavaleiros notaram a sua presença, meteram-se nos leitos, cobrindo-se como se adoentados. E assim, *messer* Polo, que acreditava que os encontraria à mesa, encontrou-os de cama. Confortou-os e os questionou acerca do mal-estar. Ao perceber o embuste, pediu permissão para partir e o fez. Os cavaleiros então disseram: "Ele não está de brincadeira!". E se

---

[127] Polo Traversaro (†1240), governante de Ravena a partir de 1225. A casa dos Traversari e o próprio Polo são lembrados por Dante e Boccaccio. *Cf. Purg.* XIV. 98, 107; *Dec.* V. 8.

dirigiram à vila de um deles, onde havia um pequeno e belo castelo com fosso e ponte levadiça, no qual decidiram passar o inverno. Certo dia, porém, *messer* Polo dirigiu-se até lá com uma distinta comitiva. Quando quis entrar, os cavaleiros levantaram a ponte. E por mais que pedisse, *messer* Polo nada conseguiu e acabou partindo.

Ora, passado o inverno, os cavaleiros retornaram à cidade. Ao chegarem, *messer* Polo não se levantou para eles. Os cavaleiros contrariaram-se, e um deles falou: "*Messer*, que desdita! Que cortesias são as vossas? Quando forasteiros chegam à cidade, vós não lhes fazeis as honras?". E *messer* Polo respondeu: "Perdoai-me, *messer*, mas não me levanto senão para a ponte que se levantou para mim". E assim, os cavaleiros muito se divertiram. E quando um deles morreu, os outros serraram o terceiro lugar do banco em que se sentavam, porque não encontraram em toda a Romanha um cavaleiro digno de permanecer em seu lugar.[128]

---

[128] Benvenuto da Imola (*c.* 1338 – *c.* 1387) relata um episódio similar envolvendo o gentil-homem Guido del Duca (séc. XII – XIII): "Quando ele [Arrigo Mainardi] morreu, [Guido] ordenou que serrassem ao meio o banco [*lignum*] onde ambos costumavam sentar-se, afirmando que não restara ninguém igual [a ele] em gentileza e honra" (*Qui, eo mortuo, fecit secari lignum per medium, in quo soliti erant ambo sedere, asserens quod non remanserat alius similis in liberalitate et honorificentia*) (B. I. *Com. Purg.* XIV). *Cf.* Lo Nigro (1963: 124).

XLII
Aqui se conta uma belíssima história acerca de Guillem de Berguedà,[129] da Provença[130]

Guillem de Berguedà foi um nobre cavaleiro da Provença nos tempos do conde Ramón Berenguer.[131] Certo dia, sucedeu que, enquanto alguns cavaleiros vangloriavam-se de seus feitos, Guillem começou também a vangloriar-se, afirmando que não havia nobre na Provença que ele não houvesse derrubado da sela ou com cuja mulher não se deitara.[132] E ao ouvi-lo, o conde perguntou: "Eu também?!". Ao que Guillem disse: "Vós... senhor... Eu vos responderei em breve". Ordenou então que seu corcel fosse bem selado e encilhado; colocou as esporas no pé; o pé no estribo e, quando estava pronto para subir na montaria, falou ao conde: "Senhor, não vos incluo, nem excluo desse número". Em seguida, Guillem montou no cavalo, deu-lhe com as esporas e partiu em disparada. E assim, o conde muito se irritou, e Guillem não mais retornou à corte.

---

129 Guillem de Berguedà (*c.* 1138 - *c.* 1192), trovador catalão, cujo despudor é referido pelo poeta Francesco da Barberino (1264 - 1348): "O mencionado senhor Guillem [...] nunca se dedicou a outra coisa senão a vituperar as mulheres" (*Dictus autem dominus Guillelmus* [...] *nunquam nisus fuit ad aliud nisi ad vituperium dominarum*) (Egidi 1905: 126).

130 *Grosso modo*, a região da Occitânia e parte da Catalunha. *Vide* Conte (2001: 74, n. 2).

131 Presume-se que seja Ramón Berenguer IV (*c.* 1114 - 1162), conde de Barcelona em 1131.

132 *Cf.* o poema *Amics Marques* (vv. 9; 26), reproduzido por Riquer (1975: 532-534).

Certo dia, as mulheres reuniam-se em um nobre banquete. Mandaram chamar Guillem de Berguedà e, na presença da condessa, disseram a ele: "Diga-nos, Guillem, por que você difama de tal maneira as mulheres da Provença? Você pagará caro por isso!". Cada uma delas tinha um porrete sob as vestes. E aquela que falava prosseguiu: "Repare, Guillem, que, pela sua insensatez, você deve morrer". Guillem, vendo que havia sido pego de surpresa, disse-lhes então estas palavras: "Senhoras, por amor ao que lhes é mais precioso,[133] imploro apenas uma coisa. Imploro que vocês me concedam uma dádiva". E as mulheres responderam: "Peça, desde que não seja pela sua salvação!". E Guillem lhes falou: "Senhoras, por amor ao que lhes é mais precioso,[134] imploro que me bata primeiro aquela que for a mais puta entre vocês".[135] As mulheres então se entreolharam, e não foi encontrada aquela que primeiro o golpeasse. E assim, Guillem conseguiu escapar naquela feita.[136]

---

133 No texto-base, apenas *per amore*. Por clareza, adotou-se a lição de Lo Nigro (1963: 125).

134 *Vide* nota acima.

135 Como terá percebido o leitor, as palavras de Guillem remetem às do Cristo (Io 8,7): "Como insistissem na pergunta, Jesus se levantou e lhes disse: 'Aquele que dentre vós estiver sem pecado seja o primeiro que lhe atire a pedra'" (*Cum autem perseverarent interrogantes eum erexit se et dixit eis qui sine peccato est vestrum primus in illam lapidem mittat*) (Tradução de João Ferreira de Almeida).

136 A cena final da novela é praticamente a mesma do capítulo xxiv, do "Livro do Cavaleiro de La Tour Landry" (*Livre du Chevalier de La Tour Landry*) (1371/2).

XLIII
Aqui se conta o que *messer* Rangoni[137] fez a um bufão

Estando um dia à mesa, *messer* Iacopino Rangoni, nobre cavaleiro da Lombardia, tinha diante de si duas garrafas de finíssimo vinho: um branco, o outro tinto. Um bufão achava-se na mesma mesa e, embora muito quisesse, não ousava pedir a bebida. O bufão então se levantou, pegou um copo e começou a lavá-lo muito mais que o necessário.[138] Depois de muito o lavar, estendeu o copo e disse: "*Messer*, ele está de banho tomado". *Messer* Iacopino agarrou então firmemente a garrafa e respondeu: "E agora você acabará de aprontá-lo em outro lugar".[139] E assim, o bufão ficou sem resposta e não conseguiu o vinho.

---

137 Iacopino Rangoni (séc. XIII), soberano de Florença em 1260.

138 O texto-base possui o seguinte acréscimo, inexistente na *editio princeps* e em Vat. 3214 (fol. 43r): "ismisuratamente bene e". *Cf.* Segre (1959: 834) e Di Francia (1930: 75).

139 O original traz *tu il pettinerai altrove che non qui.*

XLIV
Sobre uma questão proposta a um cortesão

Marco Lombardo[140] foi um nobre cortesão e grande sábio. Certo Natal, encontrava-se em uma cidade onde eram concedidos muitos presentes, porém não pôde obter nenhum. Deparou-se então com outro cortesão, que, embora inculto em comparação a ele, havia sido presenteado. E assim, surgiu um belo juízo, pois o cortesão disse a Marco: "Marco, por que recebi sete presentes e você nenhum? Você é muito melhor e mais sábio que eu. Qual a razão disso?". E Marco respondeu: "Ora, não é por outro motivo, senão porque você encontrou mais dos seus do que eu dos meus".

---

140 Segundo o cronista Giovanni Villani (*c.* 1276 – 1348), "um sábio e valoroso cortesão, chamado Marco Lombardo" (*uno savio e valente uomo di corte, chiamato Marco Lombardo*) (G. V. *Cron.* VIII. 121). Dele também se recorda Dante (*Purg.* XVI. 46-48), que exalta sua correção: "Lombardo fui e Marco fui chamado,/ conheci o mundo e amei o ânimo reto,/ pra o qual ninguém mais tem o arco voltado" (*Lombardo fui, e fu' chiamato Marco;/ del mondo seppi, e quel valore amai/ al quale ha or ciascun disteso l'arco*) (Tradução de Italo Eugenio Mauro). *Cf.* Zaccagnini (1923: 8-11).

XLV
Como Lancelote combateu próximo a uma fonte

Certo dia, *messer* Lancelote lutava próximo a uma fonte contra um cavaleiro da Saxônia chamado A.[141] Pelejavam duramente com suas espadas, tendo desmontado das montarias. E quando ambos recobravam o fôlego, um deles perguntou o nome do outro. *Messer* Lancelote respondeu: "Já que deseja conhecer o meu nome, saiba que sou Lancelote!". O combate então recomeçou, e o cavaleiro disse a Lancelote: "Mais dano me causa o seu nome do que a sua destreza". E isso, porque, quando o cavaleiro soube que aquele era Lancelote, pôs-se a duvidar de seu valor.[142]

---

141 Talvez Alibons, caso se atente para o episódio entre Lancelote e aquele cavaleiro no *Lancelot-Graal* (*c.* 1215 – 1235). *Cf. La Marche de Gaule* 304.

142 Como aponta Delcorno Branca (1996: 196-197), a novela possui uma série de semelhanças com o *Tristan en prose* (séc. XIII): a fonte, o cavaleiro da Saxônia, a revelação do nome. A fala que arremata o duelo também é a mesma em ambos: "*Ton non m'espaonte plus qe ta proesce ne fet*" (Ménard 2003, p. 112).

XLVI
Aqui se conta como Narciso[143] se enamorou de sua própria imagem

Narciso foi um belíssimo e muito valoroso cavaleiro.[144] Um dia, ocorreu que, enquanto repousava junto a uma belíssima fonte, viu a própria imagem em suas águas, também ela muitíssimo bela. Começou a observá-la fixamente. Alegrava-se junto à fonte, e a imagem fazia o mesmo. Narciso acreditava que a imagem tinha vida própria e que de fato ali estava. Não se dava conta de que fosse o seu reflexo. Começou então a amá-la e a enamorar-se tão intensamente, que quis tocá-la. A água, porém, turvou-se; a imagem desapareceu; e Narciso principiou a chorar. Quando a água tornou-se outra vez límpida, Narciso viu seu reflexo em lágrimas. E assim, deixou-se cair na fonte e se afogou.

Era o tempo da primavera, e as mulheres dirigiam-se ao local para entreter-se. Quando viram que o belo Narciso se afogara, retiraram-no da água com um enorme lamento e apoiaram seu corpo hirto junto à fonte. A notícia chegou então ao deus do amor, o qual transformou Narciso em uma nobilíssima amendoeira,[145] muito viçosa e muito vivaz. E ela foi e é a primeira árvore que primeiro dá frutos e renova o amor.

---

143 O jovem sobre o qual versam, entre outras fontes, as *Metamorfoses*, de Ovídio (43 AEC – 17 EC). Era filho do rio Cefiso e da ninfa Liríope. *Cf. Met.* III. 344-510 e Paus. IX.31.7-9.

144 Na tradição medieval, evidentemente.

145 No poema latino, a transformação dá origem à flor que leva o nome da personagem.

XLVII
Aqui se conta como um cavaleiro pediu o amor de uma mulher

Certo dia, um cavaleiro suplicava pelo amor de uma mulher. Entre outras coisas, dizia-lhe que era nobre, rico e muitíssimo belo. "Além disso, vosso marido é muito feio, como sabeis". No entanto, o marido escutava tudo, junto à parede do cômodo vizinho, e respondeu: "*Messer*, por cortesia, embelezai o vosso e não venhais enfear o que é dos outros!". O feio era *messer* Lizio di Valbona;[146] o outro, *messer* Rinieri da Calvoli.[147]

---

146 Lizio di Valbona (*fl.* 1279), nobre de família guelfa, lembrado por sua cortesia. No *Decameron* (V. 4), surpreende não a esposa, mas a filha com o amante. Também é citado por Dante, em *Purg.* XIV. 97. *Cf.* Conte (2001: 80).

147 Rinieri de' Calboli (†1296), amigo de Lizio, também de família guelfa. Dante o louva como "o prestígio e a honra da casa dos Cálboli, onde ninguém, depois, fez-se herdeiro de seu valor" ([...] *pregio e l'onore/ de la casa da Calboli, ove nullo/ fatto s'è reda poi del suo valore*) (*Purg.* XIV. 88-90).

XLVIII
Aqui se conta acerca do rei Conrado,[148] pai de Conradino[149]

Lê-se que o rei Conrado, pai de Conradino, andava, quando jovem, em companhia de doze mancebos de sua idade. E sempre que o rei cometia uma falta, os mestres que zelavam pelo rapaz não batiam nele, mas nos jovens que o acompanhavam. O rei então costumava perguntar: "Por que batem em meus companheiros?". E os mestres respondiam: "Pelos erros cometidos por você". E ele prosseguia: "Mas por que não batem em mim? Sou eu o culpado!". E os mestres diziam: "Porque você é o nosso senhor, e batemos neles em seu lugar. Logo, caso você possua um nobre coração, seja-lhe motivo de dor que outros suportem as penas decorrentes de seus erros". E, por isso, é dito que o rei Conrado muito cuidava em não errar, movido de piedade por seus companheiros.

---

[148] Conrado IV (1228 – 1254), soberano da Sicília e Jerusalém. Era filho de Frederico II e Iolanda de Brienne.

[149] Conradino (1252 – 1268), duque da Suábia. Derrotado por Carlos de Anjou, foi o último da dinastia dos *Hohenstaufen*.

XLIX
Aqui se conta como um médico de Toulouse tomou como esposa uma sobrinha do arcebispo da mesma cidade

Um médico de Toulouse tomou como esposa a sobrinha do arcebispo, uma nobre mulher da mesma cidade. O médico a levou para casa e, em apenas dois meses, ela viria a parir uma menina! O médico não se encolerizou. Ao contrário, consolava a esposa, apresentando-lhe argumentos que demonstravam, segundo a medicina, que a criança poderia ser sua. E assim, tratando-a com tais palavras e grande afeição, a mulher não teve coragem de interromper a gravidez. O médico esteve ao seu lado durante o parto. No entanto, disse-lhe após ele: "Minha dama, honrei-vos o quanto pude. Todavia, peço-vos, por amor a mim, que retornais agora à casa de vosso pai. Quanto à vossa filha, eu a terei em grande honra". As notícias, porém, correram de tal forma, que o arcebispo julgou que a sua sobrinha havia sido expulsa pelo médico. Mandou chamá-lo e, porque era um homem ilustre, lançou sobre ele uma série de insolências, repletas de soberba e ameaça. Ao ouvir o palavrório, o médico então respondeu: "*Messer*, tomei vossa sobrinha como esposa, acreditando ser capaz de prover e alimentar minha família com minhas posses. Era meu intento ter um filho por ano e não mais. Mas a mulher começou a ter filhos em dois meses! Ora, caso as coisas caminhem nesse ritmo, não me sinto abastado o suficiente para alimentá-los. Ademais, não vos seria honroso que vossa linhagem fosse levada à pobreza. Por isso, peço-vos um favor: que vós a deis a um homem mais rico que eu, de modo que vossa sobrinha não vos seja motivo de desonra".

L
Aqui se conta acerca de mestre Francesco,[150] filho de mestre Accorso da Bologna[151]

Ao retornar da Inglaterra, onde permaneceu por muito tempo,[152] mestre Francesco, filho de mestre Accorso da cidade de Bolonha, propôs a seguinte questão à comuna dessa cidade: "Devido à pobreza, um pai de família partiu de seu país. Deixou os filhos para trás e dirigiu-se a províncias longínquas. Após algum tempo, porém, deparou-se com homens de sua terra natal. Levado pelo amor paterno, pediu então notícias dos seus, e os homens responderam: '*Messer*, vossos filhos ganharam muito dinheiro e tornaram-se ricos'. Quando ouviu essas palavras, o homem decidiu retornar. Chegou à sua terra e reencontrou os filhos, que, de fato, estavam ricos. Pediu que eles lhe concedessem os seus bens, visto que era seu pai e senhor. No entanto, os filhos se recusaram, dizendo: 'Pai, fomos nós que os ganhamos. Nada disso lhe diz respeito'. Assim, nasceu um litígio entre as partes, e a lei decidiu que o pai era o único senhor das riquezas dos filhos. Por essa razão, demando à comuna de Bolo-

---

150 Francesco d'Accorso (1225 – 1293). Assim como o pai, foi jurista e professor de direito em Bolonha. Seu nome é listado entre os sodomitas, em *Inferno* (XV. 110).

151 Accorso (*c.* 1181 – 1263), célebre jurisconsulto, cuja *Glossa ordinaria* – reunião de comentários ao *Corpus iuris civilis* justiniano – se tornaria uma das mais consagradas obras a respeito do Direito Romano. Apesar do topônimo *Bologna*, nascera em *Bagnolo*, na Toscana.

152 Ou seja, entre 1273 e 1281, quando exerceu a função de conselheiro do rei Eduardo I da Inglaterra.

nha que sejam conferidas ao meu senhorio as posses de meus filhos, isto é, de meus discípulos, que se tornaram grandes mestres e ganharam muito dinheiro depois que os deixei. Apraza a esta comuna que, com o meu retorno, seja eu tido como seu senhor e pai, conforme determina a lei que trata de questões familiares".

LI
Aqui se conta como uma mulher da Gasconha queixou-se ao rei do Chipre[153]

Certa vez no Chipre, uma mulher da Gasconha foi alvo de tamanha vilania e desonra, que não pôde suportá-las. Colocou-se diante do rei e lhe disse: "*Messer*, já vos foram feitas dez mil ofensas e a mim apenas uma. Suplico a vós que tantas injúrias sofrestes que me ensineis a suportar esta minha única". E então o rei ficou todo encabulado e começou a vingar-se de seus detratores, não querendo mais ser ultrajado.[154]

153 Em Boccaccio, o soberano é Guy de Lusignan (†1194), rei de Jerusalém e do Chipre. *Cf. Dec.* I. 9.

154 Diferentemente do *Novellino*, o protesto da mulher no texto boccacciano revela-se um ardil para "repreender a inação do rei" (*mordere la miseria del re*). *Cf. Dec.* I. 9.

LII
Sobre um sino preparado no tempo do rei João[155]

No tempo do rei João de Acre,[156] foi preparado um sino que era tocado por todos aqueles que tivessem sofrido uma grande injúria. O rei então reunia os seus sábios, que se achavam a postos para praticar a justiça. O sino, contudo, era muito antigo, e a chuva danificara a sua corda. E assim, colocou-se uma nova em seu lugar, feita de ramos de vitalba.[157] Um cavaleiro de Acre, dono de um nobre corcel - porém já velho e sem valia -, costumava deixar o animal pastando pelo lugar, para não ter de alimentá-lo. Levado pela fome, o cavalo aproximou sua boca da vitalba, querendo mastigá-la. E enquanto a puxava, o sino soou! Os juízes reuniram-se. Observaram o apelo do cavalo, que parecia pedir por justiça. Enfim, determinaram que o cavaleiro, a

---

155 João de Brienne (*c.* 1170 - 1237), soberano do reino cruzado de Jerusalém e imperador de Constantinopla. Diferentemente da imagem que se apresenta no *Novellino*, o cronista bizantino Jorge Acropolita (1217 - 1282) destaca não o seu senso de justiça, mas suas habilidades como general: "[...] enviaram uma embaixada a João [de Brienne], nomeado rei de Jerusalém, que se vangloriava de sua fama como estrategista militar, sobrepujando os demais em força e em estatura [...]" ([...] στέλλουσι πρεσβείαν πρὸς Ἰωάννην τὸν ὀνομαζόμενον Ἱεροσολύμων ῥῆγα, φήμην τε πολλὴν αὐχοῦντα περὶ τὰς στρατιωτικάς μεθόδους βριαρόν τε χεῖρα καὶ τῷ μεγέθει τοὺς κατ' αὐτὸν ὑπερβάλλοντα, [...]) (G. A. *Hist.* 27).

156 Cidade costeira, ao norte do atual território israelense. Tratava-se do principal porto do Reino de Jerusalém à época das Cruzadas.

157 Planta trepadeira do gênero *Clematis.*

quem o cavalo havia servido desde jovem, alimentasse-o também na velhice. E assim, o rei obrigou o cavaleiro a cumprir o veredito, ordenando que o fizesse sob pena de uma grande punição.[158]

[158] Uma história similar é contada pelo autor persa Nizām al--Mulk (†1092), em seu *Siyar al-Mulūk*. *Cf.* Darke (2002: 40-41). Para outras variantes da narrativa, ver *Revue des traditions populaires* (1909: 192, n. 3).

LIII
Aqui se conta acerca de um privilégio que o imperador concedeu a um de seus barões

O imperador concedeu um privilégio a um de seus barões. De acordo com ele, o barão receberia um denário por cada defeito físico dos que passassem por suas terras.[159] O barão colocou então um coletor na entrada de seus domínios, para receber o pedágio. Certo dia, sucedeu que um homem que não tinha um dos pés chegou ao local. O coletor pediu-lhe o denário, porém o homem se opôs, e ambos se engalfinharam. O coletor agarrou-o, e o homem, defendendo-se, revelou que também não tinha uma das mãos. Ao ver isso, o coletor falou: "Você me dará agora dois denários: um pelo pé e o outro pela mão". Mas a contenda recomeçou, e o chapéu do homem caiu de sua cabeça, revelando que ele tampouco tinha um dos olhos. Disse o coletor: "Você agora me dará três denários!". Agarraram-se então pelos cabelos e, quando o coletor colocou a mão na cabeça do outro, percebeu que ele era tinhoso. Vociferou o coletor:

---

159 Lê-se, por sua vez, nos *Exempla*, de Jacques de Vitry (†1240): "Esses que dão desculpas por seus pecados e que, à imitação dos nossos primeiros parentes [*sc.* Adão e Eva], acumulam pecado sobre pecado, querendo justificá-los, são iguais àquele que cruzava uma cidade onde havia o costume de todo estrangeiro pagar um denário por moléstia ou defeito que tivesse no corpo" (*Hii autem qui peccata sua excusant et ad imitacionem priorum parentum, dum peccata sua defendere volunt, peccata peccatis addunt, similes sunt cuidam qui iter faciebat per ciuitatem, cui talis erat consuetudo quod, quicunque extraneus transibat, pro quolibet morbo seu macula quam in corpore habebat vnum denarium soluebat*) (LXXX).

"Agora você me dará quatro!". E assim, aquele que, sem querela, poderia ter pagado um denário, acabou por pagar quatro.[160]

[160] Para outras variantes da história, *vide* o capítulo 157, dos *Gesta romanorum* (séc. XIII) e o exemplo 6, da *Disciplina clericalis*, de Pedro Alfonso (*fl.* 1106).

LIV
Aqui se conta como o pároco Porcellino foi acusado

No tempo do bispo Mangiadore,[161] um pároco chamado Porcellino foi acusado de conduzir mal a sua paróquia por causa de mulheres. O bispo investigou o caso e considerou-o bastante culpado. Enquanto Porcellino permanecia na residência episcopal, aguardando sua deposição no dia seguinte, os servos da casa orientaram-no como escapar, pois o queriam bem. À noite, esconderam-no embaixo da cama do bispo. Naquele dia, porém, o bispo Mangiadore fez vir até lá uma amiga sua e, estando ambos no leito, desejava tocá-la. A amiga, contudo, não permitia, dizendo: "Vós me fizestes muitas promessas, mas não cumpristes nenhuma!". E o bispo: "Minha vida, eu prometo! Eu juro!". "Não" – disse ela – "primeiro quero o dinheiro nas minhas mãos!". Quando o bispo levantou-se para pegar as moedas, o pároco saiu de sob a cama e falou: "*Messer*, elas me apanharam do mesmo modo. Mas quem seria capaz de agir de outra forma?". E assim, o bispo ficou cheio de vergonha e o perdoou, mas não antes de lhe fazer muitas ameaças diante dos outros clérigos.[162]

---

161 Giovanni Mangiadore (*c.* 1210 – 1274), bispo de Florença e opositor de Frederico II.

162 No *fabliau* "O bispo que abençoou a boceta" (*L'evesque qui beneï le con*), o estratagema é arquitetado pelo próprio padre em conluio com a amante do bispo: "Assinalou o bispo a boceta;/ Quando por ele a benção foi feita,/ Dizendo assim em alto e bom som:/ '*Per omnia secula seculorum*'/ E o padre que a tudo escutou/ 'Amém', de imediato falou" (*Li evesque lo con seigna/ & puis a dit: "Per omnia,/ Qan qu'il fait la beneïçon,/ Dit, secula seculorum"/ & li prestes, qui l'antandi,/ Maintenant "Aman" respondi*) (vv. 199-204). *Cf.* Dubin (2013: 66-79) e Bocc. *Dec.* I.4; IX.2.

LV
Aqui se conta acerca de um cortesão chamado Marco[163]

Marco Lombardo, o mais sábio cortesão entre os seus pares, foi interpelado certo dia por um honrado cavalheiro, que, empobrecido, aceitava em segredo o dinheiro dos nobres, mas não as suas vestes.[164] Seu nome era Paolino e possuía uma língua ferina. Paolino propôs a seguinte questão a Marco, acreditando que este não conseguiria respondê-la: "Marco," – disse ele – "você é o homem mais sábio de toda a Itália. Mas é pobre e detesta pedir. Por que você não cuidou de tornar-se rico e não precisar pedir nada?". Marco olhou ao redor e respondeu desta forma: "Ninguém nos está vendo ou ouvindo. E você, por que age assim?". E o linguarudo falou: "Eu o faço, porque sou pobre". Disse então Marco: "Guarde o meu segredo, e eu guardarei o seu".

---

163 *Vide* novela XLIV.

164 Ou seja, porque o expediente revelaria que as roupas não lhe pertenciam.

LVI
Como um homem da *Marca*[165] foi estudar em Bolonha

Um homem da *Marca* foi estudar em Bolonha. No entanto, faltou-lhe dinheiro. Enquanto chorava, um outro o viu e, ao saber a razão daquilo, falou-lhe: "Eu custearei os seus estudos, porém você deve prometer que me dará mil *libras*, quando vencer sua primeira causa". Ora, o estudante concluiu os estudos, mas retornou à sua terra! O homem foi então em seu encalço por causa da quantia. Com receio de ter de devolvê-la, o estudante deixava o tempo passar e não advogava, e, desse modo, um e outro haviam saído perdendo: o primeiro, o bom senso; o segundo, o dinheiro. Que ideia teve então aquele que realizara o empréstimo? Prestou uma queixa contra o devedor e o intimou a pagar duas mil *libras*. Dizia: "Você perca ou vença, pouco importa. Se você vencer, me pagará o prometido. Se perder, me restituirá o valor da queixa". E assim, o estudante pagou a dívida e não mais quis querelar com o outro.[166]

---

165 A *Marca Anconitana* (atual *Marche*) ou a *Marca Trevigiana*, isto é, o Vêneto, excetuada a cidade de Veneza.

166 *Cf.* Sext. Emp. *Adv. Math.* II. 96-99. Nas "Noites Áticas" (*Noctes atticae*), de Aulo Gélio (*c.* 125 – *c.* 180 EC), são o sofista Protágoras e seu discípulo Evatlo que travam uma disputa similar. *Vide* anexo II.

LVII
Sobre dona Agnesina de Bolonha

Certo dia, dona Agnesina de Bolonha entretinha-se com outras mulheres, de quem fazia as vezes de senhora. Dentre elas havia uma recém-casada, cuja primeira noite lhe despertara a curiosidade. Dona Agnesina começou então a questionar as mais despudoradas. Uma dizia: "Eu o segurei com as duas mãos". E as outras proferiam outras indecências. Em seguida, Dona Agnesina questionou a recém-casada: "E você, como fez?". De olhos baixos, ela respondeu toda encabulada: "Eu o segurei com dois dedos". E Dona Agnesina falou: "Deus meu, tivesse ele caído da sua mão!".[167]

---

167 *cagiu' ti foss'ello*, no original.

LVIII
Sobre *messer* Beriuolo,[168] oficial da corte[169]

Um oficial da corte chamado *messer* Beriuolo achava-se em Gênova. Ali se desentendeu com um pajem. O pajem fez-lhe então um sinal obsceno[170] bem próximo à face, proferindo-lhe uma série de impropérios. *Messer* Brancadoria[171] viu toda a cena e ficou contrariado. Aproximou-se de Beriuolo e o aconselhou a responder com o mesmo gesto. "De jeito nenhum!"[172]

---

168 Segundo Biagi (1912: 430), seria o mesmo *messer* Beriuolo do "Livro de máximas" (*Il libro di motti*), de certo Vanni Giudice (séc. XIII): "Cita incontáveis vezes um *messer* Beriuolo, amigo seu, como sendo homem de grande renome em respostas argutas [...]" (*Cita infinitissime volte un Messer Beriuolo suo amico per huomo di gran nominanza in risposte argute* [...]) (Biagi 1912: 431). *Cf.* Conte (2001: 91, n. 1) e Lo Nigro (1963: 140).

169 Em italiano, *cavaliere di corte.*

170 *fece la fica* ("fez a figa"). Referência ao gesto de conotação sexual em que o polegar é colocado entre o indicador e o dedo médio: "No final de sua fala, esse ladrão [Vanni Fucci]/ ambas as mãos ergueu, fazendo figas,/ e gritou : 'Toma, Deus, que pra ti são'" (*Al fine de le sue parole il ladro/ le mani alzò con amendue le fiche,/ gridando: "Togli, Dio, ch'a te le squadro"*) (*Inf.* XXV. 1-3; tradução de Italo Eugenio Mauro). *Cf.* Franco Júnior (2010: 291-292) e Mazzucchi (2004: 141-144).

171 Possivelmente Brancaleone Doria (*c.* 1235 – 1325), gentil-homem de Gênova, a quem Dante atribui o assassinato do sogro Michele Zanche. *Cf.* Dant. *Inf.* XXXIII. 136-147. Ver também D'Ancona (1912: 19-20).

172 *madio*, no texto-base. Para a origem francesa da expressão, *vide* Lo Nigro (1963: 141, n. 8) e Di Francia (1930: 92-93).

– respondeu *messer* Beriuolo – "Eu não faria um dos meus por cem dos dele".[173]

[173] Nas *Trecentonovelle*, de Franco Sacchetti (*c*. 1330 – *c*. 1400), a polêmica envolve Dante e um condutor de animais: "Um dia, enquanto andava prazerosamente em certa parte de Florença, [...] Dante deparou-se com um burriqueiro [...]. O homem vinha atrás dos asnos, cantarolando o livro do poeta. E quando terminava de cantarolar um trecho, batia no asno e dizia: 'Vai!'. Dante foi então ao seu encontro, deu-lhe uma bordoada nas costas e falou: 'Esse 'vai' não é meu, não!'. Mas o homem não sabia quem era Dante, tampouco o motivo da pancada. Bateu com força nos asnos e continuou: 'Vai! Vai!'. Quando estava um pouco distante, voltou-se para Dante, mostrou-lhe a língua e disse fazendo figas: 'Toma!'. Ao vê-lo, Dante respondeu: 'Não daria uma das minhas por cem das suas!'" (*Andandosi un dí il detto Dante per suo diporto in alcuna parte per la città di Firenze,* [...] *scontrò uno asinaio* [...]; *il quale asinaio andava drieto agli asini, cantando il libro di Dante, e quando avea cantato un pezzo, toccava l'asino, e diceva: Arri. Scontrandosi Dante in costui, con la bracciaiuola li diede una grande batacchiata su le spalle, dicendo: Cotesto arri non vi miss'io. Colui non sapea né chi si fosse Dante, né per quello che gli desse; se non che tocca gli asini forte, e pur: Arri, arri. Quando fu un poco dilungato, si volge a Dante, cavandoli la lingua e facendoli con la mano la fica, dicendo: Togli! Dante, veduto costui, dice: Io non ti darei una delle mie per cento delle tue*) (CXV).

LIX
Aqui se conta acerca de um nobre que o imperador mandou enforcar

Certo dia, o imperador Frederico[174] mandou enforcar um importante nobre em razão de um delito. E para que a punição fosse exemplar, ordenou a um excelente cavaleiro que, sob grande pena, vigiasse o corpo, não permitindo que fosse removido da forca. O cavaleiro, porém, não o vigiou bem, e o enforcado foi levado embora. Quando o cavaleiro deu-se conta do ocorrido, pôs-se a pensar em uma saída, pois temia perder a vida. Enquanto meditava naquela noite, decidiu ir a uma abadia nas redondezas, para ver se poderia encontrar o corpo de um recém-falecido e colocá-lo na forca no lugar do outro. Ao chegar à abadia, o cavaleiro, porém, deparou-se com uma mulher aos prantos, desarrumada e com os cabelos desgrenhados, a qual se lamentava profundamente. Muito desconsolada, a mulher chorava por seu querido marido, que morrera naquele mesmo dia. O cavaleiro perguntou-lhe então com doçura: "Minha dama, que pesar é este?". E a mulher respondeu: "Eu o amava tanto, que jamais quero ser consolada, mas desejo findar os meus dias em lágrimas". E o cavaleiro lhe disse: "Minha dama, que sensatez há nisto? Quereis morrer aqui de dor? Nem o pranto ou as lágrimas podem trazer à vida os mortos. Que disparate é este que cometeis? Ora, fazei assim: tomai-me como vosso marido, pois não tenho esposa, e salvai-me a vida, pois corro perigo e não sei onde me esconder. Por ordem de

---

174 Frederico Barba-Ruiva ou seu neto, Frederico II.

meu senhor, eu guardava um cavaleiro que foi enforcado. Mas os seus familiares o levaram. Mostrai-me como escapar, pois podeis fazê-lo. Eu serei o vosso marido e a terei honrosamente". Quando ouviu isso, a mulher se enamorou do cavaleiro e respondeu: "Cumprirei as vossas ordens, tamanho é o amor que sinto por vós. Peguemos o meu marido! Retiremos seu corpo da sepultura e o penduremos no lugar daquele que vos foi levado". E assim, a mulher cessou o choro e ajudou não apenas a retirar do sepulcro o corpo do marido, mas a pendurá-lo pelo pescoço. O cavaleiro então falou: "Minha dama, o outro cadáver tinha um dente a menos na boca, e tenho medo de cair em desonra, caso alguém examine este corpo". Tão logo a mulher ouviu isso, arrancou um dente da boca do falecido e, se mais fosse necessário, ela o teria feito. Ora, quando o cavaleiro viu o que a mulher fazia ao próprio marido, disse: "Minha dama, visto que pouco vos importastes com esse por quem tínheis demonstrado tanto amor, imaginai comigo!". E então, o cavaleiro afastou-se da mulher e foi cuidar dos seus afazeres, e ela permaneceu muito envergonhada.[175]

---

175 Trata-se da famosa história da "Matrona de Éfeso". Na Antiguidade, circulara em duas versões: uma menor, nas fábulas de Fedro (*c.* 15 AEC – *c.* 50 EC); a outra, mais extensa, no "Satíricon", de Petrônio (séc. I EC). *Cf.* Phaed. *App.* 15 e Petron. *Sat.* 111-112.

LX
Aqui se conta como Carlos de Anjou[176] amou de amor cortês

Quando era conde de Anjou, Carlos, nobre rei da Sicília e Jerusalém, amou de amor cortês a bela condessa de Teti,[177] que, por sua vez, amava o conde de Universa.[178] Naquele tempo, o rei da França[179] havia proibido sob pena capital que todos participassem de torneios. O conde de Anjou, porém, querendo provar quem era melhor em armas - ele ou o conde de Universa - concebeu um plano. Dirigiu-se com enormes súplicas a *messer* Érard de Vallery.[180] Confidenciou-lhe de quem estava enamorado e de sua decisão de colocar-se à prova em campo de batalha contra o conde de Universa. Suplicava, por cortesia, a *messer* Érard que obtivesse a permissão do rei, para que, com sua licença, participasse de um único torneio. *Messer* Érard pergun-

---

176 Carlos de Anjou (1226 - 1285), irmão do rei francês Luís IX (*sc.* São Luís). Além de rei da Sicília (1266) e Jerusalém (1277), foi senhor da Provença.

177 *Contessa di Teti.* Nada se sabe sobre a personagem.

178 *Universa.* Nevers ou ainda a Antuérpia. *Cf.* Favati (1970: 254).

179 Luís IX (1214 - 1270), coroado rei aos 12 anos. Sua canonização foi oficializada por Bonifácio VIII em 1297.

180 Érard de Vallery (†1277), condestável de Champagne, que acompanharia São Luís em duas expedições ao Oriente. Sua perícia militar teria beneficiado Carlos de Anjou na Batalha de Tagliacozzo (Aquila), em que derrotou Conradino: "[...] e pelas bandas de Tagliacozzo,/ onde sem armas o velho Érard saiu vencedor" ([...] *e là da Tagliacozzo,/ dove sanz' arme vinse il vecchio Alardo*) (Dant. *Inf.* XXVIII.17-18).

tou-lhe qual seria o pretexto para aquilo, e o conde de Anjou o instruiu desta maneira: "O rei é praticamente um beato e, em razão de vosso grande valor, deseja que vós tomeis com ele o hábito religioso, tendo-vos em sua companhia. Ao indagá-lo, pedi-lhe permissão, portanto, para que nos permita pelejar em um último torneio. Em seguida, vós fareis o que ele quiser". E *messer* Érard perguntou: "Mas me diga, conde: perderei a companhia de meus cavaleiros, por causa de um único torneio?".[181] E o conde respondeu: "Eu vos prometo lealmente que vos livrarei deste apuro". E, de fato, Carlos de Anjou cumpriu sua promessa, como contarei.

Messer Érard foi ao rei da França e disse: "*Messer*, quando recebi armas no dia de vossa coroação, os melhores cavaleiros do mundo pelejavam. Logo, seja do vosso agrado conceder-me uma nobre graça, pois quero, pelo amor que vos tenho, renunciar por completo ao mundo e portar o hábito religioso. Em outras palavras, que um torneio seja realizado, onde se armem os mais nobres cavaleiros, de modo que minhas armas sejam deixadas em uma grande festa, tal como foram recebidas". E assim, o rei anuiu ao pedido, e um torneio foi organizado. De um lado, achava-se o conde de Universa; do outro, o conde de Anjou. A rainha estava nas tribunas com condessas, damas e damizelas de nobre estirpe; e, entre elas, a condessa de Teti. Naquele dia, a fina flor da cavalaria pegou em armas vinda de todos os lugares.

Depois de muitos combates, o conde de Anjou e o conde de Universa fizeram esvaziar o campo de batalha. Com a força de seus vigorosos corcéis, arrojaram-se um

---

181 Isto é, renunciando ao mundo como monge. *Cf.* Di Francia (1930: 97).

contra o outro, as longas lanças nas mãos. No meio do campo, contudo, o corcel do conde de Universa tombou com ele! Imediatamente as mulheres desceram das tribunas e, com grande brandura, carregaram-no nos braços, entre elas, a condessa de Teti. Enquanto isso, o conde de Anjou lamentava-se muito, dizendo: "Infeliz de mim! Por que meu cavalo não caiu como o do conde de Universa, de modo que a condessa estivesse tão perto de mim como esteve dele?".

Interrompido o torneio, o conde de Anjou dirigiu-se então à rainha e pediu-lhe um favor. Por amor aos nobres cavaleiros da França, ela deveria mostrar-se indignada com o rei. Em seguida, faria as pazes com o soberano e lhe demandaria a seguinte dádiva: não deveria aprazer ao rei que os jovens cavaleiros da França perdessem tão nobre companhia como a de *messer* Érard de Vallery. E a rainha assim o fez. Indignou-se com o rei e, ao fazer as pazes, pediu-lhe o que desejava. O rei prometeu conceder a dádiva. E deste modo, *messer* Érard livrou-se de sua promessa e permaneceu com os outros nobres cavaleiros, torneando e combatendo, conforme corre com frequência pelo mundo a fama de sua grande bravura e de seus feitos para lá de valorosos.

LXI
Aqui se conta como o filósofo Sócrates[182] respondeu aos gregos

Sócrates foi um nobre filósofo de Roma.[183] Em seu tempo, os gregos enviaram uma nobre e grandíssima embaixada aos romanos. Seu objetivo era apresentar-lhes argumentos contra um tributo que pagavam. O sultão[184] dera a seguinte ordem aos gregos: "Vocês irão a Roma e farão uso da razão. E, se preciso, do dinheiro". Os embaixadores foram então a Roma e revelaram o motivo de sua embaixada ao conselho daquela cidade. O Conselho de Roma deliberou que a demanda dos gregos deveria ser respondida por Sócrates e que o conselho ratificaria sem adendos o que fosse dito por ele. Em seguida, os embaixadores dirigiram-se ao lugar onde Sócrates morava, bastante longe de Roma, para lhe expor seus argumentos. Chegaram a uma casa modesta e o encontraram colhendo ervas. À distância o homem não causava grande impressão. Os embaixadores puseram-se então a confabular, refletindo sobre o que foi escrito acima. Por fim, disseram entre si: "Poderemos corrompê-lo com pouco dinheiro", pois Sócrates não lhes parecia ser um homem rico, mas pobre. Aproximaram-se dele e falaram: "Valha-lhe Deus, homem de grande sa-

---

182 *Sc.* o filósofo ateniense, que, junto de Platão e Aristóteles, se tornaria um dos mais importantes pensadores de toda a filosofia ocidental.

183 Como é sabido, Sócrates não era romano, mas originário do demo de Alópece (Ἀλωπεκή), na Ática.

184 *Soldano*. Entenda-se aqui monarca.

bedoria! Decerto ela não é pouca, visto que os romanos lhe confiaram tão importante resposta". E revelaram a ele a deliberação do Conselho de Roma, acrescentando: "Apresentaremos a você os nossos muitos e razoáveis argumentos. O seu discernimento será o provedor de nossa justiça. Saiba que viemos da parte de um rico senhor e que você receberá estes hipérpiros,[185] os quais, embora sejam em grande número, nada representam ao nosso soberano. No entanto, talvez sejam de alguma valia a você". Mas Sócrates respondeu: "Primeiro vocês comerão; depois nos ocuparemos destas questões". Os embaixadores aceitaram o convite, mas comeram muito mal e sem fartura. Após a refeição, Sócrates lhes falou: "Senhores, o que é melhor: ter uma coisa ou duas?". E os embaixadores responderam: "Duas". E ele disse: "Assim sendo, obedeçam aos romanos, pois, se os gregos forem capturados pela comuna de Roma, ela terá os gregos e suas posses. E, se eu aceitar o seu ouro, os romanos não verão cumprido o seu intento". E assim, os embaixadores deixaram o filósofo cheios de vergonha e obedeceram aos romanos.[186]

---

[185] Moeda de ouro bizantina.

[186] Semelhante ao *Novellino*, Cícero exalta a austeridade do cônsul Mânio Cúrio Dentato (*Sen.* 56): "Quando os samnitas ofereceram uma grande soma de ouro a Cúrio, que se sentava junto ao fogo, foram desdenhados. Ele disse que não lhe parecia algo notável ter ouro, mas dominar aqueles que o têm" (*Curio ad focum sedenti magnum auri pondus Samnites cum attulissent, repudiati sunt; non enim aurum habere praeclarum sibi videri dixit, sed eis qui haberent aurum imperare*). *Cf.* também Val. Max. IV.3.5a.

LXII
Aqui se conta uma história acerca de *messer* Roberto

Remiremont[187] localiza-se na Borgonha e é um grande condado. Há ali um senhor chamado *messer* Roberto. No local a antiga condessa e suas criadas tinham um porteiro parvo e corpulento, cujo nome era Baligante. Uma das criadas começou a deitar-se com ele e contou o fato a outra, e a notícia chegou aos ouvidos da condessa. Quando a condessa ouviu que o homem era avantajado, também quis deitar-se com ele. Seu senhor, porém, observou-os em segredo. Ordenou que matassem o porteiro e que uma torta fosse preparada com o seu coração. Em seguida, presenteou a condessa e as suas criadas com a iguaria, e elas a comeram. Depois da refeição, colocou-se junto às mulheres e perguntou: "Como estava a torta?". E todas responderam: "Deliciosa!". Respondeu então o senhor: "Não há nenhuma surpresa nisso, pois, se Baligante as satisfez vivo, as satisfará morto".[188]

Ao perceber o ocorrido, a condessa e as criadas envergonharam-se e souberam ter perdido a honra neste mundo. Fizeram-se monjas e fundaram um mosteiro chamado *Mosteiro das monjas de Remiremont*.[189] A

---

[187] *Arimini monte*. Localidade do departamento dos Vosgos na Lorena e não da Borgonha, como dito na novela. *Cf.* Lo Nigro (1963: 149).

[188] Para a tópica medieval do "coração devorado", *vide* Conte (2001: 351-352).

[189] Ou seja, o convento cujas supostas práticas licenciosas (*conuersatione carnali*) seriam alvo de uma das bulas de Eugênio III (†1153). *Cf.* Jaffé (1888: 66).

casa cresceu bastante e tornou-se muito rica. Conta-se que lá havia – e ainda há – o seguinte costume: quando um gentil-homem passa bem paramentado pelo local, as monjas o convidam para entrar e lhe fazem grandes honras. A abadessa e as irmãs vêm então ao seu encontro, e aquela que mais lhe agradar em colóquio acaba por servi-lo, acompanhando-o à mesa e ao leito. Pela manhã, o homem levanta-se e encontra à sua disposição água e uma toalha. Já lavado,[190] a monja lhe prepara então uma agulha e um fio de seda. Caso o homem queira que lhe aprontem as vestes,[191] é preciso que ele passe o fio pelo fundo da agulha. Se não conseguir fazê-lo ao fim de três tentativas, as mulheres tomam-lhe os bens e nada lhe dão em troca. No entanto, caso consiga passá-lo, elas devolvem os seus pertences e o presenteiam com belas joias.

---

[190] Adotou-se aqui a lição gualteruzziana *lavato* em lugar de *levato*. *Cf.* Conte (2001: 101).

[191] Por motivo de clareza, "lhe aprontem as vestes" traduz *affibbiare da mano*, referência ao ato de cerzir as mangas das roupas, a fim de cerrá-las ao pulso antes de partir.

LXIII
Sobre o bom rei Meliado[192] e o Cavaleiro Sem Medo[193]

O bom rei Meliado e o Cavaleiro Sem Medo eram inimigos mortais em campo de batalha. Certo dia, andando disfarçado de cavaleiro errante, o Cavaleiro Sem Medo deparou-se com os seus próprios vassalos, que, embora muito o amassem, não o reconheceram. Disseram-lhe: "Ó cavaleiro errante, diga-nos pela honra da cavalaria! Quem é o melhor: o bom Cavaleiro Sem Medo ou o bom rei Meliado?". E o cavaleiro respondeu: "Valha-me Deus! O rei Meliado é o melhor cavaleiro que cavalga sobre uma sela". Ora, os vassalos, que, por amor ao seu senhor, queriam mal ao rei Meliado, surpreenderam então o cavaleiro. Retiraram-no armado de seu corcel, amarraram-no sobre um rocim e disseram querer enforcá-lo.

Seguindo viagem, porém, os vassalos depararam-se com o rei Meliado. Encontraram-no também vestido de cavaleiro errante enquanto se dirigia a um torneio. O rei Meliado perguntou aos vassalos por que levavam com tamanha vileza aquele cavaleiro. Eles responderam: "*Messer*, porque este homem merece decerto morrer. Se o conhecêsseis, vós o levaríeis com mais presteza que nós. Interrogai-o sobre os seus crimes". O rei Meliado

---

192 *Melyadus* (francês antigo), personagem do ciclo arturiano. Era rei de Leonis – domínio fictício a oeste da Cornualha – e pai de Tristão em fontes como *Le Morte Darthur* VIII.1.

193 Brunor o Negro, a quem é conferido o nome Bom Cavaleiro Sem Medo. Trata-se de outra personagem arturiana.

pôs-se então à frente e falou: "Ó cavaleiro, que malfeito vós lhes fizestes, para que vos portem de maneira tão infame?". E o cavaleiro respondeu: "Coisa alguma! Não lhes fiz nenhum mal. Apenas quis declarar a verdade acima de tudo". Mas disse o rei Meliado: "Não pode ser! Contai-me melhor sobre o vosso crime!". E ele respondeu: "Senhor, de bom grado. Enquanto seguia por meu caminho como cavaleiro errante, deparei-me com estes vassalos. Em nome da verdadeira cavalaria, pediram-me que lhes dissesse qual era o melhor cavaleiro: o bom rei Meliado ou o Cavaleiro Sem Medo. Como disse há pouco, isto é, para declarar a verdade acima de tudo, respondi que o rei Meliado era o melhor.[194] E não o disse, senão por amor à verdade, ainda que o rei Meliado seja meu inimigo mortal, e eu o odeie mortalmente. Não queria mentir, tampouco levei a cabo qualquer outro malfeito. Ainda assim, praticaram sem demora esta vilania contra mim".

O rei Meliado pôs-se então a fustigar os vassalos e ordenou que soltassem o cavaleiro. Em seguida, presenteou-o com um belo e valioso corcel. A montaria, no entanto, levava oculta a insígnia do rei, o qual pediu ao cavaleiro que não a olhasse até chegar à sua morada. E

---

194 Sobre a superioridade de Meliado, afirma-se no *Guiron le Courtois* (séc. XIII): "'Senhor', disse o Bom Cavaleiro [Sem Medo], 'se pretendo dar-vos notícia do melhor cavaleiro, então vos darei acerca do rei Meliado de Leonis ou de um cavaleiro que procuro, pois, com efeito, são esses os melhores cavaleiros do mundo'" (*Sire, fet li Bon Chevalier, se ge dou meillor chevalier vos voloie dire nouveles, donc vos diroie nouveles ou dou roi Meliadus de Leonois ou d'un chevalier qe ge vois qerant qar, sanz faille, cil sunt bien li meillors chevaliers dou monde*) (1.188.18-22). *Cf.* Delcorno Branca (1996: 191, n. 44) e Bubenicek (2015: 1179, n. 181).

assim, todos partiram – o rei Meliado, os vassalos e o Cavaleiro Sem Medo –, cada um tomando o seu caminho. À noite, quando o Cavaleiro Sem Medo chegou à sua morada, levantou finalmente a cobertura da sela. E lá encontrou a insígnia com as armas do rei Meliado, que, embora fosse seu inimigo mortal, havia-o libertado tão gentilmente, conferindo-lhe dádivas.

LXIV
Sobre uma história ocorrida na corte de *Le Puy*, na Provença

Quando o filho do conde Ramón fez-se cavaleiro, foi preparada uma grande festa na corte de *Le Puy-Notre-Dame*,[195] na Provença. Toda a nobreza foi convidada, e tantos compareceram por amor [ao conde], que as vestes e o dinheiro não foram suficientes.[196] Foi necessário tomar os pertences dos cavaleiros da região e dá-los aos visitantes: algo com que alguns concordaram; e outros, não.

No dia fixado, preparou-se então a festa, e um gavião em muda[197] foi posto sobre uma haste. Aquele que se julgasse abastado e valente o bastante, deveria erguer a ave no punho e, assim, custear as despesas daquele

---

195 Atual *Le-Puy-en-Velay*. Sobre o possível episódio histórico a que se refere a novela, lê-se em Conte (2001: 104): "Nem Ramón Berenguer II, nem o III, nem o IV tiveram filhos homens. Caso se tratasse de Raimundo V de Toulouse e de seu filho Raimundo, a ocasião remontaria a 1172, mas Vàrvaro [1960: 24, n. 50] descarta a hipótese; o particular pode ser fictício [...] ou o narrador se confundiu. Em uma festividade realizada em *Le Puy*, foram armados cavaleiros Bertran de Born, o Filho, e seu irmão Itier".

196 *tutta la buona gente... ne venne per amore. Cf.* Di Francia (1930: 106, n. 1).

197 Isto é, uma ave de plumagem recente. A hipótese de que se trate de um animal ainda em fase de domesticação é conjectural. *Cf.* Di Francia (1930: 106, n. 4) e Griffin (2015: 6-7). No mais, agradecemos ao Prof. Baudouin Van den Abeele (*Université Catholique de Louvain*) pelos comentários acerca do trecho.

ano.[198] Enquanto isso, os cavaleiros e pajens compunham alegres e amorosos belas cantigas, seus versos e melodia. Quatro juízes eram então escolhidos, e aquelas de maior valor eram assinaladas. As demais, pediam aos poetas que as melhorassem. E assim, entretinham-se e louvavam seu senhor; e seus filhos eram feitos nobres e distintos cavaleiros.

Ocorreu que um dos cavaleiros – chamemo-lo *messer* Alamanno[199] –, homem de grande valor e cortesia, amasse uma dama muito bela da Provença, cujo nome era dona Grigia. E amava-a tão secretamente, que ninguém o fazia confessar o seu amor.

Ora, para fazê-lo vangloriar-se dela, os pajens de *Le Puy* decidiram ludibriar *messer* Alamanno. Disseram a

---

198 A prova é atestada na *Chanson de la Croisade albigeoise* (séc. XIII): "que aquele que não sabe tomar uma decisão no momento capital não ouse pegar o gavião na corte de *Le Puy*" (*Que celui qui ne sait se décider au moment critique, ne se hasarde pas à prendre l'épervier à la cour du Puy*) (7954-7956); e no *Érec et Énide*, de Chrétien de Troyes (*c.* 1135 – 1183): "[...] diante de todos, colocar-se-á sobre uma haste de prata um belo gavião de cinco ou seis mudas, o melhor que se possa achar. O cavaleiro que quiser possuí-lo deverá ter uma bela amiga, casta e irreprovável. Ademais, deve ser bastante audacioso para declarar diante de todos que sua amiga é a mais bela" ([...] *devant tout le monde, on posera sur une perche d'argent un bel épervier de cinq ou six mues, le meilleur qu'on puisse trouver. Le chevalier qui voudra le posséder devra avoir une belle amie sage et sans reproche, et être assez audacieux pour déclarer devant tout le monde que son amie est la plus belle*) (565-575). *Vide* Meyer (1879: 398-399).

199 O trovador Bertran d'Alamanon (séc. XIII), caso se leve em conta tão-somente o nome da personagem. Mais acertado talvez seja identificá-la com o também trovador e cavaleiro Rigaut de Berbezilh (séc. XII), cujo poema *Atressi con l'orifanz* ("Assim como o elefante") serve de base à novela.

alguns barões e cavaleiros: "Rogamos a vós que, no próximo torneio, toda a gente se vanglorie". Pois pensavam da seguinte maneira: "Este tal senhor é muitíssimo valoroso em armas. Sairá triunfante no dia do torneio e se inflamará de alegria. Os cavaleiros principiarão a vangloriar-se, e ele, não podendo se conter, também louvará a sua dama".

E assim, o torneio foi realizado. O cavaleiro combateu, triunfou nos duelos e inflamou-se de alegria. Naquela noite, enquanto repousavam, os cavaleiros começaram a vangloriar-se: um se gabava de sua bela peleja; outro, de seu belo castelo; outro, de seu belo açor;[200] outro ainda, de sua bela fortuna. E o cavaleiro, não conseguindo mais se conter, acabou por confessar que belíssima mesmo era a sua senhora. Como era o costume, *messer* Alamanno foi então cortejar a sua dama, porém ela o dispensou. O cavaleiro ficou completamente aturdido e resolveu afastar-se dela e da companhia dos outros cavaleiros. Dirigiu-se a uma floresta e se confinou em um retiro tão secreto, que ninguém soube de seu paradeiro. E quem testemunhasse a dor dos cavaleiros, das damas e donzelas que lamentavam com frequência a perda de tão nobre cavaleiro teria sentido uma grande piedade.

Certo dia, porém, os pajens de *Le Puy* perderam-se durante uma caçada e chegaram ao retiro mencionado. O cavaleiro perguntou-lhes se provinham de *Le Puy*, e eles lhe responderam que sim. O cavaleiro pediu então notícias [da corte], e os pajens lhe contaram que portavam tristes novas, pois, por conta de uma pequena falta, haviam perdido a flor da cavalaria. Uma dama havia dispensado seu cavaleiro, e ninguém sabia o que lhe

200 *Vide* novela XXII.

houvesse sucedido. "No entanto" – acrescentaram – "um torneio será anunciado em breve, onde estará boa parte da nobreza. Somos da opinião que aquele cavaleiro possui um coração tão gentil, que, onde estiver, virá tornear conosco. Posicionamos algumas sentinelas bastante robustas e de grande argúcia que não deixarão que escape. Assim, temos esperança de reaver nossa grande perda".

O eremita escreveu então a um amigo de confiança, pedindo-lhe que enviasse secretamente no dia do torneio armas e uma montaria. Em seguida, autorizou a partida dos pajens. O amigo cumpriu o pedido e lhe enviou na data estabelecida a montaria e as armas. Naquele dia, o cavaleiro se postou entre os seus pares e obteve o prêmio máximo do torneio.

Quando as sentinelas o viram, reconheceram-no prontamente e o ergueram em grande festa. Alegrando-se, retiraram-lhe a viseira do elmo e lhe pediram gentilmente que cantasse. Mas ele respondeu: "Nunca mais hei de cantar, sem o perdão de minha dama". Os nobres cavaleiros então se dirigiram a ela e muito suplicaram que lhe perdoasse. Mas a dama respondeu: "Digam-lhe que nunca lhe perdoarei, a não ser que faça com que cem barões, cem cavaleiros, cem damas e cem donzelas clamem em uníssono pelo seu perdão, sem saber que o pedem". Ora, o cavaleiro, homem de grande saber, lembrou-se que se aproximava a Festa das Candeias,[201] quando era realizada uma grande celebração em *Le Puy* e toda a nobreza ia à igreja. Pensou consigo: "Minha dama estará presente, assim como o número de pessoas que ela demanda que clamem pelo meu perdão". E ime-

[201] Ou seja, a festa de 2 de fevereiro do calendário litúrgico.

diatamente compôs uma cançoneta muito bela e subiu logo cedo ao púlpito e se pôs a declamá-la o melhor que pôde, pois sabia fazê-lo muito bem. Dizia desta forma:

Assim como o elefante[202]
Que caindo não pode levantar
E os outros começam a clamar
E clamando tornam a levantá-lo
Também eu desejo imitá-lo;
Pois minha desfeita é tão grave e penosa,
Que a corte de *Le Puy* se mostra desdenhosa;[203]
E se o apreço de leais amantes
Não me puser de pé, nunca estarei como antes.
Peçam-me o perdão,
Lá onde coisa alguma vale a razão.

E se pelos finos amantes
Alegria não posso lograr,
Para sempre deixo o meu cantar
Pois nada mais serei,
Como recluso viverei,
Só, nenhum consolo a ansiar.

[Minha vida é pesar e tormento,
A alegria, dor; o prazer, meu lamento][204]

---

202 *i.e.* o poema amoroso *Atressi con l'orifanz*, do já mencionado Rigaut de Berbezilh. *Cf.* Vàrvaro (1960: 121-124).

203 *ca la corte del Poi n'à gran burbanza.* Trata-se, porém, de corruptela do texto provençal: "que se a corte de *Le Puy* e sua pompa" (*que si la cortz del Puoi e lo bobanz*).

204 O texto-base é lacunar neste ponto. Lê-se no original: *e ma vida m'es enois et affans/ E iois m'es dols e plazers m'es dolors.*

Pois não sou como o urso,
Que entre golpes e maus-tratos,
Engorda e retorna melhorado.
Assim, a todos exclamo
De meu excessivo falar.

Fosse da Fênix par,
Ela que sendo uma só,
Arde e volta do pó,
Arderia por tamanha desgraça,
Minhas palavras: mentiras e farsa.
Ressurgiria então com suspiros e pranto,
Onde há valor, juventude e encanto.
Que não falte piedade
Onde Deus depositou toda bondade!

Minha canção, meu lamento,
Vai aonde não ouso andar
Ou com meus olhos mirar.
Tamanho é meu crime e infração.
A mim não haja perdão.
Melhor-que-dama,[205] por dois anos fugido,
Retorno-vos choroso e aflito,
Como o cervo que em seu longo fugir,

---

205 Ou seja, o epíteto da amada do poeta, como verificado na *razo* da composição: "Bem haveis ouvido quem foi Rigaut de Berbezilh e como se enamorou da esposa de Jaufré de Taonai, a qual era bela, gentil e jovem; e [Rigaut] a queria em desmesura e a chamava *Melhor-que-dama*, e ela o queria muito cortesmente" (*Ben avetz entendut qi fo Ricchautz de Berbesiu et com s'enamoret de la molher de Jaufre de Taonay, q'era bella et gentils et joves; et volia li ben outra mesura, et apellava la 'Mielz de Dompna', et ella li volia ben cortesamen*) (Riquer 1975: 287) (grifo nosso).

Entre gritos de caçadores, torna pra sucumbir.
E assim me volto ao vosso perdão,
O que não vos importa, não recordando do que
[é próprio ao coração.

E então toda a gente na igreja clamou pelo perdão do cavaleiro, e sua dama o perdoou, caindo ele de novo em suas graças, como antes.

LXV
Aqui se conta acerca da rainha Isolda[206] e de *messer* Tristão de Leonis[207]

Porque *messer* Tristão da Cornualha[208] amava Isolda a Loura, esposa do rei Marcos, combinaram entre si um sinal de amor. Quando *messer* Tristão desejava lhe falar, dirigia-se a um jardim do rei onde havia uma fonte e agitava o curso d'água que dela fluía. O regato corria pelo palácio em que estava madona Isolda, e, quando ela via a água agitar-se, sabia que Tristão se achava junto à fonte.

Certo dia, porém, sucedeu que um perverso jardineiro deu-se conta daquilo, sem que os dois amantes suspeitassem. O jardineiro foi então ao rei Marcos e lhe contou o ocorrido. O rei acreditou em suas palavras. Organizou uma caçada e apartou-se de seus cavaleiros, como se estivesse perdido. Enquanto os cavaleiros o procuravam pela floresta, o rei subiu em um pinheiro próximo à fonte onde *messer* Tristão conversava com a rainha e lá permaneceu durante a noite. *Messer* Tristão aproximou-se então da fonte e agitou suas águas. Logo em seguida, a rainha dirigiu-se ao local, mas por sorte teve um pressentimento. Voltou os olhos na direção do

---

206 Isolda, "a bela de louros cabelos" (*la bele o le chief blont*) (*Béroul* v. 4250), cujos amores adúlteros por Tristão servem de base a uma longa tradição literária. Como dito nas primeiras linhas da novela, era consorte do rei Marcos da Cornualha, tio de Tristão.

207 *Sc.* o famoso cavaleiro amante de Isolda e rival de Marcos.

208 Tal como o pai, Tristão é associado ora à Cornualha ora à lendária Leonis.

pinheiro e viu uma sombra mais escura do que de costume. Atemorizada, a rainha manteve-se imóvel. Em seguida, dirigiu estas palavras a Tristão: "Ó desleal cavaleiro, chamei-o aqui para deplorar o seu grande malfeito! Nunca houve cavaleiro com tamanha deslealdade como você em suas palavras. Você desonrou a mim e ao seu tio, o rei Marcos, que muito o amava. Entre cavaleiros errantes você proferiu coisas a meu respeito que nunca poderia calar em meu peito! Preferiria lançar-me ao fogo a desonrar tão nobre soberano como meu senhor, o rei Marcos. Portanto, eu o expulso de meus domínios, cavaleiro desleal!". Mas Tristão muito desconfiou ao ouvir aquilo e respondeu: "Minha dama, se os malvados cavaleiros da Cornualha falam de mim desse modo, afirmo antes de tudo que nunca fui culpado de tais coisas. Tende misericórdia, senhora! Por Deus! Eles têm inveja de mim, pois nunca proferi ou pratiquei algo desonroso a vós ou a meu tio, o rei Marcos. Ainda assim, obedecerei às vossas ordens, visto que é do vosso agrado. Irei a outras terras, para findar os meus dias. Talvez, antes de morrer, os malvados cavaleiros da Cornualha necessitem de mim, como no tempo de Morholt, quando libertei a eles e a suas terras da vil e torpe servidão".[209] E assim, ambos se apartaram sem mais nada dizer.

Observando tudo do alto, o rei Marcos muito se alegrou com aquilo. Pela manhã, Tristão fingiu estar pronto para partir e ordenou que se botassem as ferraduras nos cavalos e animais de carga. Valetes vinham de todos os

209 Trata-se do episódio envolvendo Tristão e o gigante irlandês Morholt. Ao exigir tributos dos habitantes da Cornualha, este último é morto pelo cavaleiro. *Cf. Les folies Tristan* (ms. Berna) vv. 77-83.

lados. Uns portavam freios; outros, selas. O tumulto era grande. Irritado com a partida de Tristão, o rei decidiu reunir seus barões e cavaleiros. Deu ordens para que, sob pena de morte, Tristão não partisse sem o seu consentimento. E tamanha foi sua insistência, que a rainha fez o mesmo, mandando-lhe dizer que não partisse.

E assim, Tristão permaneceu, não tendo de partir. E graças à argúcia de ambos, não foi surpreendido ou logrado.[210]

---

[210] *Cf. Béroul* (vv. 349-504) e, de modo mais vago, Ménard (1997: 376-387).

LXVI
Aqui se conta acerca de um filósofo chamado Diógenes[211]

Havia um filósofo muito sábio chamado Diógenes. Certa vez após se banhar em uma poça d'água, Diógenes tomava sol sobre uma pedra. Alexandre da Macedônia[212] passava pelo local com muitos cavaleiros. Viu o filósofo e disse: "Ó homem desafortunado, peça-me e lhe darei o que quiser". E o filósofo respondeu: "Por gentileza, saia da frente do sol".[213]

---

211 Diógenes de Sinope (*c*. 412/403 AEC – *c*. 324/321 AEC), representante máximo da escola cínica grega. Sua conduta teria causado tamanha impressão, a ponto de Platão denominá-lo "Sócrates enlouquecido" (μαινόμενος [...] Σωκράτης) (Ael. *Hist.* XIV.33).

212 *Cf*. novela IV.

213 Para outras versões da anedota, *vide* Diog. Laert. VI. 38; Val. Max. IV. 3. ext. 4a, e Cic. *Tusc*. V. 92. Em Plutarco (*Vit. Alex*. XIV), a historieta possui um desfecho diverso: "Conta-se que Alexandre ficou tão desconcertado com a resposta e tanto se maravilhou com a indiferença e a grandeza desse homem por quem fora desdenhado, que, em meio às risadas e zombarias dos que estavam próximos, falou: 'Quanto a mim, se não fosse Alexandre, decerto seria Diógenes'" (πρὸς τοῦτο λέγεται τὸν Ἀλέξανδρον οὕτω διατεθῆναι καὶ θαυμάσαι καταφρονηθέντα τὴν ὑπεροψίαν καὶ τὸ μέγεθος τοῦ ἀνδρός, ὥστε τῶν περὶ αὐτὸν [...] διαγελώντων καὶ σκωπτόντων, "Ἀλλὰ μὴν ἐγὼ," εἶπεν, "εἰ μὴ Ἀλέξανδρος ἤμην, Διογένης ἂν ἤμην"). *Cf*. Diog. Laert. VI. 32.

LXVII
Aqui se conta acerca de Papírio[214] e de como o seu pai o levou ao Conselho [de Roma][215]

Papírio foi um romano poderosíssimo, além de sábio e muitíssimo admirado no campo de batalha. Os romanos acreditavam que poderiam defender-se de Alexandre,[216] caso se fiassem em sua habilidade. Quando Papírio era criança, seu pai costumava levá-lo ao Conselho [de Roma]. Certo dia, porém, o Conselho pediu segredo sobre o que havia deliberado. A mãe de Papírio, no entanto, pôs-se a pressioná-lo, desejosa de saber a razão da assembleia. Percebendo a inquietude da mãe, Papírio então inventou uma bela lorota. Disse assim: "Os romanos reuniram-se para saber o que seria melhor para aumentar a população: que os homens tenham duas mulheres ou que as mulheres tenham dois homens. O motivo para tanto é que muitas terras rebelam-se contra Roma. Pois bem, o Conselho deliberou

---

214 Lúcio Papírio Cursor (séc. IV AEC), general e cônsul por cinco vezes na Roma Antiga.

215 Entenda-se o Senado romano, como o próprio texto evidenciará com o substantivo *sanatori* ("senadores").

216 Ao compará-lo a Alexandre Magno, escreve Tito Lívio (59 AEC – 17 EC): "[Papírio] foi decerto merecedor de toda glória militar. Excedia não só em força de espírito, mas também corporal. [...] Com efeito, julgam-no um general à altura do grande Alexandre, caso este, depois de conquistada a Ásia, tivesse voltado suas tropas à Europa" (*Et fuit uir haud dubie dignus omni bellica laude, non animi solum uigore sed etiam corporibus uiribus excellens.* [...]. *Quin eum parem destinant animis magno Alexandro ducem, si arma Asia perdomita in Europam uertisset*). Cf. *Liv.* IX.16.12-19.

que seria melhor – e mais conveniente! – que os homens tenham duas mulheres". Ora, a mãe de Papírio, que prometera guardar o segredo, contou tudo a outra mulher, e essa a outra ainda. E, de boca em boca, o segredo espalhou-se por toda a Roma.

As mulheres então se reuniram. Dirigiram-se aos senadores e muito se queixaram. Os senadores temiam um tumulto ainda maior. No entanto, quando souberam a razão do alvoroço, deram às mulheres permissão para partir e louvaram cortesmente Papírio por sua grande e promissora sabedoria.[217] E assim, a comuna de Roma decidiu que [doravante] nenhum pai levaria o filho ao Conselho.[218]

---

217 Em outras palavras, a tópica do "menino ancião" (*puer senex*), onde se enaltece a maturidade associada à juventude. *Vide* Curtius (1996: 144-148).

218 A historieta envolvendo Papírio e o Senado romano é atestada, por exemplo, em Aulo Gélio e Macróbio. *Cf*. Gell. *NA*. I. 23; e Macrob. *Sat*. I. 6. 19-25.

LXVIII
Sobre uma questão proposta por um jovem a Aristóteles

Aristóteles foi um grande filósofo.[219] Certo dia, um jovem dirigiu-se a ele com uma pergunta inusitada. Disse: "Mestre, vi algo que muito me desagradou o espírito. Observei um velho que, embora fosse de idade bastante avançada, agia insensatamente. Logo, se a velhice tem alguma culpa nisso, prefiro morrer jovem a envelhecer desta forma. Por Deus, mestre, aconselhai-me, se possível". E Aristóteles respondeu: "Não posso sustentar que, ao se envelhecer, a natureza não enfraqueça o bom calor natural.[220] E caso ele se dissipe, as faculdades intelectivas também faltarão. No entanto, para que você esteja bem precavido, eu lhe ensinarei o quanto puder. Você deverá agir assim: durante a juventude, lançará

---

219 Ou seja, o pensador estagirita do século IV AEC, chamado por Dante (*Inf.* IV.131) de "o mestre dos que sabem" (*maestro di color che sanno*). Sua influência em diversos campos do saber se mostraria historicamente inigualável. *Cf.* Dant. *Conv.* IV.2.16.

220 É o declínio dos humores vitais sobre que discorre Dante (*Conv.* IV.23.13), ao citar Alberto Magno (†1280), comentador do *corpus* aristotélico: "A primeira [idade] é a adolescência, que é própria ao quente e úmido; a segunda é a maturidade, que é própria ao quente e seco; a terceira é a velhice, que é própria ao frio e seco; a quarta é a senilidade, que é própria ao frio e úmido, segundo escreve Alberto [Magno] no quarto [livro] do *De meteoris* [IV.1.13]" (*La prima è adolescenza, che s'appropria al caldo e a l'umido; la seconda si è gioventute, che s'appropria al caldo e al secco; la terza si è senettute, che s'appropria al freddo e al secco; la quarta si è senio, che s'appropria al freddo e a l'umido, secondo che nel quarto de la Metaura scrive Alberto*). No entanto, *cf.* Albert. *Aet.* I. 2-6 e Gal. *De plac.* VIII. 6. 16-17.

mão de tudo o que é belo, agradável e honesto, evitando sempre o seu contrário. E assim, quando for velho, viverá de maneira proba, não devido à natureza ou à razão, mas por causa dos belos, agradáveis e duradouros hábitos adquiridos".[221]

[221] O princípio é o mesmo observado na *Ética a Nicômaco* (1103b): "Assim, por meio da justiça, tornamo-nos justos; da moderação, moderados; da coragem, corajosos" (Οὕτω δὴ καὶ τὰ μὲν δίκαια πράττοντες δίκαιοι γινόμεθα, τὰ δὲ σώφρονα σώφρονες, τὰ δ'ἀνδρεῖα ἀνδρεῖοι).

LXIX
Aqui se conta acerca do grande senso de justiça do imperador Trajano[222]

O imperador Trajano foi um soberano muitíssimo justo. Certo dia, enquanto cavalgava com seus excelentes cavaleiros ao encontro do inimigo, uma viúva postou-se à sua frente e agarrou o estribo de seu cavalo. Disse ela: "Meu senhor, faça-me justiça contra aqueles que sem motivo mataram o meu filho!". E o imperador respondeu: "Eu o farei quando retornar". Ela então perguntou: "E se você não retornar?". E ele: "O meu sucessor o fará". "Pois bem," – disse ela – "se o seu sucessor deixar-me desamparada, você estará em débito comigo. Além disso, ainda que ele me vindique, a justiça de outrem não o eximirá de sua culpa em não o fazer. O mérito será de seu sucessor, caso leve a cabo tal incumbência". O imperador desmontou então de seu cavalo e fez justiça contra aqueles que haviam matado o filho da mulher. Em seguida, cavalgou e derrotou os seus inimigos. Pouco depois da morte do imperador, o bem-aventurado Santo Papa Gregório[223] tomou conhecimento

---

222 Marco Úlpio Trajano (53 EC – 117 EC), imperador romano oriundo da Península Ibérica. Nas palavras de Dião Cássio (LXVIII.6.3): "Sobressaía-se ao máximo por sua justiça, coragem e simplicidade de hábitos" (Πλεῖστον γὰρ ἐπὶ τε δικαιότητι καὶ ἐπ' ἀνδρείᾳ τῇ τε ἁπλότητι τῶν ἠθῶν διέπρεπε).

223 Gregório Magno (*c.* 540 – 604), cujo pontificado se daria a partir do ano de 590. É um dos Doutores da Igreja, junto com Ambrósio, Jerônimo e Agostinho. Como o leitor terá percebido, não era contemporâneo de Trajano, apesar de o texto sugerir o contrário.

da justiça de Trajano e dirigiu-se ao seu sepulcro. Em lágrimas, honrou o imperador com grande louvor e fez com que fosse desenterrado. Constatou-se que todo o seu corpo se reduzira a cinzas, exceto os ossos e a língua. E isso demonstrava como havia sido um homem não apenas justíssimo, mas que se expressara com igual justeza. E assim, São Gregório orou a Deus por ele e, por um autêntico milagre, diz-se que a alma do imperador foi libertada das penas do Inferno pelas preces do santo papa e adentrou a vida eterna, embora fosse pagão.[224]

---

224 Em um dos desfechos da história na "Legenda áurea" (séc. XIII), Gregório Magno vê-se punido pela intercessão: "Conta-se também que um anjo teria acrescentado: 'Visto que suplicaste em prol de um danado, duas opções são dadas a ti: ou serás atormentado por dois dias no Purgatório ou padecerás de enfermidades e dores durante toda a tua vida'. São Gregório preferiu então ser acometido por dores durante toda a vida, a ser atormentado por dois dias no Purgatório. E assim, verificou-se que sempre dali em diante ora sofria com febres, ora era oprimido pela gota, ora era assolado por fortes dores ou ainda atormentado por uma assombrosa dor no estômago" (*Fertur quoque, quia et angelus istud adjecerit: quia enim pro damnato rogasti, duorum tibi datur optio; aut enim in purgatorio duobus diebus cruciaberis aut certe toto tempore vitae tuae infirmitatibus et doloribus fatigaberis. Qui praeelegit toto tempore vitae suae doloribus concuti, quam duobus diebus in purgatorio cruciari. Unde factum est, quod semper deinceps aut febribus laboravit aut podagrae molestia pressus fuit aut validis doloribus conquassatus aut dolore stomachi mirabiliter cruciatus*) (XLVI.10). Para duas outras versões da narrativa, *vide* Dant. *Purg.* X.73-93 e a *Vita Sancti Gregorii* do anônimo de Whitby (*fl.* 704-714). Curiosamente, em Dião Cássio (LXIX.6.3), um episódio similar é atribuído não a Trajano, mas a seu sucessor Adriano.

LXX
Aqui se conta como Hércules[225] foi à floresta

Hércules foi um homem fortíssimo, muito mais forte que os demais. No entanto, tinha uma esposa que lhe provocava grande inquietação. Certo dia, partiu de repente e embrenhou-se por uma enorme floresta. Lá encontrou ursos, leões e muitas outras feras terríveis, as quais aniquilava, matando-as com sua força. Não era capaz de encontrar uma única besta forte o bastante para defender-se dele. Após um longo tempo na floresta, retornou então para casa, junto à esposa. Hércules tinha as roupas todas rasgadas e peles de leão sobre os ombros. A mulher foi ao seu encontro e disse jubilosa: "Sejais bem-vindo, meu senhor! Que novas trazeis?". E Hércules respondeu: "Venho da floresta. Todas as feras que encontrei foram-me mais submissas que você, pois subjuguei a todas, exceto minha própria esposa. Ao contrário, você me subjugou! Logo, você é a criatura mais forte que encontrei até hoje, pois foi capaz de vencer aquele que tudo venceu".[226]

---

225 *Sc.* o filho de Zeus e Alcmena, cuja natureza divina evidencia-se nos trabalhos que lhe são impostos. Na poesia homérica (*Od.* XI.601), é a própria força personificada (Βίην Ἡρακληείην).

226 *Cf.* Bocc. *De mul.* XXIII e Soph. *Trach.* 1046-1051.

LXXI
Aqui se conta como Sêneca[227] consolou uma mulher que perdera o filho

Conforme se lê no livro *Da consolação*,[228] Sêneca desejava consolar com estas palavras uma mulher que perdera o filho: "Se você fosse uma mulher como as outras, não lhe falaria desta forma. No entanto, porque tem o intelecto de um homem, embora seja mulher, contarei isto a você. Havia duas mulheres em Roma. Ambas perderam os filhos. Um deles se achava entre os mais amados do mundo; o outro era mais amado ainda. Uma das mães deixou-se consolar e lhe agradou o consolo; a outra se postou em um dos cantos da casa e, debulhando-se em lágrimas, refutou todo tipo de consolação. Qual das duas melhor agiu? Se você disser: 'Aquela que quis ser consolada', dirá a verdade. Logo, por que você chora? Por outro lado, se me disser: 'Choro por meu filho, pois seu valor era-me fonte de honras', digo que não chora pela perda dele, mas por você mesma, e é algo torpe chorar por si próprio. Enfim, se pretende dizer: 'Meu coração chora, pois muito o amava', não é verdade que menos o ame morto do que vivo. Se suas lágrimas são por amor, por que não as derramava enquanto era vivo, visto que sabia que ele haveria de morrer? Logo,

---

227 Lúcio Aneu Sêneca (*c.* 4 AEC – 65 EC), filósofo estoico e preceptor de Nero. Entre seus escritos, incluíam-se obras do gênero epistolar (*Cartas a Lucílio*), tragédias (*As troianas*), bem como a sátira menipeia *A aboborificação do Divo Cláudio* (*Apocolocyntosis Divi Claudii*).

228 Em latim, *De consolatione ad Marciam*, onde busca confortar a filha do historiador Cremúcio Cordo pela perda do filho.

não tente se justificar. Cesse o seu pranto. Se seu filho está morto, não poderia ser de outra forma. Está morto segundo a natureza e, portanto, sua morte deu-se da maneira que convinha, a qual é inescapável a todos". E assim, Sêneca a consolou.[229]

Lê-se ainda sobre Sêneca que, sendo mestre de Nero,[230] costumava bater em seu jovem discípulo. Quando Nero foi feito imperador, recordou-se das punições de Sêneca e ordenou que ele fosse preso, condenando-o à morte.[231] No entanto, Nero permitiu por cortesia que seu mestre escolhesse a forma pela qual morreria. Sêneca pediu que se lhe abrissem as veias durante um banho quente. Sua mulher[232] pôs-se então a chorar, dizendo: "Meu senhor, quanta dor sinto ao vê-lo morrer sem culpa". E Sêneca respondeu: "Melhor é que eu morra sem culpa do que culpado, pois assim seria eximido aquele que injustamente me mata".[233]

---

229 *Cf.* Sen. *Cons. Marc.* i-iii, xix.

230 Nero Claúdio Druso Germânico (37 EC – 68 EC), último César da dinastia júlio-claudiana. Segundo o historiador Eutrópio (séc. IV EC), era "inimigo de todos os homens de bem" (*bonis omnibus hostis*) (*Brev.* vii.14). *Vide*, porém, Schulz (2019: 45-46).

231 Acusado em 65 EC de conspirar contra o imperador, Sêneca foi forçado a tirar a própria vida. *Cf.* Tac. *Ann.* XV. 60-64.

232 Pompeia Paulina.

233 Em Valério Máximo (séc. I EC) e Diógenes Laércio (*c.* 200 EC), um diálogo similar é protagonizado por Sócrates e Xantipa. *Cf.* Diog. Laert. II. 35; Val. Max. VII. 2. ext. 1d.

LXXII
Aqui se conta como Catão[234] lamentava-se diante da Fortuna

Estando na prisão e pobre, o filósofo[235] Catão, excelentíssimo homem de Roma, falava com a Fortuna. Muito aflito, dizia: "Por que você tomou tanto de mim?". E respondia em seu lugar: "Filho meu, com quanto esmero o criei e eduquei.[236] Tudo o que você me pediu lhe foi dado. Dei-lhe o senhorio de Roma. Tornei-o senhor de muitas posses, de grandes palácios, de muito ouro, de excelentes cavalos e de muitos adereços. Oh, filho meu, por que se lamentar? Acaso porque me vou?". E Catão respondia: "Sim, tal é o motivo de meu lamento". E a Fortuna continuava: "Filho meu, você é muito sábio. Não leva em conta que tenho filhos pequenos para criar? Quer que eu os abandone? Não seria justo.[237] Quantos pequenos rebentos devo aleitar. Filho meu, não posso mais permanecer com você. Não lamente, pois nada lhe

---

234 Em razão do prestígio dos *Disticha Catonis* na Idade Média, provavelmente Marco Pórcio Catão (234 AEC – 149 AEC), conhecido como Catão, o Velho. Célebre por seu chamamento às armas contra Cartago (*cf.* Plin. *HN* XV. 74), tornou-se censor no ano de 184 AEC.

235 Como dito acima, Catão não era filósofo, mas censor romano. Não se deve descartar, na passagem, uma possível associação com seu bisneto, Marco Pórcio Catão Uticense, adepto do estoicismo.

236 No original, *nodrito*. Para a acepção adotada, *cf.* Crusca (1738) *s.v.*, assim como o verbete *nutritor* ("preceptor"), em Niermeyer & Van de Kieft (2002 [1976]).

237 *non sarebbe ragione*, no texto-base.

tomei. Aquilo que foi perdido não era seu, pois o que se pode perder não é de ninguém, e o que não é de ninguém não lhe pertence".[238]

[238] Diz a Filosofia a Boécio, em sua *Consolação* (II.2): "Por que então essas lamentações? [...] A riqueza, as honras e os outros bens da sorte são minha propriedade. Esses bens estão sob as minhas ordens e me reconhecem como rainha; eles chegam ao mesmo tempo que eu e partem quando me vou. Chego mesmo a afirmar com certeza que, se tu fosses proprietário daquilo que reclamas, tu não o terias perdido" (*Quid igitur ingemiscis?* [...] *Opes honores ceteraque talium mei sunt iuris. Dominam famulae cognoscunt; mecum ueniunt, me abeunte discedunt. Audacter adfirmem, si tua forent quae amissa conquereris nullo modo perdidisses*) (Tradução de Willian Li).

LXXIII
Como o sultão,[239] necessitando de dinheiro, quis encontrar um pretexto contra um judeu

Necessitando de dinheiro, o sultão foi aconselhado a achar um pretexto contra um rico judeu que vivia em suas terras e lhe tomar seus inúmeros bens. Mandou chamar o judeu e lhe perguntou qual era a melhor fé. Pensava consigo: "Se ele disser que é a fé judaica, responderei que peca contra a minha religião; se disser que é a dos sarracenos, falarei: 'Logo, por que então você segue a fé judaica?'". Mas quando o judeu ouviu a pergunta, respondeu desta forma: "*Messer*, havia um pai com três filhos, o qual possuía um anel com a mais perfeita pedra preciosa do mundo. Cada um dos filhos implorava ao pai que lhe deixasse o anel ao morrer. O pai, vendo que queriam apossar-se da joia, mandou chamar um exímio ourives, a quem falou: 'Mestre, faça-me dois anéis iguais a este e coloque em ambos uma pedra semelhante'. E o ourives fabricou dois anéis tão parecidos com o original, que ninguém, exceto o próprio pai, era capaz de reconhecer o verdadeiro. O pai chamou então cada um dos filhos e deu-lhes um anel em segredo. E desta forma, cada um acreditava estar com o anel valioso, sem que nenhum, senão o pai, soubesse a verdade.

Portanto, digo o mesmo a você, sultão, acerca das religiões, que são três. O Pai Supremo sabe qual é a melhor; enquanto nós, os filhos, acreditamos que cada um de nós segue a verdadeira fé".

---

239 Em outras versões da história (*e.g.* Bocc. *Dec.* I. 3.), trata-se de Saladino, sultão do Egito.

E assim, o sultão, percebendo que o judeu se livrara do ardil, não soube o que dizer para burlá-lo e deixou-o partir.

LXXIV
Aqui se conta uma história acerca de um vassalo e de seu senhor

Um vassalo cultivava as terras de um senhor. Durante a estação de figos,[240] o senhor passava pelo local e avistou um belo fruto maduro no alto de uma figueira. Ordenou que fosse colhido. O vassalo então pensou: "Visto que meu senhor gosta de figos, eu os guardarei para ele". E assim, decidiu colocar uma sebe em volta da figueira e vigiá-los.

Quando os figos estavam maduros, levou vários deles a seu senhor, acreditando que cairia em suas graças. Ao portá-los, porém, a estação de figos já terminara, de modo que tamanha era a quantidade de frutos maduros, que praticamente tinham de ser dados aos porcos. Ora, quando o senhor viu todos aqueles figos, pensou que fosse alvo de uma bela galhofa.[241] Ordenou que seus servos amarrassem o homem, tomassem-lhe os frutos e os atirassem um a um contra o seu rosto. No entanto, todas as vezes que um figo passava próximo aos olhos do vassalo, ele exclamava: "Deus seja louvado!". Diante da inusitada cena, os servos dirigiram-se ao senhor e contaram-lhe o fato. O senhor perguntou ao homem por que dizia aquilo, e este respondeu: "*Messer*, porque eu quase trouxe pêssegos e, se os tivesse trazido, já estaria cego!". O senhor pôs-se então a rir. Fez com que

---

240 No original, apenas *a una stagione*. Para a acepção adotada, *vide* Crusca (1612; 1623; 1691), *s.v.* No entanto, *cf.* Conte (2001: 125, n. 1).

241 *si tenne bene scornato*, no texto-base.

desamarrassem o vassalo e lhe dessem novas vestes. Por fim, conferiu-lhe presentes pelas inusitadas palavras que havia dito.[242]

242 A desventura do vassalo remete a um passo de Suetônio (*c.* 70 EC – *c.* 130 EC): "Poucos dias após sua chegada [*i.e.* de Tibério] a Capri, o imperador, já apartado dos demais, ordenou que um graúdo salmonete fosse esfregado no rosto de um pescador, que, sem aviso, viera presenteá-lo com o peixe. [...]. No entanto, quando o pescador alegrou-se, durante a punição, por não ter dado de presente uma enorme lagosta que capturara, o imperador mandou que sua face fosse esfolada também com a lagosta" (*In paucis diebus quam Capreas attigit, piscatori, qui sibi secretum agenti grandem mullum inopinanter obtulerat, perfricari eodem pisce faciem iussit* [...]; *gratulanti autem inter poenam, quod non et lucustam, quam praegrandem ceperat, obtulisset, lucusta quoque lacerari os imperauit*) (Suet. *Tib.* 60).

LXXV
Aqui se conta como Deus esteve em companhia de um bufão

Certa vez, estando Deus em companhia de um bufão, foram anunciadas uma festa de núpcias e a morte de um rico homem. O bufão então disse: "Eu irei à festa, e você ao enterro". E assim, Deus foi até o morto, ressuscitou-o e ganhou cem bizâncios. Enquanto isso, o bufão foi à festa e empanturrou-se. Ao voltar para casa, encontrou seu companheiro com as moedas. Saudou-O e, vendo que Deus estava em jejum, pediu-Lhe algum dinheiro. Em seguida, comprou um farto cabrito e o assou. Enquanto o assava, porém, retirou os rins do animal e os comeu. Ora, quando a comida foi posta diante de Deus, o Senhor perguntou acerca dos rins. O bufão respondeu: "Os cabritos desta região não possuem rins".

Os dias se passaram e uma nova festa de núpcias bem como a morte de outro homem rico foram anunciadas. Deus então falou: "Desta feita, quero ir Eu às núpcias! Você irá ao morto, e lhe ensinarei como ressuscitá-lo. É assim: você fará sobre ele o sinal da cruz e ordenará que se levante, e ele se levantará. Mas primeiro consiga que lhe prometam alguma recompensa". E o bufão respondeu: "Assim o farei!". Dirigiu-se então ao morto e prometeu ressuscitá-lo. No entanto, o falecido não se levantou, ainda que o bufão lhe fizesse o sinal da cruz. Este morto era filho de um grande senhor. Quando o pai percebeu a troça, irritou-se e ordenou que o bufão fosse enforcado. Imediatamente Deus pôs-se diante de seu companheiro e falou: "Não tenha medo, pois eu o ressuscitarei. Mas, antes, diga-me em Meu nome: quem comeu os rins do cabrito?". E o bufão respondeu: "Companheiro meu, pelos sacrossantos céus aonde devo entrar, não fui eu que os comi!". Vendo que não conseguiria fazê-lo dizer a verdade, Deus apiedou-se do bufão, dirigiu-se ao morto e o ressuscitou. Em seguida, o bufão foi libertado, e o Senhor recebeu a recompensa prometida. Retornaram então para casa, e Deus falou: "Companheiro meu, pretendo deixá-lo, pois você não Me foi fiel, como acreditava". Percebendo que aquilo era inevitável, o bufão respondeu: "Pois bem. Divida a recompensa, e eu pegarei o que me cabe". Deus então dividiu o dinheiro em três partes. Mas o bufão retrucou: "O que você está fazendo? Somos só nós dois". Ao que Deus disse: "Decerto, porém esta última parte pertence àquele que comeu os rins; as demais, uma é sua e a outra, minha". E com isso, o bufão exclamou: "Por Deus! Visto que Você menciona este assunto, confesso que eu os comi! Já tenho certa idade e não quero mais mentir". E assim, prova-se que um homem diz coisas por dinheiro que não diria nem para escapar da morte.[243]

---

243 Sobre as origens orientais da história, diz Conte (2001: 368 – 369): "Embora alguns pormenores da novela não encontrem correspondência em outro lugar, contam uma história muito semelhante o poeta moralista árabe, em atividade na Espanha, *Abū Bakr al-Turtūshī* (1059 – 1126 [ou 1131]) e o poeta persa *Farīd al-Dīn 'Attār* (primeira metade do século XIII): um companheiro come em segredo um dos três pães que Jesus lhe havia pedido para comprar; mesmo fazendo-o caminhar com Ele sobre as águas e tendo ressuscitado uma gazela (ou um jovem cervo), Jesus obtém sua confissão somente na terceira tentativa, quando decide dar uma barra de ouro àquele que comera o pão".

LXXVI
Aqui se conta acerca do grande massacre praticado pelo rei Ricardo[244]

Certa vez, o bom rei Ricardo da Inglaterra cruzou o mar junto de barões, condes e cavaleiros valorosos e valentes. Sem seus cavalos, cruzaram-no em uma nau e chegaram às terras do sultão. E embora estivesse a pé, o rei Ricardo preparou-se para o combate e dizimou tantos sarracenos, que as amas dizem às crianças quando elas se põem a chorar: "O rei Ricardo está chegando!". Pois ele era temido como a morte.[245] Conta-se também que, quando o sultão[246] viu sua gente fugindo, perguntou: "Quantos são os cavaleiros que perpetram tal massacre?". Responderam-lhe: "Senhor, trata-se apenas do rei Ricardo com sua gente, e estão todos a pé". E o rei, ou seja, o sultão, acrescentou: "Não queira o meu Deus que homem tão nobre como o rei Ricardo siga sem montaria". Tomou então um magnífico corcel e o enviou a ele. Um mensageiro conduziu o animal até o rei Ricardo, dizendo-lhe: "Senhor, o sultão vos envia este corcel, para que não fiqueis a pé". Mas o rei Ricardo foi

---

244 Ricardo I Coração de Leão (1157 – 1199), rei da Inglaterra e líder militar da Terceira Cruzada (1189 – 1192). Seu irmão, Henrique o Rei Jovem, é uma das personagens do *Novellino*.

245 *che le ballie de' fanciulli... il re Ricciardo*. A passagem consta da "História do Imperador Heráclio e a Conquista da Terra Ultramar" (*L'Estoire de Eracles Empereur et la Conqueste de la Terre d'Outremer*) (séc. XIII) e da "História de São Luís" (*Histoire de Saint Louis*), de Jean de Joinville (*c.* 1224 – 1317). *Vide Recueil* II (1859: 189); Wailly (1888: 33); e Mas Latrie (1871: 282)

246 Saladino, em P2. *Cf.* Biagi (1880: 110).

prudente. Ordenou que um pajem montasse primeiro no animal, para experimentá-lo. E o servo assim o fez. O cavalo, porém, era adestrado! Não sendo capaz de refrear a montaria, o pajem foi levado à força à tenda do sultão. E assim, o sultão, que esperava pelo rei, não obteve êxito.[247] Logo, um homem não deve se fiar nas gentilezas dos inimigos.[248]

---

247 *Cf.* Mas Latrie (1871: 281-282).

248 Na crônica *Itinerarium peregrinorum et gesta regis Ricardi* (séc. XII), o episódio envolve *Sayf al-Dīn* e não seu irmão Saladino. Diferentemente do *Novellino*, contudo, exalta-se ali a cortesia entre adversários: "Por sua notória bravura, este *Sayf al-Dīn* enviou ao rei dois nobilíssimos cavalos árabes, pedindo muito atenciosamente que ele os aceitasse de bom grado e os montasse [...]; ademais, disse que, se a Graça Divina o retirasse são e salvo do perigo iminente, o rei se lembraria da dádiva, dispondo-se a recompensá-lo. O rei então recebeu as montarias e lhe retribuiu magnificamente pouco depois. Ó virtude louvável também no inimigo!" (*Hic igitur Saphadinus duos equos nobilissimos Arabicos regi propter ipsius notam probitatem destinavit, rogans attentius quatenus equos gratanter acciperet et ascenderet,* [...] *et si gratia divina ipsum ab imminenti periculo sanum eruisset et incolumem, illius quandoque reminisceretur obsequii, prout animo sederet recompensaturus. Quos rex suscipiens magnifice postmodum remuneravit. O virtus et in hoste laudabilis*) (Stubbs 1864: 419).

LXXVII
Aqui se conta acerca de *messer* Rinieri, oficial da corte[249]

Messer Rinieri da Monte Nero, oficial da corte,[250] foi à Sardenha, onde permaneceu com o senhor de Arborea.[251] Ali se enamorou de uma belíssima sarda e com ela se deitou. O marido descobriu tudo, mas não lhes fez nenhum mal. Em vez disso, foi ter com o soberano, lamentando-se muito. O soberano, que estimava o marido, demandou a presença de *messer* Rinieri e lhe fez muitas ameaças. Ora, *messer* Rinieri tentou justificar-se. Pediu que chamassem a mulher e lhe perguntassem se o que havia feito não fora por amor. Tais gracejos, porém, não agradaram ao soberano, o qual ordenou que *messer* Rinieri partisse sob pena de morte. E assim, nada tendo recebido por sua estada, *messer* Rinieri falou: "Senhor, apraza-vos comunicar ao vosso senescal em Pisa que me proveja do necessário". E o soberano respondeu: "De bom grado o farei". Preparou então uma carta e a entregou a *messer* Rinieri. Quando este chegou a Pisa, dirigiu-se ao senescal e, estando à mesa com outros nobres, contou o que lhe havia sucedido. Em seguida, entregou a carta ao homem. Quando o senescal a leu, soube que deveria dar a *messer* Rinieri um par de calças de linho

---

249 Não se tem notícia de quem seja a personagem.

250 *cavaliere di corte.*

251 No original, *Alborea*, uma das quatro divisões administrativas (*giudicati*) em que se dividia a Sardenha entre os séculos XI e XIV. As outras eram: *Cagliari*, *Torres* e *Gallura*.

à *staffetta* – isto é, sem a parte dos pés – e nada mais.[252] *Messer* Rinieri quis, no entanto, recebê-las diante de todos os cavaleiros. E embora todos rissem divertindo-se com a situação, *messer* Rinieri não se irritou, pois era cavaleiro bastante distinto. E então, entrou em uma nau com seu cavalo e um servo e retornou à Sardenha.

Certo dia, enquanto o senhor de Arborea andava alegremente com outros cavaleiros, reconheceu *messer* Rinieri montado em um rocim e vestindo as ditas calças, ele que era um homem alto e de pernas compridas. Irritado, o soberano fez com que viesse à sua presença e lhe disse: "*Messer* Rinieri, por que você não foi embora da Sardenha?". "Bom..." – respondeu ele – "em verdade, fui. Mas voltei para pegar a parte de baixo de minhas calças". E esticou as pernas, mostrando os pés. O soberano pôs-se então a dar risadas, alegrou-se e o perdoou. Em seguida, presenteou-o com a veste que portava e disse: "*Messer* Rinieri, você foi mais espirituoso do que eu e mais do que alguma vez o ensinei a ser". E ele respondeu: "*Messer*, tudo isso é em vossa honra".

---

252 *calze line a staffetta*, traje semelhante às meias de cabrestilho, atestadas ainda em período colonial brasileiro: "Usam-se muito as chamadas de cabrestilho, que chegam apenas ao tornozelo, deixando o pé desnudo. Exigem por isso mesmo, como complemento, o *escrupino* ou escarpim, calçado de lençaria ou ponto de meia [...]" (Alcântara Machado 2000 [1929]: 1248). A comicidade da novela deriva evidentemente da mesquinhez do presente.

LXXVIII
Aqui se conta acerca de um filósofo muito pródigo em tornar acessível o saber

Havia um filósofo muito pródigo em tornar acessível o saber para agrado de senhores e de outras gentes. Uma noite, teve uma visão em que as deusas do conhecimento se achavam em um bordel sob a aparência de belas mulheres. Quando viu a cena, admirou-se muito e perguntou: "O que é isso? Não são vocês as deusas do conhecimento?". E elas responderam: "Decerto que sim". "Como é possível que estejam em um bordel?". E elas responderam: "Ora, isso se dá, porque você nos obriga a aqui estar". E então o filósofo despertou e concluiu que tornar acessível o saber era aviltar o divino. Logo, parou de agir daquela forma e ficou muitíssimo arrependido. Saibam, pois, que nem tudo é permitido a todos.[253]

---

[253] Nos "Comentários ao sonho de Cipião" (*Commentarii in somnium Scipionis* I.2.19), Macróbio (*fl.* 400 EC) faz referência a uma fala semelhante do filósofo Numênio de Apaméia (séc. II EC): "Enfim, certos sonhos revelaram a Numênio sua ofensa contra as divindades, pois teria propalado os mistérios de Elêusis deslindando-os, ele que possuía dentre os filósofos muita curiosidade pelo oculto; [quando] Numênio viu as deusas de Elêusis diante de um prostíbulo aberto, vestidas como meretrizes, essas responderam iradas a ele – não apenas admirado, mas indagando a razão daquela infâmia imprópria às divindades – que o próprio Numênio as havia retirado à força do santuário de sua castidade e as prostituído a qualquer um que se aproximasse" (*Numenio denique inter philosophos occultorum curiosiori offensam numinum, quod Eleusinia sacra interpretando vulgaverit, somnia prodiderunt, viso sibi ipsas Eleusinias deas habitu meretricio ante apertum lupanar videre prostantes, admirantique et causas non convenientis numinibus turpitudinis consulenti respondisse iratas ab ipso se de adyto pudicitiae suae vi abstractas et passim adeuntibus prostitutas*).

LXXIX
Aqui se conta acerca de um bufão que idolatrava o seu senhor

Havia um senhor que tinha um bufão em sua corte. Este bufão não apenas o idolatrava como a um deus, mas o chamava de tal forma! Quando outro bufão viu aquilo, censurou-o, dizendo: "Quem você está chamando de Deus? Há apenas um único Deus!". E confiante na proteção de seu senhor, o primeiro golpeou com vileza aquele que o censurara. O agredido ficou descontente e, incapaz de defender-se, foi se queixar ao soberano. Contou-lhe o ocorrido, mas o senhor fez pouco caso do fato. E assim, o bufão retirou-se e permaneceu muito triste entre os pobres, não ousando estar entre a boa gente, tamanha a afronta sofrida. Ocorreu, contudo, que o senhor foi muito criticado. Ele então resolveu dispensar seu bufão, mandando-o ao exílio. Havia certo costume na corte que aquele que recebesse um presente do soberano compreendia ter sido dispensado e deveria partir. O senhor pegou então muitas moedas de ouro e fez com que fossem colocadas dentro de uma torta. Quando a trouxeram, deu-a de presente ao bufão. Dizia consigo: "Se devo dispensá-lo, que ao menos seja um homem rico". No entanto, quando o bufão viu a torta, ficou triste e pensou: "Eu já comi. Guardarei esta torta e a darei à minha locandeira". E foi-se embora com o prato para a hospedaria. Lá encontrou infeliz e pesaroso o bufão que havia sido agredido. Tomado de piedade, foi ao seu encontro e lhe deu a torta. O bufão a aceitou e levou o alimento consigo, sentindo-se recompensado pelo que o outro lhe fizera. Ora, quando o agressor foi pedir ao soberano permissão para partir, este disse: "Mas você ainda está aqui? Não recebeu a torta?". E o bufão respondeu: "Sim, *messer*, eu a recebi". "E o que fez com ela?". "*Messer*, eu já havia comido. Assim, dei-a a um pobre bufão que me censurara, porque eu vos chamei de meu Deus". Disse então o senhor: "Leve daqui sua má-sorte, pois decerto o deus dele é melhor que o seu!". E lhe contou a respeito da torta. O bufão ficou desalentado. Não sabendo o que fazer, deixou seu senhor e nada mais obteve dele. Por fim, perambulou em busca daquele a quem dera a torta, mas nunca o encontrou.[254]

---

254 Lê-se, por sua vez, em *exemplum* editado por Wright (1842: 93-94): "Havia dois cegos na cidade de Roma. Um deles bradava todos os dias pelas ruas da cidade: 'Bem é ajudado aquele que o Senhor quer ajudar!'. Mas o outro exclamava: 'Bem é ajudado aquele que o imperador quer ajudar!'. Repetindo isso todos os dias – e o imperador ouvindo-o constantemente –, o soberano ordenou que um pão fosse preparado e que se colocassem muitas moedas em seu interior. E assim, quando o pão estava cheio de moedas, o imperador ordenou que o dessem ao cego [*sc*. àquele que o louvava]. Tendo aceitado a dádiva, o cego notou, porém, o peso do alimento. Dirigiu-se ao outro cego e lhe vendeu o pão em proveito dos filhos. O cego que comprara o pão foi para casa e, ao parti-lo, encontrou-o cheio de moedas. Agradeceu a Deus e nunca mais teve de pedir esmolas. O outro cego, ainda procurando um pão pela cidade, foi chamado pelo imperador, que lhe disse: 'Onde está o pão que sob minhas ordens foi-lhe entregue ontem?'. E ele respondeu: 'Eu o vendi há pouco a um companheiro meu, porque me parecia cru'. 'De fato', – disse o imperador – 'bem é ajudado aquele que Deus ajuda!'. E enxotou o cego, mandando-o embora" (*Duo cæci erant in civitate Romana. Unus eorum cotidie clamabat per vicos civitatis, "Bene juvatur quem Dominus vult juvare;" alter vero clamabat, "Bene juvatur quem imperator vult juvare." Cumque hoc cotidie repeterent... Ille dixit, "Vendidi socio meo nudiustertius, quia crudum mihi videbatur." "Vere," ait imperator, "bene juvatur quem Deus juvat!" et cæcum a se repulit et abjecit*). *Cf. Gesta Rom*. CIX. e Gow. *Conf*. V.2391-2434.

LXXX
Aqui se conta uma história de *messer* Migliore degli Abati,[255] de Florença

Messer Migliore degli Abati, de Florença, foi ao rei Carlos[256] na Sicília, para solicitar que suas casas não fossem destruídas. O cavaleiro era bastante cortês; sabia recitar bem e expressava-se otimamente em provençal. Por amor a ele, os jovens cavaleiros da Sicília prepararam um grande banquete. Em seguida, as mesas foram retiradas. Levaram-no para fazer a corte junto às senhoras, mostrando-lhe suas joias, alcovas e passatempos. Entre outras coisas, mostraram-lhe globos de cobre com orifícios onde aloé e âmbar eram queimados e que perfumavam as alcovas com seu aroma. Neste momento, disse *messer* Migliore: "Que deleite isso lhes dá?". E um deles respondeu explicando para que serviam. *Messer* Migliore então falou: "Senhores, vocês agiram mal. Isso não proporciona prazer algum". Os cavaleiros o rodearam e perguntaram-lhe a razão daquilo. Quando *messer* Migliore viu que todos tinham os olhos fixos nele, falou: "Senhores, extraída a natureza de algo, perde-se a própria coisa".[257] E eles perguntaram: "Como assim?". *Messer* Migliore respondeu que o fumo do aloé e do âmbar

---

[255] Migliore di Rinaldo degli Abati (*c.* 1215 – *post* 1280), homem público e poeta oriundo de um influente grupo político florentino. Seu encontro com Carlos de Anjou teria ocorrido em 1270. *Cf.* Conte (2001: 134, n. 4).

[256] *Vide* novela LX.

[257] "[...] extraída a natureza de algo, perde-se a própria coisa" traduz *ogni cosa, tratta della sua natura, ma' tutta è perduta.*

faz desaparecer o bom aroma natural das coisas e que uma mulher não tem valor, se dela não emana um cheiro de peixe podre.[258] E então os cavaleiros divertiram-se muito e muito se alegraram com as palavras de *messer* Migliore.

---

[258] *di luccio passetto*. Literalmente, "de um lúcio passado".

LXXXI
Aqui se conta sobre o conselho reunido pelos filhos do rei Príamo[259] de Troia

Quando os filhos de Príamo reergueram Troia, ou seja, depois de os gregos terem-na destruído; e Télamon[260] e Agamêmnon[261] levado para a Grécia sua irmã Hesíone,[262] reuniram eles seus ilustres aliados e falaram entre amigos: "Caros senhores, os gregos nos fizeram uma grande afronta. Dizimaram o nosso povo, destruíram a nossa cidade e raptaram nossa irmã. Nós reerguemos Troia e a fortificamos. Poderosa é a nossa aliança. Recuperamos boa parte de nosso tesouro. Exijamos, portanto, que nos compensem e que nos entreguem Hesíone!". Tais foram as palavras de Páris.[263] No entanto, o bom Heitor,[264] que superou em bravura toda a cavalaria

259 *Sc.* o longevo rei de que fala a *Ilíada*, pai de Heitor e Páris.

260 Outro herói mítico. Fora pai de Ájax e companheiro de Héracles na conquista de Troia que antecede a do poema homérico. *Vide* Apollod. *Bibl.* II.5.9; 6.4.

261 Comandante supremo (ἄναξ) dos aqueus na *Ilíada*. Sua menção junto a Télamon (e não Ájax, como esperado) associaria no *Novellino* conflitos originalmente distintos.

262 Hesíone era irmã e não filha de Príamo.

263 Segundo filho de Príamo e Hécuba, em cujo nascimento é profetizada a "grande ruína da cidade" (μεγάλαν [...] πόλεως λώβαν) (Eur. *Andr.* 298). No *Roman de Troie*, é Príamo que discursa.

264 Vale dizer, o hábil guerreiro de quem Homero (*Il.* II.816-818) ressalta a liderança: "Sobre os troianos Heitor comandava, o herói de elmo ondulante,/ filho de Príamo. Muitos guerreiros, dos mais distinguidos,/ com ele as armas empunham, de a pugna encetar desejosos" (Τρωσὶ μὲν ἡγεμόνευε μέγας κορυθαίολος Ἕκτωρ/

do mundo naqueles tempos, disse assim: "Senhores, a guerra não me apraz e não a aconselho, pois os gregos são mais poderosos que nós. São destemidos, têm recursos e saber, de modo que não podemos guerrear contra eles por seu poderio. E o que digo não faço por covardia, pois, caso não se possa evitar a guerra, defenderei os meus como qualquer outro cavaleiro e suportarei o ônus da batalha". E isso é dito contra aqueles que demonstram coragem no início de uma empresa.[265]

Ainda assim, a guerra ocorreu. Heitor esteve na batalha ao lado dos troianos. Foi valente como um leão e matou com as próprias mãos dois mil cavaleiros gregos. E enquanto os dizimava, defendia seus companheiros, livrando-os da morte. Mas no fim, Heitor perdeu a vida, e os troianos ficaram sem defesa alguma, pois aos corajosos incitadores [da guerra] faltou coragem. E Troia foi outra vez destruída pelos gregos, que saíram vencedores.[266]

Πριαμίδης ἅμα τῷ γε πολὺ πλεῖστοι καὶ ἄριστοι/ λαοὶ θωρήσσοντο μεμαότες ἐγχείῃσι) (Tradução de Carlos Alberto Nunes).

265 O original é mais conciso neste passo: *e questo è contra li arditi cominciatori* ("E isso vai de encontro aos ousados iniciadores").

266 Como apresentada, a novela provém indiretamente de dois episódios do *Roman de Troie* (vv. 3187-3244; 3771-3844), do poeta Benoît de Sainte-Maure (séc. XII).

LXXXII
Aqui se conta como a damizela de Shalott[267] morreu de amor por Lancelote do Lago[268]

A filha de um importante vassalo enamorou-se perdidamente de Lancelote do Lago. Mas ele não queria lhe oferecer o seu amor, pois já o havia feito à rainha Guinevere.[269] A damizela, porém, o amou tanto, que se viu à beira da morte. Ordenou que, quando sua alma partisse do corpo, preparassem-lhe uma pequena e rica embarcação, coberta de brocado escarlate, e que ali fosse posto um rico leito com ricos e nobres lençóis de seda, ornado de ricas pedras preciosas; ordenou também que seu corpo fosse depositado no leito e que o vestissem com suas mais nobres vestes, uma bela coroa na cabeça – cheia de ouro e muitas pedras preciosas –, um cinto e uma rica bolsa. Nessa bolsa, haveria uma carta com o que se lerá abaixo. Mas antes narremos os acontecimentos que a antecedem.

A damizela morreu de amores, e fez-se dela o que ordenara. A pequena embarcação foi colocada sem velas no mar. O mar a levou a Camelot e deteve-se na costa. Quando a notícia chegou à corte, os cavaleiros e barões saíram de seus palácios, e o nobre rei Artur[270] apressou-

267 Em outras palavras, a *damoisele d'Escalot*, que se apaixonara por Lancelote, quando da estada do cavaleiro na corte do pai. *Vide Mort.* 81.

268 *Cf.* novelas XXVIII e XLV.

269 *Sc.* a consorte do rei Artur.

270 O lendário soberano de Caerleon, expoente da literatura que leva seu nome. *Cf.* Nenn. *Brit.* 56; Gaufrid. Monem. *Hist.* IX.157; *Merl.* 202.

-se ao local. Admirava-se de o barco não possuir um piloto. O rei então entrou na embarcação e viu a damizela e seus adereços. Fez com que abrissem sua bolsa, e lá encontraram a carta. Ordenou que ela fosse lida, a qual dizia: "A todos os cavaleiros da Távola Redonda, esta damizela de Shalott envia suas saudações, como à melhor gente do mundo. Se desejam saber por que cheguei ao fim de meus dias, isso se deu por aquele que é o melhor e mais cruel cavaleiro do mundo, isto é, *messer* Lancelote do Lago, a quem não soube suplicar meu amor, para que se compadecesse de mim. E assim, desafortunada, morri por amar, como podem ver".[271]

---

[271] De modo geral, o episódio é o mesmo de "A morte do rei Artur" (*La mort du roi Arthur*) (112-115), do *Lancelot-Graal* (*c.* 1215 - 1235).

LXXXIII
Como Cristo e seus discípulos viram certo dia um grande tesouro enquanto caminhavam

Certo dia, Cristo caminhava com seus discípulos por um local deserto. Os discípulos, que O seguiam, viram brilhantes lingotes de fino ouro. Chamaram por Jesus, pois se admiraram de que Ele não houvesse parado. Disseram: "Senhor, peguemos este ouro. Ele remediará muitas das nossas necessidades". Mas Cristo voltou-se para eles e os repreendeu: "Vocês desejam aquilo que toma de Nosso Reino a maior parte das almas! E que isso é verdade, vocês terão um exemplo ao retornarmos". E prosseguiram.

Pouco depois, dois caros companheiros depararam-se com o ouro. Muito se alegraram e, de comum acordo, um deles dirigiu-se à vila mais próxima para trazer uma mula, enquanto o outro permanecia de vigia. Mas escutem só os malfeitos advindos dos maus pensamentos que o Inimigo lhes incutiu.

O primeiro retornou com a mula e disse ao companheiro: "Já comi na vila, mas você deve estar com fome. Coma estes dois apetitosos pães, e depois carregaremos o animal". Mas o companheiro respondeu: "Por ora não tenho muita fome. Primeiro a carreguemos". E então começaram a carregar a mula. Quando haviam quase terminado, aquele que trouxera o animal inclinou-se para amarrar a carga. Neste instante, o outro aproximou-se por trás e, atraiçoando-o, matou-o com um punhal. O assassino pegou então um dos pães e o deu à mula. Em seguida, comeu o outro. Os pães, porém, estavam envenenados! E assim, o homem e a mula caíram mortos antes que pudessem partir; e o ouro permaneceu sem dono, como de início. Neste mesmo dia, Nosso Senhor passou pelo local com seus discípulos e mostrou-lhes o exemplo de que falara.[272]

---

272 Para a rica tradição oriental da novela, *vide* Di Francia (1930: 140) e Conte (2001: 375-376). No Ocidente, a narrativa possui elementos em comum com a história do vendedor de indulgências, dos *Contos da Cantuária* (séc. XIV). *Cf.* Robinson (1961: 152-154).

LXXXIV
Como *messer* Azzolino[273] fez anunciar uma grande caridade

Messer Azzolino Romano fez anunciar em seus domínios – e fora deles – que desejava distribuir um grande número de esmolas. No dia estabelecido, todos os necessitados, homens e mulheres, deveriam ir à sua campina, e ele lhes daria uma túnica nova[274] e farta comida. A notícia se espalhou, e os pobres vieram de toda parte. Chegado o dia, os senescais[275] de *messer* Azzolino puseram-se junto à multidão, portando consigo as túnicas e os víveres. *Messer* Azzolino fazia com que cada um tirasse as roupas e calçados e, quando estavam totalmente nus, dava-lhes novas vestimentas e alimento. Ora, os pobres pediram de volta os seus trajes antigos. Mas de nada lhes valeu o pedido, pois suas roupas foram amontoadas e botaram-lhes fogo. E com isso, *messer* Azzolino encontrou [nas cinzas] tanto ouro e prata, que superavam toda a despesa que tivera. E então, mandou os

---

273 Sobre a crueldade de Ezzelino, escreve o cronista Salimbene da Parma (1221 – *c.* 1288): "*Messer* Ezzelino foi verdadeiramente seguidor do Diabo e filho da iniquidade. [...] Com efeito, não creio que, do início do mundo até os nossos dias, tenha existido um homem tão mau" (*Dominus Icilinus* [...] *uere fuit membrum diaboli et filius iniquitatis.* [...] *Non credo reuera* [sic] *quod, ab initio mundi usque ad dies nostros, fuerit ita malus homo*) (*Chron.* 533). *Cf.* Ortalli (1992: 90-91).

274 Em italiano, *gonnella*, sobreveste longa originalmente com capuz.

275 *Vide* novela II.

pobres irem com Deus.[276]

Ainda em seu tempo, um aldeão acusou um de seus vizinhos de lhe ter roubado cerejas. O acusado compareceu [perante *messer* Azzolino] e falou: "Ordenai que apurem se isso pode ser, visto que a cerejeira se encontra muito bem cercada". *Messer* Azzolino averiguou então o fato e resolveu multar o acusador, pois este mais se fiara em uma cerca, do que em seu soberano. E liberou o acusado.

Temendo a tirania de *messer* Azzolino, uma velha camponesa levou-lhe um saco de excelentes nozes. Vestida com suas melhores roupas, chegou ao local onde Azzolino estava com os seus cavaleiros. Ela disse: "*Messer*, Deus vos dê uma longa vida!". Mas *messer* Azzolino desconfiou daquelas palavras e perguntou: "Por que você disse isso?". E ela respondeu: "Porque, caso isso ocorra, gozaremos de um eterno repouso".[277] *Messer* Azzolino pôs-se a rir. Fez então com que fosse dada à mulher uma bela túnica[278] – a qual lhe batia nos joelhos – e que ela levantasse a vestimenta. Em seguida, ordenou que todas as nozes fossem espalhadas pelo recinto e que a mulher

276 A anedota consta do *Chronicon imaginis mundi*, de Iacopo da Acqui (*fl.* 1333). Nas palavras do dominicano, não apenas as roupas, mas os próprios necessitados teriam sido queimados: "E quando lá se achavam, foram amarrados, e colocou-se fogo à sua volta. E assim, todos foram consumidos pelas chamas" (*Et quando sunt ibi omnes ligantur. et ponitur ignis undecumque. et sic comburuntur omnes*) (Avogadro 1848, col. 1580).

277 A frase é claramente irônica, levada em conta a má fama de Ezzelino.

278 *sollano*, espécie de túnica também longa usada sob as vestimentas. *Cf.* TLIO *s.v.*

as recolhesse uma a uma, colocando-as de volta no saco. Feito isso, recompensou-a grandemente.

Na Lombardia e na Marca,[279] as panelas de barro são chamadas de *ole*. Certo dia, os guardas de *messer* Azzolino prenderam preventivamente um oleiro e o levaram a um juiz. *Messer* Azzolino estava presente e perguntou sobre o réu: "Quem é este?". E um deles respondeu: "É apenas um brando oleiro". "Enforquem-no então". "Mas como, *messer*? É um brando oleiro". "Ora, digo eu: enforquem-no!". "*Messer*, mas estamos dizendo que é um brando oleiro". "Assim sendo, digo outra vez: enforquem este *bandoleiro*!". Ao se dar conta do que ocorria, o juiz explicou o motivo da confusão a *messer* Azzolino.[280] No entanto, já era tarde, pois, pronunciada três vezes a sentença, era preciso enforcar o homem.

Tomaria muito tempo relatar o quanto *messer* Azzolino foi temido. Ademais, muitos já o sabem. Recordarei apenas como, cavalgando certa vez com o imperador e os seus, fizeram uma aposta para ver quem possuía a mais bela espada. Definido o valor, o imperador desembainhou a sua espada, maravilhosamente ornada de ouro e pedras preciosas. *Messer* Azzolino respondeu: "De fato é muito bela, mas muito mais bela é a minha". E então tirou a sua. E ao fazê-lo, os seiscentos cavaleiros que o acompanhavam também desembainharam as suas espadas. Quando o imperador viu aquilo, declarou que, sem dúvida, a espada de *messer* Azzolino era a mais bela.

---

279 A *Marca Trevigiana*.

280 O efeito cômico da passagem decorre do equívoco de Ezzelino ao confundir *un olaro* ("um oleiro") com *uno laro* ("um ladrão"). Ao entender o segundo termo pelo primeiro, crê se diante de um criminoso.

Tempos depois, *messer* Azzolino foi capturado em combate em um local chamado *Casciano*[281] e, tanto bateu a cabeça na trave da tenda onde estava amarrado, que se matou.

---

281 *i.e. Cassano d'Adda* (Lombardia), comuna onde Ezzelino fora feito prisioneiro pelos guelfos.

LXXXV
Sobre uma grande carestia ocorrida certa vez em Gênova

Houve um tempo de grande escassez em Gênova.[282] Na ocasião, encontravam-se ali mais necessitados do que em qualquer outro lugar. Reuniram-se então algumas galés e pilotos. Estes foram pagos e fizeram anunciar que todos os pobres deveriam dirigir-se à costa, pois receberiam pão oriundo da comuna. Contudo, tantos foram até lá, que o fato foi digno de espanto. E isso ocorreu, porque muitos que não eram necessitados fingiram sê-lo. Os oficiais então disseram: "Não é possível distingui-los. Façamos assim: os citadinos irão neste barco; os estrangeiros naquele outro; e as mulheres e crianças nos restantes". E deste modo, todos embarcaram. Os pilotos não perderam tempo! Puseram os remos na água e levaram todos à Sardenha. E ali os deixaram, pois havia grande fartura no lugar. E assim, cessou a escassez em Gênova.

---

282 Segundo D'Ancona (1912: 138), a carestia de 1171, que fizera levar quatro naus de Gênova para a Sardenha. *Cf.* Belgrano (1890: 246). *Vide*, porém, Di Francia (1930: 145, n. 4), para uma segunda hipótese.

LXXXVI
Aqui se conta acerca de um homem muitíssimo bem-dotado

Havia um homem tão bem-dotado, que não era possível encontrar outro como ele. Certo dia, estava com uma puta não muito jovem. E embora a mulher fosse de boa família e de posses, já havia visto e experimentado muitos homens. Quando ambos se achavam no quarto, o homem lhe mostrou o seu membro. Ela olhou para ele e sorriu muito alegre. O homem então perguntou: "O que você acha?". E a mulher respondeu...[283]

283 A novela se encontra incompleta tanto no Ms. *Vaticano* 3214 (fol. 80r) quanto na *editio* gualteruzziana.

LXXXVII
Como um homem foi se confessar

Um homem foi se confessar com seu padre. Entre outras coisas, disse: “Tenho uma certa cunhada, e meu irmão está longe. Quando chego em casa, ela vem sentar-se em meu colo com grande intimidade. O que devo fazer?”. E o padre respondeu: “Se fosse comigo, eu lhe faria pagar caro!”.

LXXXVIII
Aqui se conta acerca de *messer* Castellano da Cafferi,[284] de Mântua

Quando *messer* Castellano da Cafferi de Mântua foi governante de Florença, deu-se tal disputa entre *messer* Pepo Alamanni e *messer* Cante Caponsacchi,[285] que os dois chegaram a trocar ameaças. E para pôr termo à briga, o soberano exilou ambos. Enviou *messer* Pepo a certo local; e *messer* Cante – porque era muito seu amigo – a Mântua, onde o confiou a seus familiares. Mas *messer* Cante recompensou-o muito bem: deitou-se com a mulher do amigo!

---

[284] Castellano da Cafferi, autoridade máxima (*podestà*) de Florença no ano de 1240. *Vide* Di Francia (1930: 147).

[285] Nada se sabe sobre Pepo Alamanni e Cante Caponsacchi.

LXXXIX
Aqui se conta acerca de um menestrel que começou uma história que não terminava nunca

Certa noite, uma brigada de cavaleiros jantava em uma ilustre casa florentina. Nela, achava-se um menestrel que era um grandíssimo falastrão. Quando os cavaleiros acabaram de jantar, o menestrel pôs-se a contar uma história que nunca terminava. Um dos pajens da casa que estava de serviço e, provavelmente, ainda não fizera a refeição chamou-o pelo nome e disse: "Quem lhe contou esta história não a contou por completo". E o menestrel perguntou: "Por que não?". E ele respondeu: "Porque não contou o fim!".[286] E assim, o menestrel ficou envergonhado e se calou.

---

[286] *Cf.* Biagi (1912: 432) e Bocc. *Dec.* VI.1.

XC
Aqui se conta como o imperador Frederico[287] matou um falcão seu

Certa vez, o imperador Frederico saiu para caçar com um de seus falcões. O imperador possuía um falcão muito superior [aos demais], o qual estimava mais valioso que uma cidade inteira. Lançou-o então contra uma grua. A grua voou muito alto, porém o falcão se alçou mais alto ainda sobre ela. Neste momento, o falcão avistou abaixo uma jovem águia. Lançou-a ao chão e a agarrou com tanta força, que a matou. O imperador correu até o local, acreditando que se tratasse da grua. Mas depois percebeu o que ocorrera. Cheio de ira chamou então seu carrasco e ordenou que cortasse a cabeça do falcão, pois este havia assassinado seu senhor.[288]

---

287 Frederico II, se levada em conta sua predileção pela falcoaria, à qual dedica o tratado "A arte de caçar com aves" (*De arte venandi cum avibus*) (*c.* 1240).

288 *i.e.* a águia, símbolo da soberania no imaginário medievo: "ele [*sc.* o leão] é o rei das feras; e ela, dos pássaros" (*ille ferarum rex est, et ille* [sic] *uolatilium*) (*Physiol.* b.5). *Cf.* Plin. *HN*. X. 3. Quanto à origem da novela, quatro narrativas são citadas por Conte (2001: 378): "A história do falcão régio que ataca a águia – a ser interpretada em chave política – encontra-se, com algumas variações, em um texto hebraico publicado por Tendlau [1856: 25], em Alexandre Neckam [1157-1217] (*De naturis rerum*, I. 24), em Juan Manuel [1282 – 1348] (*Conde Lucanor*, 33, que modifica sua interpretação) e em Bandello [1485 – 1561], I, 2".

XCI
Como um homem se confessou com um frade

Um homem se confessou com um frade. Disse que certa vez roubara uma casa com muitas pessoas. "Meu intento era encontrar cem florins de ouro[289] em um baú. Mas ele estava vazio. Assim sendo, não creio que tenha pecado". E o frade respondeu: "Ao contrário! Você pecou como se os tivesse roubado".[290] O homem mostrou-se então muito aflito e exclamou: "Por Deus, dizei-me o que devo fazer!". E o frade respondeu: "Não posso absolvê-lo, a não ser que você devolva o montante". E ele: "De bom grado o farei, mas não sei para quem". E o frade: "Traga-me as moedas, e eu as darei em nome de Deus". O homem lhe prometeu os florins e partiu. E tamanha fora a hospitalidade do frade, que retornou na manhã seguinte. Enquanto conversavam, o homem então contou que recebera de presente um belo esturjão e que gostaria de enviá-lo ao religioso para o almoço. O frade muito lhe agradeceu. No entanto, o homem foi embora e não enviou coisa alguma. No dia seguinte, retornou sorridente ao frade, o qual lhe perguntou: "Por que você me fez ficar esperando?". E ele respondeu: "Mas vós acreditastes que receberia o esturjão?". "Claro!". "E não o recebestes?". "Não!". "Ora, digo a vós que é como se o tivésseis recebido".

---

289 *fiorini d'oro*. Sua variedade em ouro foi introduzida em Florença e Gênova em meados do séc. XIII. *Vide* Grierson (1975: 28).

290 Ou seja, o princípio jurídico da *voluntas reputatur pro facto* ("toma-se a intenção pelo ato"), glosada no *Corpus Juris Canonici*. *Cf. Decretales Gregorii Papae IX* II. 15. 1 Col. 666, *s.v. voluntatem*. Como o leitor perceberá, satiriza-se aqui a premissa.

XCII
Aqui se conta acerca de uma boa mulher que fizera uma excelente torta[291]

Havia uma mulher que fizera uma excelente torta de enguia. Colocou-a então no móvel onde guardava a farinha.[292] Atraído pelo cheiro, ela viu um rato entrar ali por um pequeno orifício. A mulher chamou então seu gato e colocou-o dentro do móvel para capturar o roedor. O rato, porém, escondeu-se no meio da farinha; e o gato acabou comendo toda a torta. E assim, quando a mulher abriu o móvel, o rato saltou para fora, e o gato não conseguiu pegá-lo, pois estava todo empanturrado.

291 Uma *crostata*, em italiano.

292 No texto-base, *madia*, peça do mobiliário onde se conservava farinha e levedura.

XCIII
Aqui se conta acerca de um aldeão que foi se confessar

Certo dia, um aldeão foi se confessar. Aspergiu-se com água benta e viu o padre trabalhando na horta. Chamou-o: "Senhor, eu gostaria de me confessar". E o padre respondeu: "Você se confessou no ano anterior?". E ele: "Sim". "Coloque então uma moeda[293] na caixa de esmolas, e o absolvo neste ano como no ano passado".

293 No original, *danaio*.

XCIV
Aqui se conta acerca de uma raposa e de um burro

Andando por um bosque, uma raposa deparou-se com um burro, animal que nunca antes vira. Teve muito medo e fugiu; e, enquanto fugia, encontrou um lobo. Contou-lhe como havia se deparado com um estranhíssimo animal, cujo nome desconhecia. O lobo respondeu: "Vamos até lá". E juntos foram até ele. O burro pareceu ainda mais estranho ao lobo. A raposa perguntou o seu nome, e o burro respondeu: "Em verdade, não me recordo bem, mas, se você sabe ler, eu o escrevi na minha pata direita traseira". E a raposa: "Pobre de mim que não sei ler, pois de bom grado gostaria de sabê-lo". O lobo então falou: "Deixe-me ver, porque sei ler muito bem". Em seguida, o burro mostrou-lhe a pata traseira, de forma que os cravos [de sua ferradura] assemelhavam-se a letras. Disse o lobo: "Não consigo enxergá-las direito". E o burro respondeu: "Chegue mais perto, porque são de fato muito pequenas". O lobo colocou-se então próximo à pata, olhando-a fixamente. Sem demora o burro retraiu a perna e deu um coice tão forte no lobo, que o matou. E assim, a raposa foi-se embora, dizendo: "Nem todo homem de letras é sábio".[294]

---

294 Para a ocorrência da história no *corpus* esópico, *cf*. anexo III. Seus precedentes, contudo, não se limitam à fonte grega. Para outros, *vide* D'Ancona (1912: 140-141).

XCV
Aqui se conta acerca de um rústico[295] que foi à cidade

Um rústico foi a Florença para comprar um gibão. Em certa oficina, perguntou onde estava o mestre. Ele não se encontrava. Um discípulo então respondeu: "Sou eu o mestre. O que você quer?". "Quero um gibão". O rústico encontrou então a vestimenta, provou-a e discutiram o preço. O rústico, porém, não possuía um quarto do valor. Ora, fingindo ajustar a veste, o discípulo costurou o gibão na túnica do homem. Depois disse: "Tire-o". E quando o rústico puxou a vestimenta, ficou nu. E assim, os outros discípulos, a postos com cintos nas mãos, fustigaram-no por toda a vizinhança.

---

295 *uno martore di villa*, no original.

XCVI
Aqui se conta acerca de Bito[296] e do florentino *messer* Frulli,[297] de San Giorgio[298]

Bito foi um formoso cortesão florentino que morava em San Giorgio, do outro lado do Arno.[299] Havia ali um velho chamado *messer* Frulli, dono de uma quinta muito bela sobre San Giorgio, onde permanecia com os seus quase o ano inteiro. Todas as manhãs, *messer* Frulli mandava sua serva vender frutas e verduras no mercado da Ponte Vecchio. *Messer* Frulli era tão muquirana e desconfiado, que, ao preparar os maços de verdura, contava-os diante da serva, calculando quanto deveria receber por eles. Mas o principal conselho que lhe dava era para que não se demorasse em San Giorgio, pois havia ladras no local.

Certa manhã, porém, a serva passava por lá com uma cesta de couves. De caso pensado, Bito vestira-se com o seu mais rico manto de veiro e, sentado em um banco, chamou por ela. Embora muitas mulheres tives-

---

296 Talvez o indivíduo a que faz menção um dos documentos da Comuna de Florença sobre os danos causados aos guelfos pelos gibelinos entre 1260 e 1266. Registra-se no inventário sob o título "Do *sestiere* de Oltrarno" (*De sextu Ultrarni*): "[encontraram] destruída a casa de Bito na dita localidade [*i.e.* San Giorgio]" ([*inuenerunt*] *domum destructam in dicto pop. Biti* [...]) (Di San Luigi 1776: 210). *Cf.* Di Francia (1930: 154).

297 Nada se sabe acerca de *messer* Frulli.

298 *Grosso modo*, a atual área da *Costa San Giorgio*.

299 *oltr'Arno*. No mais, cabe notar que a referência geográfica dá origem ao topônimo de uma das divisões administrativas de Florença.

sem-na chamado primeiro, a serva não quis atendê-las e foi prontamente até Bito. "Boa mulher, quanto custam essas couves?". "*Messer*, dois maços por um denário". "Decerto é um bom preço, mas lhe digo que estamos aqui apenas eu e minha serva, pois todos os meus estão no campo. Desta forma, dois maços são muita coisa, e eu os prefiro frescos".

Naquele tempo, costumava-se utilizar em Florença [uma moeda chamada] *medaglia*, cujo valor era de duas para um denário. E assim, disse Bito: "Dê-me um maço e um denário, e eu lhe devolvo uma *medaglia*. E numa próxima vez, pegarei o outro maço". A ela pareceu que o homem dizia a verdade, e fez como pedira. Em seguida, foi vender as outras couves conforme o preço fixado por seu senhor. Retornou então para casa e deu o dinheiro a *messer* Frulli. Ele contou e recontou as moedas, mas sempre dava pela falta de um denário. Quando o disse à serva, ela respondeu: "Não pode ser!". Bastante irritado, *messer* Frulli perguntou se ela havia estado em San Giorgio. A serva tentou negar o fato, mas *messer* Frulli tanto insistiu, que ela acabou confessando: "Sim, estive junto de um belo cavalheiro, mas ele me pagou o que devia. E vos digo que ainda lhe devo um maço de couves". Respondeu então *messer* Frulli: "Deste modo teríamos um prejuízo de um denário e meio!".[300] *Messer* Frulli pensou então sobre o ocorrido. Deu-se conta do embuste e proferiu uma série de impropérios contra a serva. Em seguida, perguntou onde estava o homem, e ela contou tudo em detalhes. Ora, *messer* Frulli percebeu tratar-se de Bito, que já lhe havia pregado inúmeras peças. Fu-

---

300 No texto-base, *un danaio in mezzo*. Para a acepção adotada, *vide* Crespo (1984: 33).

rioso, levantou-se bem cedinho, colocou sob as vestes uma espada enferrujada e dirigiu-se à entrada da ponte. Lá encontrou Bito, sentado com muita gente respeitável. Empunhou a espada e o teria ferido, se não o houvessem segurado pelo braço. Toda a gente ficou estupefata! Acreditavam que se tratasse de algo grave! Bito sentiu muito medo, mas então começou a rir, recordando-se do ocorrido. As pessoas à volta de *messer* Frulli perguntaram o motivo do ataque. E *messer* Frulli lhes contou tudo com tamanha cólera, que mal conseguia falar. Bito fez então com que a gente se afastasse e disse: "*Messer* Frulli, quero fazer as pazes convosco. Não mais briguemos. Devolvei-me o meu denário e recebei vossa *medaglia*. E pelo amor de Deus, pegai o vosso maço de couves!". E *messer* Frulli respondeu: "Com prazer. Se você o tivesse dito logo de início, nada disso teria acontecido". E não se dando conta da artimanha, deu-lhe o denário e recebeu uma *medaglia*, e foi embora satisfeito. E muitas foram as gargalhadas.

XCVII
Aqui se conta como um mercador cruzou o mar levando vinho em barris de três compartimentos[301] e o que lhe sucedeu

Um mercador cruzou o mar levando vinho em barris de três compartimentos. Nas partes superior e inferior, colocou vinho; na do meio, água, de forma que metade da carga fosse de vinho e a outra de água. Além disso, as partes de baixo e de cima possuíam espichos, mas não a do meio.[302] E assim, venderam água por vinho, dobrando o lucro obtido. Tão logo foram pagos, embarcaram no navio com as moedas. Mas pela vontade de Deus, um enorme macaco apareceu-lhes na embarcação. O símio agarrou o saco de moedas e subiu no mastro. Com medo de que o animal jogasse o dinheiro no mar, os homens correram atrás dele tentando convencê-lo a descer. O macaco então se sentou, abriu o saco de moedas com a boca e pegou um a um os denários de ouro. E assim, ora jogava uma moeda no mar; ora deixava outra cair no navio. E o fez de tal modo, que metade do dinheiro caiu dentro da embarcação, deixando ali o devido lucro.[303]

---

301 Literalmente, "com duas divisórias" (*a due palcora*).

302 *di sotto e di sopra avea squilletto, e nel mezzo no*. Ou seja, para que, com um orifício a menos, não se percebesse o engodo.

303 A história do macaco que ao subir no mastro serve ao desígnio divino é encontrada em Jacques de Vitry (†1240). Nesse, contudo, é São Tiago o autor da punição: "Donde, todos que estavam no navio ficaram maravilhados crendo tratar-se de um milagre, porquanto São Tiago não queria que o dinheiro obtido injustamente fosse empregado em seu serviço" (*Vnde omnes qui in naui erant mirati sunt reputantes miraculose factum, eo quod nollet sanctus Jacobus pecuniam iniuste acquisitam in seruicio suo expendi*) (CII).

XCVIII
Aqui se conta acerca de um mercador que comprou alguns barretes

Um mercador levava consigo alguns barretes, que acabaram se molhando. Ao estendê-los para secar, eis que surgiram muitos macacos. Cada um pôs um barrete sobre a cabeça e fugiu pelas árvores. O mercador irritou-se. Voltou ao lugar de onde viera e comprou alguns calçados. E assim, capturou os macacos, obtendo com eles um bom lucro.[304]

---

304 Trata-se da crença já constatada na Antiguidade de que, aproveitando-se do suposto instinto dos primatas em imitar os homens, se poderia capturá-los com facilidade. Uma das formas para tanto seria induzi-los a calçar-se, conforme descreve o rétor Cláudio Eliano (*c.* 170 EC – *c.* 235 EC): "Ademais, caso [um símio] observe alguém colocar um calçado, [aquele] o imita. [...] Assim, [os homens] colocam no lugar dos [calçados] mencionados outros feitos de chumbo, ocos e pesados; preparam então uma corda sob eles, de modo que, ao enfiar ali as patas, [os animais] fiquem presos na armadilha e não consigam escapar" ([...] Πρὸς τούτοις εἰ θεάσαιτό τινα ὑποδήματα τοῖς ποσί περιτιθέντα, μιμεῖται τὴν ὑπόδεσιν. [...] Οὐκοῦν ὑπὲρ τῶν εἰρημένων μολίβου πεποιημένα κοῖλα και βαρέα ὑποδήματα προτιθέασι, βρόχους αὐτοῖς ὑποβαλόντες, ὡς εἰςβαλεῖν μὲν τὼ πόδε ἔχεσθαι δὲ τῇ πάγῃ καὶ μάλα ἀφύκτῳ) (Ael. *Nat.* XVII. 25). *Cf.* Plin. *HN.* VIII.80; Hippeau (1809: 10-11); Conte (2001: 157, n. 4); e Corrêa (2010: 148-156).

XCIX
Aqui se conta uma bela história de amor

Um jovem de Florença amava com ardor uma gentil donzela. Ela não o amava, mas nutria, por sua vez, um grande amor por outro jovem que, embora a amasse, não sentia por ela o mesmo que o primeiro. E isso era evidente, pois este abandonara tudo e se mortificava em desatino, sobretudo nos dias em que não a via. Um companheiro seu compadeceu-se do rapaz e tanto insistiu, que o levou a um belíssimo posto onde repousaram por quinze dias.

Nesse ínterim, a menina indispôs-se com a mãe; enviou uma criada ao amado e informou que desejava fugir com ele. O jovem mostrou-se bastante feliz, e a criada lhe falou: "Ela deseja que venhais a cavalo na calada da noite. Ela fingirá que se dirige à adega. Vós estareis a postos na porta, e ela se lançará sobre sua garupa. Ela é ágil e sabe bem cavalgar". O jovem respondeu: "Com prazer!".

Após combinarem tudo, o jovem fez muitos preparativos em uma de suas residências. Determinou que seus companheiros montassem suas cavalgaduras e ordenou que se pusessem aos portões da cidade para que não fossem cerrados. Com um excelente palafrém, o jovem então passou pela casa da amada, mas ela ainda não saíra, pois a mãe a vigiava sem cessar. E assim, seguiu seu caminho, indo ao encontro dos companheiros.

Enquanto isso, aquele que padecia de amores não encontrava sossego no campo. Saiu a cavalo. As súplicas de seu companheiro não haviam surtido efeito, pois não desejava sua companhia. Na mesma noite, chegou aos muros da cidade. Todas as entradas se achavam fechadas, mas tanto cavalgou ao redor, que se viu diante dos portões onde estavam os cavaleiros. Adentrou a cidade e foi à residência da amada. Não tinha a intenção de encontrar a jovem tampouco contemplá-la, mas apenas observar o local. Ao parar junto à casa, pouco havia que o outro jovem partira. A menina destrancou então a porta e o chamou em voz baixa.[305] Pedia que se aproximasse com o cavalo. O jovem não perdeu tempo! Aproximou-se, e ela se lançou de imediato na garupa e foram embora.

Quando chegaram à entrada da cidade, os companheiros do outro não os importunaram, pois não os reconheceram. Ora, pensaram, caso se tratasse daquele que aguardavam, ele teria se detido. E assim, ambos cavalgaram não menos de dez milhas, chegando a um belo prado rodeado por enormes abetos.

Desmontaram e amarraram o cavalo em uma árvore. O jovem começou então a beijá-la. Ela, porém, o reconheceu. Ao dar-se conta do equívoco, a menina pôs-se a chorar sem parar. Ele a confortava em meio às lágrimas. E fez-lhe tamanhas honras, que a jovem cessou o choro e passou a querer-lhe bem ao ver que a fortuna estava do lado do rapaz. E então ela o abraçou.

Na cidade, o outro jovem já cavalgara tantas vezes pela casa da amada, que acabou por escutar um falatório entre o pai e a mãe. Soube pela criada que a jovem havia desaparecido. Estupefato retornou aos companheiros e lhes contou toda a história. Eles responderam: "De fato o vimos com ela, mas não o reconhecemos. E isso já faz muito tempo. É provável que estejam distantes. Foram

---

305 Ou seja, imaginando que se tratasse do outro.

por esta estrada!". Não tardaram em ir em seu encalço. E cavalgaram até que os acharam dormindo um nos braços do outro. Observavam-nos fixamente sob a luz da Lua. Não querendo perturbá-los, disseram: "Esperemos até que acordem e depois faremos o que deve ser feito". Mas tanto esperaram, que o sono se abateu sobre eles, e todos adormeceram.[306] O casal então acordou em meio àquela cena. Perceberam o que ocorria. E maravilhados, disse o jovem: "Fizeram-nos tamanha gentileza, que não queira Deus que os ofendamos". E assim, o jovem montou em seu cavalo, e ela se lançou sobre uma das melhores montarias que lá estavam, e partiram. E aqueles [que dormiam] despertaram e lamentaram-se muito, pois não era mais possível encontrá-los.

---

[306] *Cf. Béroul*, vv. 1793-2055.

C
Como o imperador Frederico[307] foi ao Velho da Montanha[308]

Certa vez, o imperador Frederico foi ao Velho da Montanha. Este o recebeu com grandes honrarias. E para mostrar como era temido, o Velho olhou para o alto e viu dois assassinos em uma torre. Segurou então sua grande barba, e os assassinos lançaram-se ao chão, morrendo de imediato.[309]

---

307 Tendo em vista a segunda parte da novela, Frederico Barba-Ruiva ou Frederico II.

308 Isto é, o nome dado aos líderes do grupo xiita conhecido como "Assassinos" (orig. *Hashīshiyyūn*), cuja lealdade tornara-se proverbial no século XII. *Vide* Lewis (1986, *s.v.*) e Nowell (1947: 501; 511).

309 O mercador veneziano Marino Sanudo Torsello (*c.* 1270 – *c.* 1343) conta-nos o mesmo episódio, envolvendo Henrique de Champagne (1166 – 1197), senhor do Reino de Jerusalém: "Quando o rei dos Assassinos ouviu que Henrique, soberano da região, dirigira-se aos armênios, enviou-lhe emissários, pedindo que ele o visitasse em seu retorno. Henrique aceitou o convite. O rei foi então ao encontro do visitante e lhe fez muitas honras, levando-o pelas fortificações e vários locais de seu domínio. Por fim, conduziu-o a um castelo onde havia uma torre muito alta onde estavam dois homens vestidos de branco. O rei disse a seu hóspede que os súditos de Henrique nunca lhe obedeceriam da mesma maneira que os seus. Quando Henrique respondeu que aquilo era possível, o rei cuspiu no chão e imediatamente os dois súditos lançaram-se da torre, morrendo esfacelados no mesmo instante. O rei disse então a Henrique, soberano da região, o qual se achava bastante estupefato: 'Se desejar, farei com que [...] todos os que estão vestidos de branco também saltem'. Mas Henrique assim não quis, declarando que jamais os seus súditos lhe obedeceriam daquela forma" (*Audiens vero Rex Arsasidarum, quod*

Ora, o imperador quis botar à prova a sua mulher, pois lhe fora dito que um barão deitava-se com ela. Certa noite, levantou-se e foi aos aposentos da esposa. E ela disse: "Mas de novo?! Vós acabastes de sair daqui!".[310]

Henricus terrae gubernator ad Armenos transisset, nuntios destinauit, rogans, ut eum in suo reditu visitaret: ille annuit. Occurrit autem uenienti Rex, & multo honore prosecutus est, ducens eum per districtus sui castra, & loca uaria: donec ad quoddam castrum perduxit ubi erat turris alta nimis: & in quolibet merulo erant uiri duo albis induti. Dixitq; Rex hospiti suo, quod illi subiecti nequaquam ei obedirent, qualiter sui sibi: & cum rem esse possibilem respondisset, excreassetq; Rex, duo illorum se continuo proiecerunt deorsum, & contracti in momento expirauerunt: dixitq; Rex Henrico terrae gubernatori, admodum stupefacto: Si placet, universos dealbatos illos [...] *semetipsos praecipitare faciam: at ille noluit, asserens quod serui sui ei nequaquam taliter obedirent*) (*Fidel. Cruc.* III.10.8). *Cf. Recueil* II (1859: 216) e M. Polo. *Mil.* XXX-XXXI.

[310] O tema do marido traído, cujo arremate se dá pelo equívoco da esposa, é atestado em fontes orientais e ocidentais. Para sua ocorrência no *Kalīla e Dimna*, *vide* Jarouche (2005: 100-101). Em Boccaccio (*Dec.* III.2), o adultério é praticado sem que a rainha perceba.

ANEXOS

I

DIALOGORUM LIBRI IV

De Paulino Nolanae ciuitatis episcopo

Gregorius Magnus

III.1.3. [...] *Quo accepto, uidua ab Africana regione discessit.*

4. *Paulinus uero excolendi horti suscepit curam. Cumque isdem* [sic] *regis gener crebro ingrederetur hortum suumque hortolanum quaedam requireret, sapientem ualde esse hominem uideret, amicos coepit familiares deserere et saepius cum suo hortolano conloqui atque eius sermonibus delectari. Cui Paulinus cotidie ad mensam odoras uirentesque herbas deferre consueuerat, et accepto pane ad curam horti remeare.*

5. *Cumque hoc diutius ageretur, quadam die suo domino secum secretius loquenti ait: "Vide quid agas, et Wandalorum regnum qualiter disponi debeat prouide, quia rex citius et sub omni celeritate est moriturus". Quod ille audiens, qui ab eodem rege prae ceteris diligebatur, ei minime tacuit, sed quid a suo hortolano, sapiente scilicet uiro, agnouisset indicauit. Quod dum rex audisset, ilico respondit: "Ego uellem hunc, de quo loqueris, hominem videre". Cui gener eius, uenerabilis Paulini temporalis dominus, respondit dicens: "Virentes herbas mihi ad prandium de-*

I

OS QUATRO LIVROS DE DIÁLOGOS

Sobre Paulino, bispo da cidade de Nola

Gregório Magno

III.1.3. [...] Assim que recebeu de volta [o filho], a viúva deixou a África.

4. Paulino encarregou-se então do cultivo do jardim. O genro do rei dirigia-se com frequência ao local e fazia perguntas a seu jardineiro. Ao notar que o homem era bastante sábio, o genro do rei principiou a evitar suas amizades costumeiras, travando regularmente conversas com ele. Deleitava-se com os seus colóquios. Além disso, todos os dias, Paulino tinha o hábito de levar-lhe à mesa verduras perfumadas e frescas. Em seguida, recebia um pouco de pão e retornava aos cuidados do jardim.

5. Quando já o fazia há bastante tempo, Paulino disse certa feita a seu senhor em privado: "Examina como deves agir. É preciso que tomes providências sobre a disposição do reino dos vândalos, pois o rei não tardará a morrer". Quando ouviu essas palavras, o genro do rei não as guardou para si, ele que era mais amado pelo soberano do que os outros. Ao contrário, revelou o que soubera de seu jardineiro, ou seja, do sábio homem. Quando o rei ouviu aquilo, respondeu prontamente: "Gostaria de ver o homem de que falas". E seu genro,

ferre consueuit. Has itaque huc ad mensam eum deportare facio, ut qui sit, qui haec mihi est locutus, agnoscas".

6. *Factumque est, et cum rex ad prandendum discubuit, Paulinus ex suo opere odora quaeque et uirentia delaturus uenit. Cumque hunc rex subito conspexisset, intremuit, atque accito eius domino, sibi per filiam propinquo, ei secretum, quod prius absconderat, indicauit dicens: "Verum est quod audisti. Nam nocte hac in somnio sedentes in tribunalibus contra me iudices uidi, inter quos iste etiam simul sedebat, et flagellum, quod aliquando acceperam, eorum mihi iudicio tollebatur. Sed percunctare quisnam sit. Nam ego hunc tanti meriti virum popularem, ut conspicitur, esse non suspicor".*

7. *Tunc regis gener secreto Paulinum tulit, quidnam* [sic] *esset inquisivit. Cui uir Domini respondit: "Seruus tuus sum, quem pro filio uiduae uicarium suscepisti". Cumque instanter ille requireret, ut non quid* [sic] *esset, sed quid in sua terra fuisset indicaret, atque hoc ab eo iteratione frequentis inquisitionis exigeret, uir Domini, constrictus magnis coniurationibus, iam non ualens negare quid esset, episcopum se fuisse testatus est. Quod possessor eius audiens, ualde pertimuit, atque humiliter obtulit, dicens: "Pete quod uis, quatenus ad terram tuam a me cum magno munere reuertaris". Cui uir Domini Paulinus ait: "Vnum est quod mihi inpendere beneficium potes, ut omnes ciuitatis meae captiuos relaxes".*

senhor temporal do venerável Paulino, respondeu: "Ele tem o costume de trazer-me verduras frescas para a refeição. Farei com que as traga para cá, em tua mesa, para que conheças quem proferiu essas coisas".

6. E assim foi feito. Quando o rei sentou-se para comer, Paulino veio oferecer-lhe todo tipo de verduras perfumadas e frescas obtidas de sua lida. No entanto, tão logo o rei o avistou, estremeceu! Chamou pelo mestre de Paulino, isto é, seu parente por parte de filha, e revelou-lhe um segredo que ocultara. Disse: "É verdade o que ouviste! Ao sonhar esta noite, vi juízes diante de mim em assentos. Entre eles, achava-se este homem. Além disso, a vergasta que outrora eu recebera era-me tomada por sua decisão. Pergunta quem é ele. Suspeito que seja um homem de grande mérito e não alguém do povo, como se vê".

7. O genro do rei chamou então Paulino em privado e questionou-o sobre sua identidade. O homem do Senhor respondeu: "Sou o teu servo, aquele que recebeste em troca do filho da viúva". No entanto, o rei insistia para que dissesse não quem era naquele instante, mas quem havia sido em sua terra. E exigia com tal insistência, que, acuado por tamanha inquirição, o homem de Deus não pôde mais negar e declarou ter sido bispo. Quando seu amo ouviu isso, aterrorizou-se e lhe propôs humildemente: "Pede o que desejas, a fim de que retornes à tua terra com uma grande dádiva". Respondeu-lhe então o homem do Senhor, Paulino: "Uma única benesse podes conferir-me: deves libertar todos os prisioneiros de minha cidade".

8. *Qui cuncti protinus in Africa regione requisiti, cum onustis frumento nauibus pro uenerandi uiri Paulini satisfactione in eius comitatu laxati sunt. Post non multos uero dies Wandalorum rex occubuit, et flagellum, quod ad suam perniciem dispensante Domino pro fidelium disciplina acceperat, amisit. Sicque factum est, ut omnipotentis Dei famulus Paulinus uera praediceret, et qui se in servitio solum tradiderat, cum multis a seruitio ad libertatem rediret, illum uidelicet imitatus, qui formam serui adsumpsit, ne nos essemus serui peccati. Cuius sequens uestigia Paulinus ad tempus uoluntarie seruus factus est solus, ut esset postmodum liber cum multis.*[1]

[1] Vogüe (1979: 260-264).

8. Imediatamente todos foram procurados pelas regiões africanas e, em embarcações cheias de víveres, foram postos em sua companhia como retribuição ao venerável Paulino. Poucos dias depois, o rei dos vândalos veio a falecer, perdendo a vergasta que, pela Providência de Deus, recebera para sua própria ruína ao castigar os fiéis. E assim, ocorreu que Paulino, fâmulo de Deus Onipotente, tivesse dito a verdade; Paulino, que se entregando sozinho à servidão, da servidão retornaria com muitos à liberdade. À imitação do Senhor, assumiu a forma de servo, para que não fôssemos servos do pecado; Paulino, que seguindo os passos Dele, sozinho se fez, por algum tempo, servo por vontade própria, para que, com muitos, se tornasse livre.

II

NOCTES ATTICAE

De argumentis, quae Graece ἀντιστρέφοντα *appellantur, a nobis "reciproca" dici possunt*

Aulus Gellius

V.10. *Euathlus, adulescens dives, eloquentiae discendae causarumque orandi cupiens fuit. Is in disciplinam Protagorae sese dedit daturumque promisit mercedem grandem pecuniam, quantam Protagoras petiverat, dimidiumque eius dedit iam tunc statim priusquam disceret, pepigitque, ut reliquum dimidium daret, quo primo die causam apud iudices orasset et vicisset. Postea cum diutule auditor adsectatorque Protagorae fuisset* [*et*] *in studio quidem facundiae abunde promovisset, causas tamen non reciperet tempusque iam longum transcurreret et facere id videretur, ne relicum mercedis daret, capit consilium Protagoras, ut tum existimabat, astutum: petere instituit ex pacto mercedem, litem cum Euathlo contestatur. Et cum ad iudices coniciendae consistendaeque causae gratia venissent, tum Protagoras sic exorsus est: "Disce," inquit "stultissime adulescens, utroque id modo fore, uti reddas quod peto, sive contra te pronuntiatum erit sive pro te. Nam, si contra te lis data erit, merces mihi ex sententia debebitur, quia ego vicero, sin vero secundum te iudicatum erit, merces mihi ex pacto debebitur, quia tu viceris". Ad ea respondit Euathlus: "Potui," inquit, "huic tuae tam ancipiti captioni isse obviam, si verba non ipse facerem atque alio patrono uterer. Sed maius mihi in ista*

II

NOITES ÁTICAS

Sobre os argumentos que são chamados ἀντιστρέφοντα [*i.e.* reversíveis] em grego, os quais podemos denominar "recíprocos"

Aulo Gélio

V.10. Um rico jovem chamado Evatlo desejava aprender como ser eloquente e pleitear uma causa. Tornou-se pupilo de Protágoras, prometendo dar-lhe como pagamento uma grande soma, ou melhor, o montante que Protágoras pedira. Antes mesmo de iniciar seus estudos, Evatlo deu-lhe metade do dinheiro e concordou em pagar o restante, assim que pleiteasse uma causa no tribunal e a vencesse. Todavia, quando era discípulo e sequaz de Protágoras havia algum tempo e muito avançara no estudo da eloquência, não aceitava nenhum pleito. Ora, o tempo passava e parecia agir desta forma para não ter de pagar o restante da soma. Mas Protágoras teve uma ideia, a qual julgou astuciosa: com base no pacto firmado, aplicou-se em reivindicar o pagamento e moveu uma ação contra Evatlo. Quando ambos foram apresentar e defender sua causa diante do júri, Protágoras assim falou: "Saiba, estupidíssimo jovem, que você me dará o que peço de uma maneira ou de outra, seja o veredito contra ou a seu favor. Ora, caso você perca a disputa, a sentença o obrigará a pagar-me, pois terei vencido; por outro lado, caso o veredito lhe seja favorável, nosso pacto o obrigará a fazê-lo, pois você sairá vencedor". Ao que respondeu Evatlo: "Mesmo que eu próprio não tomasse

victoria prolubium est, cum te non in causa tantum, sed in argumento quoque isto vinco. Disce igitur tu quoque, magister sapientissime, utroque modo fore, uti non reddam quod petis, sive contra me pronuntiatum fuerit sive pro me. Nam, si iudices pro causa mea senserint, nihil tibi ex sententia debebitur, quia ego vicero; sin contra me pronuntiaverint, nihil tibi ex pacto debebo, quia non vicero".[2]

---

[2] Hertz (1886: 182-183).

a palavra, mas lançasse mão de outro defensor, poderia objetar essa sua dupla falácia. No entanto, maior prazer terei nesta vitória, vencendo-o não apenas no pleito, mas em seu argumento. Saiba também você, sapientíssimo mestre, que em nenhum dos casos pagarei o que é requerido, seja o veredito contra ou a meu favor. Ora, se os jurados me forem favoráveis, nada lhe terá de ser pago desta sentença, pois sairei vencedor; e, se a decisão for-me contrária, tampouco terei de pagar-lhe pelo pacto, pois não terei vencido".

III

FABULAE GRAECAE

Λύκος ἰατρός

Αἴσωπος

187. Ὄνος ἔν τινι λειμῶνι νεμόμενος, ὡς ἐθεάσατο λύκον ἐπ' αὐτὸν ὁρμώμενον, χωλαίνειν προσεποιεῖτο. τοῦ δὲ προσελθόντος αὐτῷ καὶ τὴν αἰτίαν πυνθανομένου δι' ἣν χωλαίνει, ἔλεγεν ὡς φραγμὸν διαβαίνων σκόλοπα ἐπάτησε καὶ παρῄνει αὐτῷ πρῶτον ἐξελεῖν τὸν σκόλοπα, εἶθ' οὕτως αὐτὸν καταθοινήσασθαι, ἵνα μὴ ἐσθίων περιπαρῇ. τοῦ δὲ πεισθέντος καὶ τὸν πόδα αὐτοῦ ἐπάραντος, ὅλον τε τὸν νοῦν πρὸς τῇ ὁπλῇ ἔχοντος, ὁ ὄνος λὰξ εἰς τὸ στόμα ἀφεὶς τοὺς ὀδόντας αὐτοῦ ἐξετίναξε. καὶ ὅς κακῶς διατεθεὶς ἔφη "ἀλλ' ἔγωγε δίκαια πέπονθα. τί γὰρ τοῦ πατρός με μαγειρικὴν τέχνην διδάξαντος αὐτὸς ἰατρικῆς ἐπελαβόμην;" Οὕτω καὶ τῶν ἀνθρώπων οἱ τοῖς μηδὲν προσήκουσιν ἐπιχειροῦντες εἰκότως δυστυχοῦσιν.[3]

---

[3] Perry (1952: 395).

III

FÁBULAS GREGAS

O lobo médico

Esopo

187. Enquanto pastava em um prado, um asno viu um lobo vindo em sua direção. O asno começou a fingir que mancava. Quando o lobo chegou perto e perguntou a razão daquilo, o asno respondeu que, ao passar por uma sebe, pisara em um espinho. O asno aconselhou ao lobo que primeiro o arrancasse, para não se furar durante a refeição. Convencido disso, o lobo levantou a pata do asno e observou com atenção o casco. O asno deu então um coice na boca do lobo e arrancou-lhe os dentes! E o malfadado lobo falou: "Fiz por merecer! Por que tentei ser médico, tendo meu pai me ensinado o ofício de açougueiro?". E assim, aqueles que tentam o que não lhes cabe veem-se com razão em apuros.

BIBLIOGRAFIA

Edições do *Novellino*

ALVARO, Corrado. *Il Novellino ossia Le cento novelle antiche*. Cernusco sul Naviglio: Garzanti, 1945.

BIAGI, Guido. *Le novelle antiche dei codici Panciatichiano-palatino 138 e Laurenziano-gaddiano 193*. Firenze: Sansoni, 1880.

BORGHINI, Vincenzo. *Libro di novelle et di bel parlar gentile. Nel qual si contengono Cento Novelle altravolta mandate fuori da Messer Carlo Gualteruzzi da Fano. Di nuovo ricorrette. Con aggiunta di quattro altre nel fine*. Fiorenza: Stamperia de i Giunti, 1572.

CARBONE, Domenico. *Il Novellino ossia Libro di bel parlar gentile con aggiunta di dodici novelle di Franco Sacchetti*. Firenze: G. Barbèra, 1872.

CONTE, Alberto. *Il Novellino*. Roma: Salerno Editrice, 2001.

DI FRANCIA, Letterio. *Le cento novelle antiche o Libro di novelle e di bel parlar gentile detto anche Novellino*. Torino: UTET, 1930.

FAVATI, Guido. *Il Novellino. Testo critico, introduzione e note*. Genova: Fratelli Bozzi, 1970.

GUALTERUZZI, Carlo. *Le ciento novelle antike* [*editio princeps*]. Bologna: Girolamo Benedetti, 1525.

LO NIGRO, Sebastiano. *Novellino e conti del Duecento*. Torino: UTET, 1963.

MANNI, Domenico M. *Libro di Novelle e di Bel Parlar Gentile contenente Cento Novelle Antiche*, t. 1. Firenze: Stamperia di Giuseppe Vanni, 1778.

MOUCHET, Valeria. *Il Novellino*. Bergamo: BUR, 2015.

SEGRE, Cesare. "Il 'Novellino'". In: *La prosa del Duecento*. Milano: Riccardo Ricciardi Editore, 1959, pp. 793-881.

Traduções do *Novellino*

CINGRIA, Charles-Albert. *Le Novellino. Les cent nouvelles antiques ou le livre du beau parler gentil.* Saverne: Club des Libraires de France, 1955.

CONSOLI, Joseph P. *The Novellino or One hundred ancient tales. An Edition and Translation based on the 1525 Gualteruzzi edition princeps*. New York: Routledge, 1997.

PAYNE, Roberta L. *The Novellino. Introduction by Janet L. Smarr*. New York: Peter Lang, 1995.

STORER, Edward. *Il Novellino. The Hundred Old Tales*. London: George Routledge & Sons Ltd., 1925.

Fontes primárias

ADRIAEN, Marc (ed.). "Expositio Psalmorum I-LXX". In: *CCSL Magni Aurelii Cassiodori Senatoris Opera*, *Pars* II.1. Turnholti: Brepols, 1958.

ALBERTUS KRANTZIUS. "Cap. 36. Mediolanensium supplicium". In: *Rerum germanicarum historici clariss. Saxonia*. Francofurti ad Moenum: Apud A. Wechelum, 1580, p. 160.

ALMEIDA, João Ferreira de (trad.). *Bíblia Sagrada. Revista e atualizada*. 2ª ed. Barueri: Sociedade Bíblica do Brasil, 1993.

______. *Bíblia Sagrada. Revista e atualizada (Nova Almeida Atualizada)*. 3ª ed. Barueri: Sociedade Bíblica do Brasil, 2017.

______. *Bíblia Sagrada. Revista e corrigida*. 4ª ed. Barueri: Sociedade Bíblica do Brasil, 2009.

AVOGADRO, Gustavo (ed.). "Chronicon Imaginis Mundi Fr. Iacobi ab Aquis. Comburit Acylinus in Verona circa quinque millia homines et mulieres cecos". In: *Monumenta Historiae Patriae. Scriptorum Tomus III*. Augustae Taurinorum: E Regio Typographeo, 1848, cols. 1580-1581.

AX, Wilhelm (ed.). "De diuinatione". In: *M. Tullii Ciceronis scripta quae manserunt omnia*, fasc. 46. Stutgardiae: In Aedibus B. G. Teubneri, 1965.

BARNEY, Stephen A. *et al.* (trads.). *The Etymologies of Isidore of Seville*. Cambridge: Cambridge University Press, 2006.

BARTOLOMMEO DA SAN CONCORDIO. *Ammaestramenti degli antichi latini e toscani raccolti e volgarizzati per Fra Bartolommeo da San Concordio*. Firenze: Presso Ricordi e Compagno, 1840.

BASORE, John W. (trad.). "De consolatione ad Marciam". In: *Seneca. Moral Essays*, vol. 2. Cambridge: Harvard University Press, 1932.

BELGRANO, Luigi T. (ed.). *Annali genovesi di Caffaro e de' suoi continuatori*, vol. 1. Genova: Tipografia del R. Istituto Sordo-Muti, 1890.

BENEDETTI, Ivone C. (trad.). *Giovanni Boccaccio. Decameron*. Porto Alegre: L&PM, 2013.

BIAGI, Guido. "Il Libro di motti de Messer Vanni Giudice". In: *Studii dedicati a Francesco Torraca nel XXXVI anniversario della sua laurea*. Napoli: Francesco Perrella e C. Editori, 1912, pp. 429-432.

BONGARS, Jacques (ed.). "Cap. VIII. Continet recessum Regis Angliae: coronationem etiam primi Regis Armeniae…". In: *Marinus Sanutus. Liber secretorum fidelium crucis*, t. 2. Hanoviae: Typis Wechelianis, 1611, pp. 200-201.

BORGNET, Augustus (ed.). "De aetate" In: *Albertus Magnus. Opera omnia*, vol. 9. Parisiis: Apud Ludovicum Vivès, 1890, pp. 305-319.

______. "De meteoris, lib. IV". In: *Albertus Magnus. Opera omnia*, vol. 4. Parisiis: Apud Ludovicum Vivès, 1890, pp. 705-808.

BRANCA, Vittore (ed.). *Giovanni Boccaccio. Decameron*. Milano: Arnaldo Mondadori Editore, 2009.

______. "Libro di buoni costumi". In: *Mercanti scrittori: ricordi nella Firenze tra Medioevo e Rinascimento*. Milano: Rusconi, 1986.

BRANDÃO, Jacyntho L. (trad.). *Béroul. O romance de Tristão*. São Paulo: Editora 34, 2020.

BRUN, Carl; BAETHGEN, Friedrich (eds.). "Die chronik Johanns von Winterthur". In: *MGH, SS rer. Germ. N. S.* Berlin: Weidmannsche Buchhandlung, 1924.

BUBENICEK, Venceslas (ed.). *Guiron le Courtois. Roman arthurien en prose du XIIIe siècle*. Berlin: Walter de Gruyter, 2015.

BUECHELERUS, Franciscus (ed.). *Petronii Arbitri Satirarum Reliquiae*. Berolini: Apud Weidmannos, 1862.

BURGESS, Glyn S.; KELLY, Douglas (trads.). *The Roman de Troie*. Cambridge: D. S. Brewer, 2017.

BYWATER, Ingram (ed.). *Aristotelis Ethica Nicomachea*. Oxonii: E Typographeo Clarendonioano, 1962 [1894].

CARLIN, Martha; CROUCH, David (eds.). "A man thanks his friend for a loan and promises to repay it with grain after the harvest". In: *Lost letters of medieval life. English society, 1200-1250*. Philadelphia: University of Pennsylvania Press, 2013, pp. 266-268.

CARY, Earnest; FOSTER, Herbert (trads.). *Dio Cassius. Roman History*, vol. 8. Cambridge: Harvard University Press, 1925.

CASINI, Tommaso. *Le rime dei poeti bolognesi del sec. XIII*. Bologna: Romagnoli, 1881.

CASTETS, Ferdinand (ed.). *Turpini Historia Karoli Magni et Rotholandi*. Montpellier: Société pour l'Étude des Langues Romanes, 1880.

CHABANEAU, Camille. "IV. Guilhem de Berguedan". In: *Les biographies des troubadours en langue provençale*. Toulouse: Édouard Privat, 1885, pp. 97-99.

CHAMBRY, Émile (ed.). *Ésope. Fables*. Paris: Les Belles Lettres, 1927.

CHAUVIN, Victor. *Bibliographie des ouvrages Arabes ou relatifs aux arabes, publiés dans l'Europe chrétienne de 1810 à 1885, II*. Liège: H. Vaillant-Carmanne, 1897-1898.

______. *Bibliographie des ouvrages Arabes ou relatifs aux arabes, publiés dans l'Europe chrétienne de 1810 à 1885, IX*. Liège: H. Vaillant-Carmanne, 1905.

CHIAPPELLI, Fredi; FENZI, Enrico (eds.). "Il convivio". In: *Dante Alighieri. Opere minori*. Torino: UTET, 1997.

CICCUTO, Marcello (ed.). *Il milione*. Milano: BUR, 2018.

CONSTANS, Léopold (ed.). *Benoît de Sainte-Maure. Le Roman de Troie*. Paris: Société des Anciens Textes Français, 1904.

COOGAN, Michael D. (ed.). *The New Oxford Annotated Bible. New Revised Standard Version with the Apocrypha*. Oxford: Oxford University Press, 2001.

Corpus juris canonici emendatum et notis illustratum. Gregorii XIII. pont. max. iussu editum. Vol. II. Liber extra. Decretales D. Gregorii Papae IX. Lib. II, Tit. 15, Cap. 1. Romae: In aedibus populi romani, 1582, cols. 665-666.

CRANE, Thomas F. (ed.). *The* Exempla *or illustrative stories from the* Sermones vulgares *of Jacques de Vitry*. London: Danid Nutt, 1890.

CRISP, Roger (trad.). *Aristotle. Nicomachean Ethics*. Cambridge: Cambridge University Press, 2004.

DARKE, Hubert (trad.). *The Book of Government or Rules for Kings. The* Siyar al-Muluk *or* Siyasat-nama *of Nizam al-Mulk*. New York: Routledge, 2002.

DE LACY, Phillip (ed.). "Galeni De placitis Hippocratis et Platonis. Libri VI-IX". In: *Corpus medicorum graecorum*. Berlin: Akademie Verlag, 2005.

DELPRATO, Pietro (ed.). *Trattati di mascalcia attribuiti ad Ippocrate tradotti dall'arabo in latino da maestro Moisè da Palermo volgarizzati nel secolo XIII*. Bologna: Presso Gaetano Romagnoli, 1865.

DENZINGER, Heinrich. *Enchiridion symbolorum definitionum et declarationum de rebus fidei et morum*. 43ª ed. San Francisco: Ignatius Press, 2012 [1854].

DEWALD, Carolyn; MUNSON, Rosaria (eds.). *Herodotus. Histories. Book 1*. Cambridge: Cambridge University Press, 2022.

DI SAN LUIGI, Ildefonso. "Estimo fatto dal Comune di Firenze...". In: *Delizie degli erudite toscani*, t. 7. Firenze: Gaet. Cambiagi Stampator Granducale, 1776, pp. 203-210.

DIAS, Domingos L. (trad.). *Ovídio. Metamorfoses*. São Paulo: Editora 34, 2017.

DIGGLE, James (ed.). *Theophrastus. Characters*. Cambridge: Cambridge University Press, 2004.

DIMOCK, James F. (ed.). "Cap. XLIX. De titulis filiorum: et primo de Anglorum rege Henrico tertio". In: *Giraldi Cambrensis Opera*. London: Longmans, 1867, pp. 193-195.

DOMBART, Bernardus; KALB, Alphonsus (eds.). "De civitate Dei. Libri I-X". In: *CCSL Aurelii Augustini Opera. Pars XIV*, 1. Turnholti: Brepols, 1955.

DORANDI, Tiziano (ed.). *Diogenes Laertius. Lives of eminent philosophers*. Cambridge: Cambridge University Press, 2013.

DUBIN, Nathaniel E. (trad.). *The Fabliaux. A new verse translation*. New York: Liveright Publishing Corporation, 2013.

DUFOURNET, Jean (trad.). *Fabliaux du Moyen Âge*. Paris: Flammarion, 1998.

DUKE, E. A. *et al.* (eds). "Theaetetus". In: *Platonis Opera. Tomus I*. Oxonii: E Typographeo Clarendoniano, 1995, pp. 277-382.

EDWARDS, Catharine (trad.). *Suetonius. Lives of the Caesars.* Oxford: Oxford University Press, 2008.

EGIDI, Francesco (ed.). *I Documenti d'amore di Francesco da Barberino*, vol. 1. Roma: Società Filologica Romana, 1905.

FANFANI, Pietro. *Conti di antichi cavalieri copiati da un codice della Biblioteca di Casa Martelli.* Firenze: Tipografia di G. Piatti, 1851.

FISHER, Charles D. (ed.). *Cornelii Taciti Annalium ab excessu diui Augusti libri.* Oxonii: E Typographeo Clarendoniano, 1906.

FLORA, Francesco (ed.). "Le novelle del Bandello". In: *Matteo Bandello. Tutte le opere.* Milano: Mondadori, 1942.

FRANCO JÚNIOR, Hilário (trad.). *Jacopo de Varazze. Legenda áurea: vidas de santos.* São Paulo: Companhia das Letras, 2003.

FRAZER, James G. (trad.). "Book II". In: *Apollodorus. The Library*, vol 1. Cambridge: Harvard University Press, 1921, pp. 128-293.

GALLAND, Antoine (trad.). "Les paroles remarquables et les bons mots des orientaux". In: *Les paroles remarquables, les bons mots, et les maximes des orientaux.* Paris: Simon Benard, 1694, pp. 233-234.

GEIGER, Wilhelm; BODE, Mabel Haynes (trads.). *The Mahāvamsa or The great chronicle of Ceylon.* London: Oxford University Press, 1912.

GOYENS, Michèle *et al.* (eds.). *Science translated. Latin and vernacular translations of scientific treatises in Medieval Europe.* Leuven: Leuven University Press, 2008.

GRAESSE, Theodor (ed.). *Jacobi a Voragine Legenda aurea vulgo Historia lombardica dicta ad optimorum librorum fidem.* Lipsiae: Impensis Librariae Arnoldianae, 1801.

GREVEN, Joseph (ed.). *Die Exempla aus den Sermones feriales et communes des Jakob Von Vitry*. Heidelberg: Carl Winter, 1914.

GRYSON, Roger (ed.). *Biblia Sacra Vulgata*. 5ª ed. Stuttgart: Deutsche Bibelgesellschaft, 2008.

GÜTERBOCK, Ferdinand (ed.). "Ottonis Morenae et continuatorum Historia Frederici I". In: *MGH, SS rer. Germ. N. S.* Berlin: Weidmannsche Buchhandlung, 1930.

HEISENBERG, Augustus; WIRTH, Peter (eds.). *Georgii Acropolitae Opera*. Stuttgart: Teubner, 1978.

HERCHER, Rudolphus (ed.). "De natura animalium". In: *Aeliani De natura animalium, Varia historia, Epistolae et Fragmenta; Porphyrii Philosophi De abstinentia et De antro nympharum; Philonis Byzantii De septem orbis spectaculis*. Parisiis: Editore Ambrosio Firmin Didot, 1858, pp. 1-297.

HERTZ, Martinus (ed.). "XXIII. Quis fuerit Papirius Praetextatus; quae istius causa cognomenti sit; historiaque ista omnis super eodem Papirio cognitu iucunda"; "X. De argumentis quae Graece ἀντιστρέφοντα appellantur, a nobis 'reciproca' dici possunt". In: *A. Gellii Noctium Atticarum Libri XX*. Lipsiae: In Aedibus B. G. Teubneri, 1886, pp. 74-75, 182-183.

______. *Titi Liui Ab urbe condita libri*, vol. 1. Lipsiae: Ex oficina Bernhardi Tauchnitz, 1857.

HILKA, Alfons; SÖDERHJELM, Werner (eds.). *Die Disciplina Clericalis des Petrus Alfonsi*. Heidelberg: Carl Winter, 1911.

HIPPEAU, Célestin (ed.). "Le Bestiaire d'Amour". In: *Le Bestiaire d'Amour par Richard de Fournival suivi de la Reponse de la Dame*. Paris: Auguste Aubry, 1809.

HOFMEISTER, Adolfus (ed.). "Ottonis episcopi Frisingensis chronica siue historia de duabus ciuitatibus". In: *MGH, SS rer. Germ.* Hannoverae: Impensis Bibliopolii Hahniani, 1912, pp. 1-457.

HULME, William H. (trad.). "Peter Alphonse's Disciplina Clericalis (English translation) from The Fifteenth Century Worcester Cathedral Manuscript F. 172". In: *Western Reserve University Bulletin*, vol. 22, n. 3, 1919.

IHM, Maximilian (ed.). "De uita Caesarum libri VIII". In: *C. Suetonius Tranquillus. Opera*. Lipsiae: In Aedibus B. G. Teubneri, 1993 [1908].

INGLESE, Giorgio (ed.). *Dante Alighieri. Convivio*. Milano: BUR, 1999.

JAFFÉ, Philippus (ed.). *Regesta pontificum romanorum ad condita ecclesia ad annum post Christum natum MCXCVIII*. Lipsiae: Veit et Comp., 1888.

JAROUCHE, Mamede M. (trad.). "A mulher do mercador, seu amante e seu criado". In: *Kalīla e Dimna*. São Paulo: Martins Fontes, 2005, pp. 100-101.

______. "O rei conhecedor de essências e seu filho". In: *Livro das mil e uma noites. Volume 3 – Ramo egípcio*. São Paulo: Globo, 2007, pp. 232-236.

JOUANNA, Jacques (ed.). "Hippocratis De natura hominis". In: *Corpus Medicorum Graecorum I 1,3*. Berlin: In Aedibus Academiae Scientiarum, 2002.

JUBINAL, Achille (ed.). *Oeuvres complètes de Rutebeuf: trouvère du XIIIe siècle*. Paris: Édouard Pannier, 1839.

KOVACS, David (ed.). "Andromache". In: *Euripides. Children of Heracles. Hippolytus. Andromache. Hecuba*. London: Harvard University Press, 1995.

KUMANIECKI, Kazimierz F. (ed.). "De oratore". In: *M. Tullii Ciceronis scripta quae manserunt omnia*, fasc. 3. Leipzig: Teubner, 1969.

LACAITA, Giacomo F. (ed.). *Benevenuti de Rambaldis de Imola Comentum super Dantis Aldigherij Comœdiam*. Florentiae: Typis G. Barbèra, 1887.

LAMB, Walter R. M. (trad.). "Protagoras". In: *Plato. Laches, Protagoras, Meno, Euthydemus*. Cambridge: Harvard University Press, 1952.

LANDOUZY, Louis; PÉPIN, Roger (eds.). *Aldebrandin de Sienne. Le régime du corps*. Paris: Honoré Champion, 1911.

LI, Willian (trad.). *Boécio. A consolação da Filosofia*. São Paulo: Martins Fontes, 1998.

LINDSAY, Wallace M. (ed.). *Isidori Hispalensis Episcopi etymologiarum siue originum libri XX*. Oxonii: E Typographeo Clarendoniano, 1911.

LOPES, Daniel R. N. (trad.). *Protágoras de Platão*. São Paulo: Perspectiva, 2017.

LUARD, Henry R. (ed.). "Matthaei Parisiensis, monachi Sancti Albani, Chronica Majora. Vol V. A. D. 1248 – A. D. 1259". In: *Rerum Britannicarum Medii Ævi Scriptores*. London: Longman & Co., 1880.

LUCK, Georg (trad.). *Arcana mundi. Magic and the occult in the Greek and Roman worlds. A collection of ancient texts*. Baltimore: The John Hopkins University Press, 2006.

MACRIDES, Ruth (trad.). *George Akropolites. The History. Introduction, translation and commentary*. Oxford: Oxford University Press, 2007.

MALLINSON, James (trad.). "Attainment VI. Seventh Wave". In: *The Ocean of the Rivers of Story*, vol. 2. Great Britain: New York University Press, 2009, pp. 479-515.

MARACHE, René (ed.). *Aulu-Gelle. Les Nuits Attiques. Livres I-IV*. Paris: Les Belles Lettres, 1967.

MARTINS, Cristiano (trad.). *Dante Alighieri. A Divina Comédia*. 4ª ed. Belo Horizonte: Itatiaia, 1984.

MARUCCI, Valerio (ed.). *Franco Sacchetti. Il Trecentonovelle*. Roma: Salerno Editrice, 1996.

MAS LATRIE, Louis de (ed.). "Coment Cristien conquistrent Acre sor Sarracin". *Chronique d'Ernoul et de Bernard Le Trésorier*. Paris: Jules Renouard, 1871, pp. 264-283.

MAU, Jürgen (ed.). "Adversus mathematicos". In: *Sexti Empirici Opera*. Lipsiae: In Aedibus B. G. Teubneri, 1961.

MAURO, Italo E. (trad.). *Dante Alighieri. A Divina Comédia. Edição bilíngue*. São Paulo: Editora 34, 1999.

MAYHOFF, Carolus (ed.). *C. Plini Secundi Naturalis historiae libri XXXVII*. 5 vols. Lipsiae: In Aedibus B. G. Teubneri, 1875-1897.

MÉNARD, Philippe (dir.). *Le Roman de Tristan en prose*, t. 1. Paris: Honoré Champion, 1997.

______. *Le Roman de Tristan en prose*, t. 4. Paris: Honoré Champion, 2003.

MEYER, Paul (ed.). "CCI". In: *La chanson de la Croisade contre les albigeois*, vol. 2. Paris: Librairie Renouard, 1879, pp. 394-400.

MICHELANT, Heinrich (ed.). "Descente au fond de la mer; Merveilles du desert". In: *Li Romans d'Alixandre par Lambert li Tors et Alexandre de Bernay*. Stuttgart: Literarischen Vereins, 1846, pp. 262-330.

MICHELANT, Henri-Victor (ed.). *Meraugis de Portlesguez. Roman de la Table Ronde par Raoul de Houdenc*. Paris: Librairie Tross, 1869.

MIGNE, Jacques-Paul (ed.). "Sancti Gregorii Magni Vita". In: *Patrologia Latina* [*PL*], t. 75. Parisiis: Garnier Fratres Editores, 1902.

______. "Vita Sancti Joannis Eleemosynarii". In: *Patrologiae cursus completus. Vitae Patrum siue Historiae eremiticae libri decem*, t. 73. Parisiis, 1849, cols. 357-358.

MOLIN, Hieronymus (ed.). *Jordani Ruffi Calabriensis Hippiatria*. Patavii: Typis Seminarii Patavini, 1818.

MONTAIGLON, Anatole de (ed.). *Le Livre du Chevalier de la Tour Landry, pour l'enseignement de ses filles*. Paris: P. Jannet, 1854.

MORRIS, John (ed.). *Nennius. British History and The Welsh Annals*. London: Phillimore, 1980.

MURATORIUS, Ludouicus A. (org.). "Chronicon brixianum ab origine urbis ad annum usque MCCCXXXII, auctore Jacobo Malvecio. Cap. XXXVII: De uitiis, ac uirtutibus, quæ in Ezelino mixta uidebantur". In: *Rerum Italicarum Scriptores,* t. 14. Mediolani: Ex Typographia Societatis Palatinæ, 1729, cols. 934-935.

MURET, Ernest (ed.). *Béroul. Le Roman de Tristan. Poème du XIIe siècle*. Paris: Honoré Champion, 1966.

NAWOTKA, Krzysztof. *The Alexander romance by Ps.-Callisthenes. A historical commentary*. Leiden: Brill, 2017.

NIESE, Benedictus (ed.). "Antiquitatum iudaicarum Libri XI--XV". In: *Flavii Iosephi Opera*, vol. 3. Berolini: Apud Weidmannos, 1887.

NOTT, George F. (ed.). "Osservazioni al terzo libro". In: *Fortunatus Siculus ossia L'avventuroso ciciliano di Busone da Gubbio*. Firenze: Tipografia all'Insegna di Dante, 1832, pp. 347-349.

NUNES, Carlos A. (trad.). *Homero. Ilíada*. Rio de Janeiro: Ediouro, 2004.

OESTERLEY, Hermann (ed.). *Gesta romanorum*. Berlin: Weidmannsche Buchhandlung, 1872.

OLIVELLE, Patrick (trad.). *Vishnu·sharman. Five Discourses on Worldly Wisdom* [*Pañcatantra*]. Great Britain: New York University Press, 2006.

Opere di Monsignor Giovanni Della Casa. Tomo secondo, contenente le lettere. Venezia: apresso Angiolo Pasinelli, 1752.

PADEN, William D.; PADEN, Frances F. (trad.). *Troubadour poems from the south of France*. Cambridge: D. S. Brewer, 2007.

PAULI, Reinhold (ed.). *John Gower. Confessio amantis*, vol. 2. London: Bell & Daldy, 1857.

PENZER, N. M. (ed.). "The King of Vatsa finds Madanavega has been impersonating him". In: *The Ocean of Story being C. H. Tawney's Translation of Somadeva's Kathā Sarit Sāgara (or Ocean of Streams of Story)*, vol. 3. London: Chas J. Sawyer Ltd., 1925, pp. 123-127.

PEREC, Georges. *Le voyage d'hiver*. Paris: Éditions du Seuil, 1993 [1979].

PERRIN, Bernadotte (trad.). "Alexander and Caesar". In: *Plutarch's Lives*, vol. 7. Cambridge: Harvard University Press, 1919.

PERRY, Ben Edwin (ed.). *Aesopica. A series of texts relating to Aesop or ascribed to him or closely connected with the literary tradition that bears his name*. Urbana: The University of Illinois Press, 1952.

______. "Perotti's Appendix". In: *Babrius and Phaedrus*. London: Harvard University Press, 1990, pp. 371-417.

PETRIE, Henry (ed.). "Eulogium Britanniae siue Historia britonum auctore 'Nennio'". In: *Monumenta historica britannica*, vol. 1. London: George E. Eyre & William Spottiswoode, 1848, pp. 47-82.

PETROCCHI, Giorgio (ed.). *Dante Alighieri. La Divina Commedia*. Milano: Mondadori, 2012.

POHLENZ, Max (ed.). "Tusculanae disputationes". In: *M. Tullii Ciceronis scripta quae manserunt omnia*, fasc. 44. Berolini: Walter de Gruyter, 2008 [1918].

POIRION, Daniel (ed.). "Lancelot ou Le chevalier de la charrette". In: *Chrétien de Troyes. Œuvres complètes*. France: Gallimard, 1994.

______. *Le livre du Graal. Vol. 1. Joseph d'Arimathie, Merlin, Les Premiers Faits du roi Arthur*. France: Gallimard, 2001.

______. *Le livre du Graal. Vol. 2. Lancelot. La marche de Gaule, Galehaut, La première partie de la quête de Lancelot*. France: Gallimard, 2003.

______. *Le livre du Graal. Vol. 3. Lancelot, La quête du Saint Graal, La mort du roi Arthur*. France: Gallimard, 2009.

______. *Tristan et Yseut: les premières versions européennes*. France: Gallimard, 1995.

PORTA, Giovanni (ed.). *Giovanni Villani. Nuova cronica*. 3 vols. Parma: Fondazione Pietro Bembo, 1990.

POWELL, Jonathan G. F. (ed.). "Cato Maior De Senectute". In: *M. Tulli Ciceronis De Re Publica, De Legibus, Cato Maior De Senectute, Laelius De Amicitia*. Oxford: Clarendon Press, 2006.

PUCCINI, Davide (ed.). *Franco Sacchetti. Il Trecentonovelle*. Torino: UTET, 2013 [2004].

QUONDAM, Amedeo; FIORILLA, Maurizio; ALFANO, Giancarlo (eds.). *Giovanni Boccaccio. Decameron*. Milano: BUR, 2013.

RACKHAM, Harris (trad.). *Aristotle. Politics*. Cambridge: Harvard University Press, 1932.

RAHLFS, Alfred; HANHART, Robert (eds.). *Septuaginta*. Germany: Deutsche Bibelgesellschaft, 2006.

RAMÍREZ de VERGER, Antonio (ed.). "Ars amatoria". In: *P. Ouidius Naso. Carmina amatoria*. Lipsiae: In aedibus K. G. Saur, 2006, pp. 151-262.

Recueil des historiens des Croisades. Historiens occidentaux, t. 2. Paris: Imprimerie Impériale, 1859.

Recueil des historiens des Croisades. Historiens orientaux, t. 3. Paris: Imprimerie Nationale, 1884.

REEVE, Michael D. (ed.). *Geoffrey of Monmouth. The History of the Kings of Britain*. Woodbridge: The Boydell Press, 2007.

Revue des traditions populares, t. 24. Paris: Société des traditions populaires, 1909, pp. 192-193.

RICO, Francisco (ed.). "Cap. XX: De la jamás vista ni oída aventura que con más poco peligro fue acabada de famoso cavallero en el mundo como la que acabó el valeroso don Quijote de la Mancha". In: *Miguel de Cervantes Don Quijote de La Mancha*. Madrid: Real Academia Española, 2004, pp. 174-187.

RIQUER, Martín de. *Los trovadores. Historia literaria y textos*, vol. 1. Barcelona: Editorial Planeta, 1975.

ROBINSON, Fred N. (ed.). "Fragment VI". In: *The Works of Geoffrey Chaucer*. Boston: Houghton Mifflin Company, 1961, pp. 145-155.

ROCHA-PEREIRA, Maria Helena (ed.). *Pausaniae Graeciae descriptio*, vol. 3. Leipzig: Teubner, 1989.

ROSENBERG, Samuel N. (ed.). "Les folies Tristan". In: *Early French Tristan Poems*, vol. 1. Cambridge: D. S. Brewer, 1998, pp. 217-310.

RUHE, Ernstpeter (ed.). *Sydrac le philosophe. Le livre de la fontaine de toutes sciences*. Wiesbaden: Ludwig Reichert, 2000.

RUSSELL, Donald A. (ed.). *Quintilian. The Orator's Education*, vol. 3. Cambridge: Harvard University Press, 2002.

SANTINI, Carlo (ed.). *Eutropii Breuiarium ab urbe condita*. Leipzig: Teubner, 1992.

SCALIA, Giuseppe (ed.). *Salimbene de Adam da Parma. Cronica*. 2 vols. Bologna: Monte Università Parma Editore, 2007.

SCHMELING, Gareth (ed.). "Satyricon". In: *Petronius Satyricon. Seneca Apocolocyntosis*. Cambridge: Harvard University Press, 2020.

SCHMIDT, Paul G. (ed.). *Karolellus atque Pseudo-Turpini Historia Karoli Magni et Rotholandi*. Stuttgart: Teubner, 1996.

SHACKLETON BAILEY, David R. (ed.). *Horatius. Opera*. Berlin: De Gruyter, 2008.

______. *Valerius Maximus. Memorable doings and sayings*. Cambridge: Harvard University Press, 2000.

SMITH, Lucy T.; MEYER, Paul (eds.). *Les contes moralisés de Nicole Bozon*. Paris: Librairie de Firmin Didot, 1889.

SOLIMANO, Giannina (ed.). *Fedro. Favole*. Torino: UTET, 2013 [2005].

STAHL, William (trad.). *Commentary on the Dream of Scipio by Macrobius*. New York: Columbia University Press, 1990.

STEWART, Hugh F. *et al.* (trads.). "The Consolation of Philosophy". In: *Boethius. Theological Tractates. The Consolation of Philosophy*. Cambridge: Harvard University Press, 1973.

STRACHEY, Edward (ed.). *Le Morte Darthur. Sir Thomas Malory's Book of King Arthur and of his Noble Knights of the Round Table. The text of Caxton*. England: Oxford University Press, 1919.

STUBBS, William (ed.). "Liber VI. Capitulum XXII. De admiranda et omnibus saeculis obstupenda regis pugna". In: *Itinerarium peregrinorum et gesta regis Ricardi*. London: Longman, 1864, pp. 415-420.

TARRANT, Richard J. (ed.). *P. Ouidi Nasonis Metamorphoses*. Oxonii: E Typographeo Clarendoniano, 2004.

THILO, Georgius; HAGEN, Hermannus (eds.). "In Vergilii Aeneidos librum tertium commentarius". In: *Servii grammatici qui feruntur in Vergilii carmina commentarii*, vol. 1. Lipsiae: In Aedibus B. G. Teubneri, 1881, pp. 332-458.

TOMMASEO, Niccolò. *Dell'educazione. Osservazioni e saggi pratici*. Venezia: Giorgio A. Andruzzi, 1842.

TORRANO, Jaa (trad.). *Sófocles. As Traquínias*. São Paulo: Ateliê Editorial & Editora Mnēma, 2022.

TRAVI, Ernesto (ed.). *Pietro Bembo. Lettere*. 4 vols. Bologna: Comissione per i testi di lingua, 1987-1993.

ULRICH, J. (ed.). "(7) Exemplo de uno homo richo che niente volea dare per dio". In: *Romania*, 13, n. 49, 1884, pp. 32-33.

VARNHAGEN, Hermannus (ed.). "XXVI. De imperio Trajani; XXVI. Trajano". In: *Fiori e Vita di filosafi ed altri savii ed imperadori*. Erlangae: Typis Friderici Iunge Typographi Aulae Reg. Bavar. et Univers. Erlang, 1893, p. 31.

VÀRVARO, Alberto (ed.). "Atressi con l'orifanz". In: *Rigaut de Berbezilh. Liriche*. Bari: Adriatica Editrice, 1960, pp. 121-127.

VINAVER, Eugène (ed.). *Malory. Works*. Oxford: Oxford University Press, 1971.

VOGÜÉ, Adalbert de (ed.). *Grégoire le Grand. Dialogues. Tome II (Livres I-III)*. Paris: Éditions du Cerf, 1979.

WAILLY, Natalis de (ed.). *Joinville. Histoire de Saint Louis*. Paris: Librairie Hachette, 1888.

WEST, Martin L. (ed.). *Homerus. Odyssea*. Berlin: De Gruyter, 2017.

WILLIS, Iacobus (ed.). *Ambrosii Theodosii Macrobii Comentarii in somnium Scipionis*. Lipsiae: Teubner, 1994 [1970].

______. *Ambrosii Theodosii Macrobii Saturnalia*. Lipsiae: Teubner, 1994 [1970].

WILSON, Nigel G. (ed.). *Aelian. Historical Miscellany*. Cambridge: Cambridge University Press, 1997.

WOOD, Casey A.; FYFE, F. Marjorie (trads.). T*he Art of falconry being the* De arte uenandi cum auibus *of Frederick II of Hohenstaufen*. London: Oxford University Press, 1943.

WOODMAN, Anthony J. (trad.). *Tacitus. The Annals*. Indianapolis: Hackett Publishing Company, 2004.

WOODWARD, George R.; MATTINGLY, Harold (trads.). *St. John Damascene. Barlaam and Ioasaph*. London: William Heinemann, 1937.

WRIGHT, Thomas (ed.). *A selection of latin stories, from manuscripts of the thirteenth and fourteenth centuries. A contribution to the history of fiction during the Middle Ages*. London: Percy Society, 1842.

ZACCARIA, Vittorio (ed.). "De mulieribus claris". In: *Tutte le opere di Giovanni Boccaccio*, vol. 10. Milano: Arnoldo Mondadori, 1970.

ZAMBON, Francesco (org.). *Bestiari tardoantichi e medievali*. Milano: Bompiani, 2018.

ZARNCKE, Friedrich. "III. Text des Briefes". In: *Der Priester Johannes erste abhandlung, enthaltend capitel I, II, und III*. Leipzig, 1879, pp. 909-924.

Fontes secundárias

ALCÂNTARA MACHADO, José de. "Vida e morte do bandeirante". In: *Intérpretes do Brasil*, 3 vols. Rio de Janeiro: Nova Aguilar, 2000, pp. 1189-1366.

ALTAN, Federico. "Memorie intorno alla vita, ed all'opere di G. C. Delminio". In: *Nuova raccolta d'opuscoli scientifici e filologici I*, Venezia, 1755, pp. 239-88.

ARCHIBALD, Elizabeth; PUTTER, Ad. *The Cambridge Companion to the Arthurian legend*. Cambridge: Cambridge University Press, 2009.

ARUCH, Aldo. "'Recensione a *Le cento novelle antiche*' (ed. Sicardi)". In: *Rassegna bibliografica della letteratura italiana*, XVIII, 1910, pp. 35-51.

AUERBACH, Erich. *A novela no início do Renascimento*. Trad. Tércio Redondo. São Paulo: Cosac Naify, 2013 [1921].

BABUDRI, Francesco. "Sul nome del rimatore duecentesco Schiavo di Bari". In: *Iapigia*, anno xiii, fasc. 3, 1943, pp. 190-195.

BARBER, Richard. *The Knight and Chivalry. Revised Edition*. Woodbridge: The Boydell Press, 1995.

BARROSO, Ivo (trad.). *Italo Calvino. Seis propostas para o próximo milênio*. São Paulo: Companhia das Letras, 1990.

BARTHÉLEMY, Dominique. *A cavalaria. Da Germânia antiga à França do século XII*. Trad. Néri de B. Almeida & Carolina G. da Silva. Campinas: Editora da Unicamp, 2010.

BARTSCH, Karl. "Glossaire". In: *Chrestomathie provençale. Xe - XVe siècles*. Marburg: N. G. Elwert Libraire-Éditeur, 1904, cols. 449-662.

BATTAGLIA, Salvatore. *La coscienza letteraria del Medioevo*. Napoli: Liguori, 1965.

BATTAGLIA RICCI, Lucia. "In Toscana, prima del canone. La novella tra *Novellino* e *Decameron*". In: *La forma breve del narrare. Novelle, Contes, Short stories*. Pisa: Pacini Editore, 2013, pp. 35-63.

______. "Introduzione". In: *Il Novellino*. Milano: BUR, 2008, pp. 5-25.

______. "Leggere e scrivere novelle tra '200 e '300". In: *La novella italiana. Atti del Convegno di Caprarola. 19-24 settembre 1988*, t. 2. Roma: Salerno Editrice, 1989, pp. 629-655.

______. "*Novellino*". In: *Letteratura italiana. Le opere. Dalle origini al Cinquecento*, vol. 1. Torino: Giulio Einaudi Editore, 1992, pp. 61-84.

BERTELLI, Sandro. *I manoscritti della letteratura italiana delle origini. Firenze, Biblioteca Nazionale Centrale*. Firenze: Sismel-Edizioni del Galluzzo, 2002.

______."Il copista del *Novellino*". In: *Studi di filologia italiana*, vol. 56, 1998, pp. 31-45.

BESTHORN, Rudolf. *Ursprung und Eigenart der älteren italienischen Novelle*. Halle: Max Niermeyer, 1935.

BIAGI, Guido. "Ancora l'edizione borghiniana del Novellino". In: *Miscellanea di studi in onore di Attilio Hortis*, vol. 1. Trieste: G. Caprin, 1910, pp. 221–224.

______. *Le novelle antiche dei codici Panciatichiano-Palatino 138 e Laurenziano-Gaddiano 193*. Firenze: Sansoni, 1880.

BIVAR, A. D. H. "Lyonnesse: The evolution of a fable". In: *Modern Philology*, vol. 50, n. 3, 1953, pp. 162-170.

BOMPAIRE, Marc; DUMAS, Françoise. *Numismatique médiévale. Monnaies et documents d'origine française*. Turnhout: Brepols, 2000.

BREMOND, Claude; LE GOFF, Jacques; SCHMITT, Jean-Claude. *Typologie des sources du Moyen Âge Occidental. L'exemplum*, fasc. 40. Turnhout: Brepols, 1996.

CALVINO, Italo. *Lezioni americane. Sei proposte per il prossimo millennio*. Milano: Arnoldo Mondadori Editore, 1993.

CAMPANA, Lorenzo. "Monsignor Giovanni Della Casa e i suoi tempi". In: *Studi storici*, XVI (1907), pp. 3-84, 247-269, 349-580; XVII (1908), pp. 145-282, 381-606; XVIII (1909), pp. 325-511.

CARDINI, Franco. "Le guerrier et le chevalier". In: *L'homme médiéval*. Trad. Monique Aymard. Paris: Éditions du Seuil, 1989, pp. 87-128.

CHAUI, Marilena. *Introdução à história da filosofia. Dos pré-socráticos a Aristóteles*. São Paulo: Companhia das Letras, 2003.

CIEPIELEWSKA-JANOSCHKA, Anna. (ed.). *Viaggio d'oltremare e Libro di novelle e di bel parlar gentile*. Berlin: De Gruyter, 2011.

CLEMENTS, Robert J.; GIBALDI, Joseph. *Anatomy of the Novella. The European Tale Collection from Boccaccio and Chaucer to Cervantes.* New York: New York University Press, 1977.

CONTE, Alberto. "Il *Novellino*, il *Decameron* e il primato della novella: intertestualità e cronologia". In: *Filologia e critica*, a. 38, fasc. 1, 2013, pp. 33-67.

______. "Introduzione". In: *Il Novellino*. Roma: Salerno Editrice, 2001, pp. xv-xxviii.

CONTE, Gian Biagio. *Letteratura latina. Manuale storico dalle origini alla fine dell'impero romano*. Firenze: Le Monnier, 1992.

CORRÊA, Paula da Cunha. "O ethos do macaco". In: *Um bestiário arcaico: fábulas e imagens de animais na poesia de Arquíloco*. Campinas: Unicamp, 2010, pp. 148-156.

CRESPO, Roberto. "Il 'don contraignant' nel *Novellino*". In: *Medioevo romanzo*, vol. 15, 1990, pp. 353-363.

______. "'Un danaio in mezzo' (*Novellino*, XCVI)". In: *Lingua Nostra*, vol. XLV, fasc. 2-3, 1984, pp. 33-35.

CROCE, Benedetto. "G. C. Delminio". In: *Poeti e scrittori del pieno e del tardo Rinascimento*, vol. III, Bari: Laterza, 1952, pp. 111-120.

CURSI, Marco. *Il* Decameron*: scritture, scriventi, lettori. Storia di un testo*. Roma: Viella, 2007.

CURTIUS, Ernst R. *Literatura Européia e Idade Média Latina*. Trad. Teodoro Cabral e Paulo Rónai. São Paulo: Editora da Universidade de São Paulo, 1996.

D'ANCONA, Alessandro. "Del 'Novellino' e delle sue fonti". In: *Studj di critica e storia letteraria*, vol. 2. Bologna: Nicola Zanichelli, 1912 [1880].

DAUNAY, Marie-Christine *et al.* "Iconography and History of Solanaceae: Antiquity to the 17th Century". In: *Horticultural reviews*, vol. 34. John Wiley & Sons, 2008.

DELCORNO, Carlo. "Modelli agiografici e modelli narrativi. Tra Cavalca e Boccaccio." In: *La novella italiana. Atti del Convegno di Caprarola. 19-24 settembre 1988*, t. 1. Roma: Salerno Editrice, 1989, pp. 337-363.

DELCORNO BRANCA, Daniela. "I racconti arturiani del 'Novellino'". In: *Lettere italiane*. vol. 48, n. 2, 1996, pp. 177-205.

DI FRANCIA, Letterio. "Introduzione". In: *Le cento novelle antiche o Libro di novelle e di bel parlar gentile detto anche Novellino*. Torino: UTET, 1930, pp. v-xli.

______. *Storia dei generi letterari italiani. Novellistica. Vol. I. Dalle origini al Bandello*. Milano: Casa Editrice Dottor Francesco Vallardi, 1924.

DRONKE, Peter. *Dante and Medieval Latin Traditions*. Cambridge: Cambridge University Press, 1986.

FAVATI, Guido. "Introduzione". In: *Il Novellino. Testo critico, introduzione e note*. Genova: Fratelli Bozzi, 1970, pp. 3-113.

FEDELI, Paolo. "Modelli classici della novella italiana". In: *La novella italiana. Atti del Convegno di Caprarola. 19-24 settembre 1988*, t. 1. Roma: Salerno Editrice, 1989, pp. 303-336.

FLORI, Jean. *La chevalerie*. Paris: Éditions Jean-Paul Gisserot, 2012 [2004]

FRANCO JÚNIOR, Hilário. *A Eva barbada. Ensaios de mitologia medieval*. São Paulo: Edusp, 1996.

______. *Os três dedos de Adão. Ensaios de mitologia medieval*. São Paulo: Edusp, 2010.

FRASER, P. M. *Cities of Alexander The Great*. United States: Oxford University Press, 2003.

FROSINI, G. "*Rec. a* S. BERTELLI, *I manoscritti della letteratura italiana delle Origini. Firenze, Biblioteca Nazionale Centrale*". In: *Studi Linguistici Italiani*, a. 29, fasc. 2, 2003, pp. 274-284.

GATTO, Giuseppe. “Le voyage au Paradis. La christianisation des traditions folkloriques au Moyen Âge”. In: *Annales*, n. 5, 1979, pp. 929-942.

GENETTE, Gérard. *Palimpsestos: a literatura de segunda mão*. Trad. Luciene Guimarães *et al.* Belo Horizonte: Edições Viva Voz, 2010.

GOUREVITCH, Aaron. *Les catégories de la culture médiévale*. Trad. Hélène Courtin e Nina Godneff. Paris: Éditions Gallimard, 1983.

______. *Medieval Popular Culture: Problems of Belief and Perception*. Trad. János M. Bak & Paul A. Hollingsworth. Cambridge: Cambridge University Press, 1988.

GRIFFIN, Miranda. *Transforming Tales. Rewriting Metamorphosis in Medieval French Literature*. Oxford: Oxford University Press, 2015.

GUTHRIE, Kenneth S. “12. Numenius as revealer and mystic”. In: *Numenius of Apamea. The father of Neo-Platonism. Works, biography, message, sources, and influence*. London: George Bell and Sons, 1917.

HALL, Joan. “The organization of the *Novellino*”. In: *Italian Studies*, vol. 39, 1984, pp. 6-26.

______. “Words and deeds in the ‘*Novellino*’: an analysis of the first tale”. In: *The Modern Language Review*, vol. 77, n. 1, 1982, pp. 63-73.

HARVEY, Paul. *The Oxford companion to Classical literature*. Oxford: Clarendon Press, 1937.

HOLLER, William M. “The ordinary man's concept of nature as reflected in the thirteenth-century french *Book of Sydrac*”. In: *The French Review*, vol. 48, n. 3, 1975, pp. 526-538.

HUIZINGA, Johan. *O outono da Idade Média*. Trad. Francis Petra Janssen. São Paulo: Cosac Naify, 2010.

JAUSS, Hans R. *Alterität und Modernität der mittelalterlichen Literatur*. München: Wilhelm Fink, 1977.

JOHNSTON, David (ed.). *The Cambridge Companion to Roman Law*. New York: Cambridge University Press, 2015.

KEEN, Maurice. *Chivalry*. London: The Folio Society, 2010 [1984].

LE GOFF, Jacques. *L'imaginaire médiéval*. Paris: Éditions Gallimard, 1991.

LE GOFF, Jacques.; SCHMITT, Jean-Claude (orgs.). *Dicionário analítico do Ocidente medieval*, 2 vols. Coordenador da tradução: Hilário Franco Júnior. São Paulo: Editora Unesp, 2017.

LECOUTEUX, Claude. *A lapidary of sacred Stones. Their magical and medicinal powers based on the earliest sources*. Trad. Jon E. Graham. Rochester: Inner Traditions, 2012.

LO NIGRO, Sebastiano. "Per il testo del 'Novellino'". In: *Giornale storico della letteratura ltaliana*, vol. 141, fasc. 433, 1964, pp. 51–102.

MANZONI, Luigi. "Il canzoniere Vaticano 3214". In: *Rivista di filologia romanza*, I, 1872, pp. 71-ss.

MARTI, Mario; SEGRE, Cesare. (eds.). *La prosa del Duecento*. Milano: Riccardo Ricciardi Editore, 1959.

MAZZUCCHI, Andrea. "Le 'fiche' di Vanni Fucci (*Inf.*, XXV 1-3). Il contributo dell'iconografia a una disputa recente". In: *Tra* Convivio *e* Commedia. *Sondaggi di filologia e critica dantesca*. Roma: Salerno Editrice, 2004, pp. 127-145.

MONTEVERDI, Angelo. "Che cos'è 'Il Novellino'". In: *Studi e saggi sulla letteratura italiana dei primi secoli*. Milano: Ricciardi, 1954, pp. 127-165.

MONTINARO, Antonio. *La tradizione del* De medicina equorum *di Giordano Ruffo, con un censimento dei testimoni manoscritti e a stampa*. Milano: Ledizioni, 2015.

______. "Per la tradizione del *De medicina equorum* di Giordano Ruffo (con un elenco dei testimoni manoscritti)". In: *Medioevo letterario d'Italia*, vol. 7, 2010, pp. 29-64.

MORONI, Ornella (ed.). *Carlo Gualteruzzi (1500-1577) e i corrispondenti*. Città del Vaticano: Biblioteca Apostolica Vaticana, 1984, pp. 142-143.

MORRIS, Colin. *The Discovery of the Individual 1050 – 1200*. Toronto: University of Toronto Press, 2012 [1972].

MULAS, Luisa. *Lettura del "Novellino"*. Roma: Bulzoni Editore, 1984.

NERI, Achille. "Un antico ricordo genovese nel *Novellino*". In: *Giornale ligustico di archeologia, storia e belle arti*. Genova: Tipografia del R. Istituto Sordo-Muti, 1881, pp. 40-42.

NEUSCHÄFER, Hans-Jörg. *Boccaccio und der Beginn der Novelle. Strukturen der Kurzerzählung auf der Schwelle zwischen Mittelalter und Neuzeit*. München: Wilhelm Fink Verlag, 1969.

NOWELL, Charles E. "The Old Man of the Mountain". In: *Speculum*, vol. 22, n. 4, 1947, pp. 497-519.

ORTALLI, Gherardo. "Ezzelino crudelissimo tiranno: genesi e sviluppi di un mito". In: *La Ricerca Folklorica*, n. 25, 1992, pp. 89-98.

PAOLINI, Devid. "El gesto obsceno 'dar las higas' em *Celestina*". In: *Celestinesca*, 33, 2009, pp. 127-141.

PASTOUREAU, Michel. *L'étoffe du diable. Une histoire des rayures et des tissus rayés*. France: Éditions du Seuil, 1991.

PEDRETTI, Carlo. "Premessa al testo". In: *Il Novellino: Le Ciento Novelle Antike*. Milano: BUR, 1989, pp. xiii-xviii.

PICONE, Michelangelo. "Storia del (macro)testo del *Novellino*". In: *Rassegna europea di letteratura italiana*, n. 18, 2001, pp. 9-28.

PIZZI, Italo. "Riscontri Orientali". In: *Giornale storico della letteratura italiana*, vol. 22, Torino: Ermanno Loescher, 1893, pp. 225-226.

POMARO, Gabriella. "Ancora, ma non solo, sul volgarizzamento di Valerio Massimo". In: *Italia medioevale e umanistica*, a. 36, 1993, pp. 199-232.

ROSSIAUD, Jacques. "Le citadin". In: *L'homme médiéval*. Paris: Éditions du Seuil, 1989, pp. 159-200.

SCHULZ, Verena. *Deconstructing Imperial Representation. Tacitus, Cassius Dio, and Suetonius on Nero and Domitian*. Leiden: Brill, 2019.

SEGRE, Cesare. "Introduzione". In: *La Prosa del Duecento*. Milano: Riccardo Ricciardi Editore, 1959, pp. vii-xliii.

______. "La novella e i generi letterari". In: *La novella italiana. Atti del Convegno di Caprarola. 19-24 settembre 1988*, t. 1. Roma: Salerno Editrice, 1989, pp. 47-57.

______. "Prefazione". In: *Viaggio d'oltremare e Libro di novelle e di bel parlar gentile*. Berlin: De Gruyter, 2011, pp. v-viii.

______."Sull'ordine delle novelle nel *Novellino*". In: *Dal Medioevo al Petrarca. Miscellanea di studi in onore di Vittore Branca*, vol. 1. Firenze: Leo S. Olschki, 1983, pp. 129–139.

SHEHADA, Housni A. *Mamluks and animals. Veterinary medicine in Medieval Islam*. Leiden: Brill, 2013.

SOUTHERN, Richard W. *Renaissance and Renewal in the Twelfth Century*. Canada: University of Toronto Press, 1999.

THOMAS, Antoine. *Francesco da Barberino et la Littérature provençale en Italie au Moyen Age*. Paris: Ernest Thorin Éditeur, 1883.

TRAVI, Ernesto. "Dal *Libro di novelle e di bel parlar gentile* a *Le cento novelle antiche*". In: *Miscellanea del Centro di Studi Medievali*, s. II, 52, 1958, pp. 209-263.

ULLMANN, Walter. "The emergence of the citizen". In: *The Individual and Society in the Middle Ages*. Baltimore: The Johns Hopkins Press, 1966.

VÀRVARO, Alberto. "Tra cronaca e novella". In: *La novella italiana. Atti del Convegno di Caprarola. 19-24 settembre 1988*, t. 1. Roma: Salerno Editrice, 1989, pp. 155-171.

VERLINDEN, Charles. "L'origine de *sclavus* = esclave". In: *Archivum Latinitatis Medii Aevi*, 17, 1943, pp. 97-128.

WELTER, Jean-Thiebaut. *L'exemplum dans la littérature religieuse et didactique du Moyen Âge*. Paris: E.-H. Guitard, 1927.

WRIGHT, John K. *The Geographical Lore of the Time of the Crusades. A Study in the History of Medieval Science and Tradition in Western Europe*. New York: Dover Publications, 1965 [1925].

ZACCAGNINI, Guido. "Personaggi danteschi: Marco Lombardo, Lizio da Valbona e Rinieri da Calboli". In: *Il giornale dantesco*, vol. 26. Firenze: Leo S. Olschki, 1923, pp. 8-14.

ZIOLKOWSKI, Jan. "Latin and Vernacular Literature". In: *The New Cambridge Medieval History*, vol. 4, pt. 1. Cambridge: Cambridge University Press, 2004, pp. 658-692.

ZUMTHOR, Paul. *Essai de poétique médiévale*. Paris: Éditions du Seuil, 1972.

Obras de referência

BARJAVEL, Casimir-François-Henri. *Dictionnaire historique, biographique et bibliographique du Departement de Vaucluse*. Carpentras: Imprimerie de L. Devillario, 1841.

BJORK, Robert E. *The Oxford Dictionary of the Middle Ages*. 4 vols. Oxford: Oxford University Press, 2010.

BLAISE, Albert. *Dictionnaire latin-français des auteurs chrétiens*. Turnhout: Brepols, 1954.

______. *Dictionnaire latin-français des auteurs du Moyen-Âge.* Turnhout: Brepols, 1994 [1975].

CAMPBELL, Gordon. *The Oxford Dictionary of the Renaissance.* Oxford: Oxford University Press, 2003.

COWAN, J. Milton (ed.). *Hans Wehr A Dictionary of Modern Written Arabic. Third edition.* Ithaca: Spoken Language Services, 1976.

CROSS, F. L. *The Oxford Dictionary of the Christian Church.* Oxford: Oxford University Press, 1997.

EDLER, Florence. *Glossary of Mediaeval Terms of Business. Italian series 1200-1600.* Cambridge: The Mediaeval Academy of America, 1970.

GERLI, Edmondo M. (ed.). *Medieval Iberia: An Encyclopedia.* New York: Routledge, 2003.

GLARE, Peter G. W. *Oxford Latin Dictionary.* Oxford: Clarendon Press, 1968.

GRIERSON, Philip. *Numismatics.* London: Oxford University Press, 1975.

GRIMAL, Pierre. *A Concise Dictionary of Classical Mythology.* Trad. A. R. Maxwell-Hyslop. Cambridge: Basil Blackwell, 1986.

HORNBLOWER, Simon; SPAWFORTH, Antony. *The Oxford Classical Dictionary.* 4a ed. Oxford: Oxford University Press, 2012.

HOVEN, René. *Lexique de la prose latine de la Renaissance. Dictionary of Renaissance Latine from prose sources. Avec la collaboration de Laurent Grailet. Traduction anglaise par Coen Maas.* Leiden: Brill, 2006.

KAZHDAN, Alexander P. (ed.). *The Oxford Dictionary of Byzantium.* 3 vols. New York: Oxford University Press, 1991.

KIBLER, William W. *et al.* (eds.). *Medieval France. An encyclopedia.* New York: Garland Publishing, 1995.

LAMPE, Geoffrey W. H. *A Patristic Greek Lexicon*. Oxford: Clarendon Press, 1961.

LATHAM, Ronald E. *Revised Medieval Latin Word-List from British and Irish Sources*. London: The Oxford University Press, 2008 [1965].

LEWIS, B. *et al.* (eds.). *The Encyclopaedia of Islam. New edition*, vol. 3. Leiden: Brill, 1986.

LEWIS, Charlton T.; SHORT, Charles. *A Latin Dictionary*. Oxford: Clarendon Press, 1958 [1879].

LIDDELL, Henry G.; SCOTT, Robert. *A Greek-English Lexicon*. Oxford: Clarendon Press, 1996.

LINDAHL, Carl; McNAMARA, John; LINDOW, John (eds.). *Medieval Folklore. A Guide to Myths, Legends, Tales, Beliefs, and Customs*. New York: Oxford University Press, 2002.

LOYN, Henry R. (org.). *Dicionário da Idade Média*. Trad. Álvaro Cabral. Rio de Janeiro: Jorge Zahar Editor, 1990.

LUPACK, Alan. *The Oxford guide to Arthurian literature and legend*. Oxford: Oxford University Press, 2007.

MACHADO, José Pedro. *Dicionário onomástico da Língua Portuguesa*, 3 vols. Lisboa: Livros Horizonte, 2003.

MONTANARI, Franco. *Vocabolario della lingua greca*. Torino: Loescher, 1995.

MURRAY, Alan V. (ed.). *The Crusades. An Encyclopedia*. San ta Barbara: ABC-LIO, 2006.

NICHOLSON, Oliver (ed.). *The Oxford Dictionary of Late Antiquity*. Oxford: Oxford University Press, 2018.

NIERMEYER, Jan F.; VAN de KIEFT, Co (eds.). *Mediae Latinitatis Lexicon Minus*. Leiden: Brill, 2002 [1976].

REYNOLDS, Leighton D. (ed.). *Texts and Transmission. A Survey of Latin Classics*. Oxford: Clarendon Press, 1983.

REYNOLDS, Leighton D.; WILSON, Nigel G. *Scribes & Scholars. A Guide to the Transmission of Greek & Latin Literature.* Oxford: Clarendon Press, 1978.

SOUTER, Alexander. *A Glossary of Later Latin to 600 A.D.* Oxford: Clarendon Press, 1957 [1949].

THOMPSON, Stith. *Motif-Index of Folk-Literature. A Classification of Narrative Elements in Folktales, Ballads, Myths, Fables, Mediaeval Romances, Exempla, Fabliaux, Jest-Books and Local Legends*. 6 vols. Bloomington: Indiana University Press, 1955.

Fontes eletrônicas

Accademia della Crusca, Lessicografia della Crusca in rete. Endereço: www.lessicografia.it.

Autografi dei letterati italiani (*ALI*). Endereço: http://ali.netseven.it/it/

Biblioteca Apostolica Vaticana, Le cento novelle, Vat. 3214, 1523, 1r-87v. Endereço: https://digi.vatlib.it/view/MSS_Vat.lat.3214

Biblioteca Italiana. Sapienza. Università di Roma. Endereço: http://www.bibliotecaitaliana.it/

Bibliothèque Nationale de France (*BNF*). Endereço: https://catalogue.bnf.fr/

Centre National de Ressources Textuelles et Lexicales (*CNRTL*). Endereço : https://www.cnrtl.fr/

Comité Du Cange, Glossarium Mediæ et Infimæ Latinitatis. Endereço: http://ducange.enc.sorbonne.fr/.

Ente Nazionale Giovanni Boccaccio (*ENGB*). Endereço: https://www.enteboccaccio.it/

Tesoro della lingua italiana delle origini (*TLIO*). Endereço: http://tlio.ovi.cnr.it/TLIO.

Topos Text. The Aikaterini Laskaridis Foundation. Endereço: https://topostext.org/

Treccani, Dizionario biografico. Endereço: www.treccani.it/biografico.

Treccani, Enciclopedia dantesca. Endereço: www.treccani.it/enciclopedia/elenco-opere/Enciclopedia_Dantesca.

ÍNDICE ONOMÁSTICO

Sobre os tradutores

TALITA JANINE JULIANI é professora de Língua e Literatura Latina na Universidade Federal de São Paulo. Dedica-se ao estudo da obra de Giovanni Boccaccio e seu diálogo com diversos autores da Antiguidade clássica. É autora do artigo "In the Center of the Kaleidoscope: Ovidian Poetic Image and Boccaccio's Self-Representation in *De Mulieribus Claris*" (Brill, 2019) e coautora de "Becoming a Poet: Boccaccio's Two Versions of Sappho" (Studi sul Boccaccio, 2022).

TIAGO AUGUSTO NÁPOLI é doutor em Letras Clássicas pela Universidade de São Paulo, onde se graduou na área de Língua e Literatura Latina. Desde 2011, dedica-se à tradução literária de textos medievais e tardo-antigos. É coautor dos artigos "A Paixão de Santa Perpétua e Santa Felicidade" [*Passio Sanctarum Perpetuae et Felicitatis*] (Rónai, 2019) e "História da doença, ou antes mortandade, que ocorreu no ano do Senhor de 1348" [*Ystoria de morbo siue mortalitate que fuit anno domini MCCCXLVIII*] (Morus, 2016).

Formato	11.8 x 19 cm
Tipologia	Minion Pro e Cardo
Papel	Cartão 250 g/m² (capa)
	Chambril Avena 80 g/m² (miolo)
Impressão	Lis Gráfica

MNĒMA